걱정은 온실가스 효과는 남극과 북극의 빙하가 녹는 것보다 기온 상승으로 땅 위에 있는 수분이 기화하면서 다량의 수증기가 발생하고 곳곳에 집중폭우와 극심한 이상기온이 발생하게 된다는 거다. 최근 이러한 현상이 수시로 발생하는 것 같다. 겨울에는 더 춥고 여름에는 더 더워지는 현상도 온실효과 때문이라고 들었다.

지구 온난화가 가속화되며 곳곳에서 이상 기온, 이상 기후가 수시로 발생하고 있다는 건 이미 지구가 서서히 위험수위로 향해 가고 있다는 증거라는 생각이 들었다. (75쪽)

일본이 1905년 시마네현에 독도를 강제 편입하기 이미 5년 전에 고종황제가 "대한제국 칙령 41조"를 통해 독도가 대한제국 영토임을 전 세계에 선포했다는 것으로도 독도는 대한민국의 땅이라는 것이 증명됩니다. (154쪽)

"나 좀 보시라요, 남쪽에서 오셨수까? 성경책 가진 것 있으면 좀 줄 수 없갔습네까?"

순간, 귀를 의심했다. 할머니를 쳐다보았다. 할머니는 주위를 두리번거리며 쫓기듯이 애원하는 모습을 보였다.

"나 성경책 있으면 좀 주시구래."

다시 한번 사정했다. (236쪽)

김 선교사는 성경책을 옆구리에 끼고 돌아다녀 보기로 했다. 올 때 성경책을 몇 권 가지고 왔기에 달라는 사람만 있으면 전부라도 주고 싶다고 했다. 여러 곳 돌아다니던 김 선교사가 성경책을 전달하고 조용히 기도하면서 눈물을 흘리기도 했다. (260쪽)

　전 세계인들이 알다시피 2013년 12월 12일 김씨 왕조를 쓰러뜨릴 수 있었던 유일한 사람 장성택은 남모르게 계획해 왔던 일을 실행에 옮기지 못하고 김정은에 의해 무참히 총살당했다. (284쪽)

그때, 그는 죽었다

김동원 장편소설

차례

프롤로그

　도봉산에서 암벽 타기를 즐기던 사람들은 산 할아버지를 모르는 사람이 없었다. 전국 바위산이라면 안 올라본 곳이 없어서 산꾼들은 새로운 곳에 가보고 싶을 때 산 할아버지에게 자문하곤 했다.

　산 할아버지 소개로 만난 우리는 큰 바위를 오르내릴 때 둘도 없는 파트너였다. 함께 하면 어떤 바위 든 쉽게 올랐다. 많은 시간을 산에서 같이했다. 자연을 사랑했던 그는 실력 있는 화가였고 순수한 사람이었다. 그가 병원에 입원하고 이승을 떠나기까지 나는 그의 침상을 지키려 노력했다. 죽음을 앞둔 사람 곁에 같이 있는 건 정말 쉬운 일이 아니었지만, 나는 중요한 업무만 끝나면 모든 걸 제쳐 두고 병실을 찾아갔다. 그는 많은 말을 하고 싶어 했다.

그는 중요한 것을 글로 써 두었다. 미처 적어 놓지 못한 것은 내가 갈 때마다 조금씩 얘기했다. 삶과 죽음의 경계를 넘나들며 절규하듯 쏟아내는 말들을 가볍게 흘려버릴 수가 없었다. 하나도 빠뜨리지 않으려 꼼꼼히 메모했다. 세상에 꼭 좀 알려 달라는 간절한 마음이 담겨 있는 듯했다.

나에게 들려주었던 내용과 글로 써 둔 것들을 매둥그려서 다듬어 갈무리했다.

이 글은 그의 고백이기도 하고 독백이기도 하다.

알을 깨뜨리다

서쪽으로 향하던 해가 마치 흐무러지도록 푹 익어 몸 전체가 붉고 투명한 홍시같이 보였다. 누군가 툭 건드리면 바닥으로 떨어져 뭉크러질 것처럼 느꼈다. 얼마의 시간이 지나면 서쪽 산 너머로 사라져버릴 홍시 같은 해가 지금 내 기분을 표현한다는 생각이 들었다.

고희(70세)를 넘기면 신(神)하고 맞짱 떠도 될 만하다는 글을 본 적이 있다. 살아오는 동안 희로애락을 많이 겪었기에 해도 될 일과 하지 말아야 될 일을 분별하는 힘이 생겼기 때문이라고 나름 생각했다.

나도 이제 산수(80세)를 훌쩍 넘겼으니 살만큼은 살았다는 느낌이 든다.

일부 젊은이들은 앞으로 다가올 미래는 로봇들의 세상이 될 거라며 인간들도 로봇의 지배를 받을 거라고 걱정하는 걸 본 적이 있다.

설혹 그렇게 된다 해도 과거 없는 현재 없고, 현재 없는 미래 없다는 말을 나는 믿는다. 로봇들의 세상이 된다 해도 인간의 가슴속에 스며 있는 따뜻한 감정과 죽음을 앞둔 사람의 기분은 느끼지 못할 거다. 끝까지 로봇일 뿐이다.

생명이 붙어 있는 게 무얼 뜻하는지 생각해 본 건 의사의 말을 듣고 나서다. 앞으로 다섯 달 정도밖에 몸이 견디기 어렵다 했다. 지나온 삶을 정리하라는 배려로 받아들였다.

머릿속의 테이프는 지난 일들을 하나하나 꼬리 물고 똬리를 틀었다. 뙤록

뙤록 되돌이 되었다. 답답해졌다. 보이지 않는 그 무엇이 온몸을 짓누르는 느낌이다. 몸을 움직여 보았다. 아직 손과 발은 자유롭게 움직일 수 있었다. 거동하기에 어려운 점은 없었다.

움직일 수 있을 때 무언가 남겨야 한다는 생각이 들었다.

무얼 할 수 있을까?

글을 써 보기로 했다.

다 쓸 수 있을지 모르지만 할 수 있는데 까지 해 볼 생각이다.

*

1950년 6월 25일 새벽 4시에 북한은 탱크를 앞세우고 38선을 넘어 남으로 밀고 내려왔다. 판문점 공동경비구역(JSA) 북한 쪽 정전협정 조인장 기념비에는 '1950년 6월 25일 조선에서 침략 전쟁을 도발한 미 제국주의자들은 영웅적 조선 인민 앞에 무릎을 꿇고 이곳에서 1953년 7월 27일 정전협정에 조인하였다'고 쓰여 있다. 전투는 경부선과 동해안을 중심으로 진행되었다. 6·25는 몇백만 명의 목숨을 앗아갔다.

그의 가족들이 피난했던 충청남도 부여군 은산면 은산리에서는 전투가 벌어지지 않았다. 그는 피난지에서 총소리 한번 듣지 않고 국민학교(지금은 초등학교)에 다녔다. 군복 입은 군인을 한 번도 보지 못했고, 전쟁과는 무관한 듯 시골생활에 파묻혀 지냈다. 여름이면 학교 옆 개울에 뛰어들어가 미역을 감고 놀았다. 신나게 물장구치며 놀다가 수업 종소리 울리면 옷도 제대로 못 입고 교실로 뛰어들어와 공부했다. 수업 종소리 듣지 못한 친구들은 늦게 들어와 벌을 받기도 했다. 3년 반 동안 피난지에서 국민학교를 다닌 그는 자연 속에서 마음껏 뛰어놀았다. 철모르던 그 시절은 많은 감성의 씨앗을 그의 가슴 속에 남겨 놓았다.

휴전이 되자 식구들은 시골생활을 정리하고 서울로 왔다. 그와 작은 형, 누나는 서울에 있는 학교에 새로 전학을 했다. 다시 돌아왔을 때 그는 국민학교 4학년이었다. 그와 작은 형은 피난지에서 학교를 계속 다녔지만 고등학교에 다니다 피난 갔던 누나는 그곳에 여자고등학교가 없어서 학업을 계속할 수 없었다. 몇 년 동안 쉬었던 공백 때문에 누나는 학업 진도가 많이 떨어져 있었다. 밀린 학업 따라잡기 위해 밤늦게까지 책과 씨름했다. 늦은 밤까지 혼자 공부하는 게 무섭다며 그를 같은 방에서 잠을 자게 했다. 누나는 한밤중까지 불을 환하게 켜 놓고 공부했다. 그는 이불을 뒤집어써야 잘 수 있었다. 누나는 새벽 두 시쯤 되어서야 잠자리에 들었다. 늦게 공부하다 잠잘 때는 그를 꼭 껴안고 잤다. 한참 자다 보면 숨이 막힐 것 같이 답답할 때가 많았다. 정신을 차려보면 누나 가랑이 사이에 파묻혀 있었다. 왜 그렇게 되는지 몰랐다.

어느 날 잠결에 이상한 것이 손에 느껴졌다. 손 닿은 곳이 어디인지 몰랐다. 처음 느낌은 꺼칠꺼칠한 듯했지만 왠지 거칠기보다는 조금 부드럽다는 느낌이 들었다. 슬슬 어루만지고 쓰다듬어 보았다. 그 순간 누나의 고함치는 소리가 들렸다. 누나가 벌떡 일어나 소리소리 질렀다. 한밤중에 집안은 난리가 났다. 그가 만진 건 누나의 음모였다. 어떻게 손이 그곳에 들어갈 수 있었는지 지금까지도 그는 모른다. 아무리 생각해도 누나 사타구니에 의도적으로 손을 집어넣은 기억이 없다.

그 일이 생기고 나서 그는 집안에서 외톨이가 되었다. 졸지에 이상한 아이로 낙인이 찍혔다. 가까이해서는 안 되는 아이가 되었다. 국민학교

4학년밖에 안 된 녀석이 잠들어 있는 '누나의 성기를 몰래 만지다' 이 것이 그에게 주어진 누명이었다. 어떻게 변명할 수 없었다. 설명할 수도 없었다. 그는 가족들로부터 완전히 고립되었다. 창고 같은 곳에 만들어 놓은 작은 방에서 혼자 지내야 했다. 식사 때가 되면 식모 아줌마가 밥을 갖다 주었다. 식구들은 어느 누구도 그와 말을 섞으려 하지 않았다. 많이 힘들었다. 다른 곳도 아닌 집에서 왕따라니!

위안이 되었던 건 아버님이 개업 한의사로 명망이 높았다는 것이다. 수입도 많았다. 돈에 대한 걱정은 하지 않았다. 책을 사겠다면 자세히 묻지도 않고 아버님께서는 돈을 잘 주셨다. 다행이었다. 집안 식구들 어느 누구와 말을 하기 어려웠던 그는 집에 오면 작은 방에 틀어박혀 책을 읽는 것으로 시간을 보냈다. 책만이 친구였다. 마음을 달랠 수 있는 유일한 길이었다.

많은 책을 읽었다. 웬만한 문학 전집 같은 건 그때 이미 다 읽었다. 책과 가까이해서인지 학업성적은 항상 상위권을 유지했다. 학업성적이 좋아도 집안 식구들과 관계는 그대로였다. 변함이 없었다. 어머니와 식구들은 계속 그를 멀리했다. 모르는 사람을 대하듯 했고 말도 섞으려 하지 않았다. 어쩌다 어머니에게 말을 해 보면 퉁명스러운 대꾸가 반사적으로 튕겨왔다. 되돌릴 수 없는 죄를 지은 듯 고개 숙이고 얼른 자리를 피해야 했다. 어머니의 행동은 도봉산 바위 위에 단단히 박아 놓은 쇠말뚝과도 같았다. 전혀 변함이 없었다. 동생과 일가친척들마저 자연스럽게 그를 멀리했다. 집에 들어오면 혼자 외로이 생활할 수밖에 없었다. 처음부터 식구들이 없었던지 아예 고아로 태어났다면 그런대로 현실을 감수하며 적응하기가 수월했을 수 있다는 생각까지 들었다. 많은 일가친척과 형제자매들, 부모님이 엄연히 존재하는데 외로이 따돌림을 당하는 건 정말 견디기 힘들었다. 세상에서 이보다 더 괴로운 일은 없을 거라는 생각마저 들었다.

살다 보면 여러 가지 일들이 무수히 많이 생긴다. 희로애락이라는 말로 집약되지만, 그중 가장 괴롭고 슬픈 일은 쓰기조차 망설여진다. 슬프고 괴로운 일도 여러 가지지만 아마 가족, 그것도 부모와 자식 간 갈등이 아닌가 싶다. 이제 바로 눈앞에 저승세계가 다가와 있으니 망설이거나 꺼릴 필요가 없다. 모든 것을 사실대로 기록하는 게 내가 마지막 할 일이라는 생각이다.

어머니는 아버지와 선도 한 번 보지 않고 결혼을 했다고 한다. 그 당시는 부모끼리 혼약을 맺으면 그대로 결혼이 성사되었다 하니 어쩔 수 없는 일이긴 하다. 시골에서 생활하던 어머니는 국민학교도 제대로 졸업하지 못했단다. 열세 살에 시집을 왔다고 하니 세상을 알면 얼마나 알았을까 싶다.

그때는 일본 놈들이 우리나라를 지배하고 있던 시대였다. 정신대라는 명목으로 젊은 처녀들을 마구 끌고 갔던 암흑의 시기. 끌려가지 않으려면 빨리 결혼시켜 임자 있는 몸이라는 걸 알려야만 했다. 정신대로 끌려갔다가 위안부로 차출되는 것이 그 시대 처녀들이 당했던 가장 큰 고통이었다고 한다. 최근에 비로소 자세히 알려졌다. 그런 일 당했던 몇몇 사람이 아직도 살아있다. 그 할머니들이 일본 놈들의 잔악한 행동을 세상에 알리고 있는 중이다. 이제 얼마 있으면 그 할머니들도 곧 세상을 뜨게 되겠지만 실제 당했던 사람들의 증언이니 아니라고 부정할 수는 없다.

어머니를 욕하고 싶은 건 아니다. 어머니로 인해 말할 수 없이 괴로웠던 시간을 보내게 되었기에 한 번은 얘기하고 싶었다. 그 당시엔 저분이 진짜 나의 어머니일까 라는 의문까지 들기도 했다.

국민학교 때 누나 팬티 속으로 손을 집어넣고 중요한 부분을 만졌던 것. 지금도 내 손이 누나 팬티 속으로 어떻게 들어갔는지 정말 나도 모르는 일이다. 내가 알기로 그때 여자들 팬티는 밑에 고무줄이 없었다. 팬티 밑이 넓죽하니 열려 있어 쉽게 손이 들락날락할 수 있게 되어 있었다. 요새 남자들의 트렁크 팬티를 생각하면 쉽게 알 수 있다. 트렁크 팬티는 다리를 끼는 구멍이 좁은 편이지만 그 당시 여자들 팬티는 다리 끼는 폭이 넓었다. 어떻게 아느냐고? 그 당시 빨랫줄에 널려 있는 걸 보고 알았다.

그때 누나의 행동도 별로 좋은 건 아니었다고 생각한다. 자면서 항상 나를 가랑이 사이에 꼭 끼고 잤다. (왜 그렇게 했는지는 누나만 알고 있겠지.) 그러다 보니 나도 모르게, 아니면 두 다리 사이 팬티 속으로 손이 자연스럽게 들어갈 수 있었을 거다. 그걸 이해해 주어야 하지 않았을까?

설령 상황이 그렇게 되었더라도 누나가 조용히 어머니께 말씀드렸으면 좋았을 텐데! 나를 따로 자도록 했다면 그렇게 많은 고통을 당하지 않았을 거라고 생각한다. 외톨이가 되고 식구들로부터 따돌림을 당한 건 정말 괴로웠다. 그 일로 인해 내가 감성이 풍부해졌는지 모르지만 혼자 누구에게 말도 못하고 당했던 괴로움은 두 번 다시 생각조차 하고 싶지 않다.

집에 오면 숨이 콱콱 막혔다. 힘들었지만 책값을 잘 주셨던 아버님 덕택에 그나마 견딜 수 있었다. 방에는 많은 책이 쌓여 갔다. 책은 많은 이야기를 들려주었다. 새로운 세계를 그려보고 상상해보는 계기가 되었다. 그는 항상 현실 속의 집보다는 멀고 먼 세계를 바라보는 습관이 생겼다. 현실과 동떨어진 세계를 상상하며 그리워했다. 마크 트웨인이 쓴 『톰 소여의 모험』과 『허클베리 핀의 모험』과 같은 소년 생활을 동경하기 시작했다. 책 속에 펼쳐져 있는 세계는 끝없는 나래를 펼치며 꿈으로 변했다. 또 다른 어떤 세계가 어디선가 그를 기다리고 있을 것 같이 느껴졌다. 자유로운 곳을 찾고 싶은 마음이 생겼다. 숨이 막힐 것 같은 공간을 벗어나고 싶었다.

평소 아버님께서 책값으로 주셨던 돈 중에 일부를 조금씩 모았다. 중학교 2학년이 되던 해 방학을 이용해 집을 뛰쳐나왔다. 서울역으로 가서 기차를 탔다. 그때는 수원 정도만 해도 아주 먼 곳으로 생각되었다. 수원에는 고모가 살고 있었다. 몇 번 방학을 이용해 작은 형이 시골에 간다고 했을 때 함께 갔다 온 적이 있었다. 고모네 집은 경기도 화성군 봉담면 동화리였다. 그 당시 동화리는 깡촌이었다. 서울에서 방학 때 고모네 집에 가게 되면 아주 먼 시골에 온 듯 느껴졌다. 교통시설은 상상하기 힘들 정도로 열악했다. 그곳에 가려면 우선 서울에서 버스를 타고 수원까지 갔다. 다시 수원에서도 멀리 떨어진 오목내 가는 버스로 갈아타야 했다. 오목내 가는 버스는 거의 두 시간에 한 번씩 다녔다. 지금 출퇴근 때 콩나물 전철은 비교도 되지 않았다. 숨도 제대로 쉬기 어려울 정도로 사람들을 가득 태웠다. 그렇게 많은 사람이 버스 속에 처박힐 수 있다는 것이 신기할 정도였다.

고모네는 오목내에서도 십 오리 정도 더 걸어갔다. 걷는 길은 차량이 다닐 수 없게 좁았다. 소달구지나 다닐 법한 외딴 길이었다. 지금은 그런 흔적조차 찾기 어렵다. 고모네 집은 화성군(지금의 화성시)이었지만 부르기 쉽게 수원 고모라 불렀다.

알을 깨뜨리다

수원을 목적으로 역전에 내렸던 그는 고모 집으로 가지 않았다. 역전 근처에 있는 여관 문을 두드렸다. 나이가 어려 방을 내주지 않을까 걱정했지만 여관 주인은 묻지 않고 순순히 방을 내주었다. 여관방은 아무 집기 없이 바닥에 이불만 깔려 있었다. 그래도 마음은 가벼웠다. 그는 태어난 이래 처음으로 여관에서 혼자 잠을 잤다. 며칠 동안 편히 잠을 자며 자유를 만끽했다.

그때는 너무 좋았다. 집에서 억눌린 상태로 지내다 아무 간섭 없이 마음껏 혼자 생활했다. 자유를 얻은 듯한 기분이었다. 즐거웠다. 며칠 지내면서 여관에서 일하는 소년을 알게 되었다. 같은 또래라 쉽게 말을 틀수 있었다. 찐빵집에 가서 함께 빵을 먹으며 이런저런 얘기를 나누었다.
녀석은 대번에 그가 집 나온 걸 알고 있었다. 여러 말 묻지 않고 자기가 하는 일을 소개했다. 요새 말로 하면 삐끼였다. 그 당시에는 펨푸라고 불렀다. 펨푸는 여관에서 공짜로 잠을 자면서 각 방을 청소해 주는 일을 했다. 밥과 잠자리를 제공받으며 저녁에는 역에 나가 잠잘 손님을 데리고 오는 것이 주 업무였다. 때로는 여자를 원하는 사람에게 소개해 주는 일도 했다. 소개해 주었을 때는 별도의 소개비도 받았다.
그 녀석은 그에게 그 일을 해보지 않겠냐고 물었다. 아무나 시켜주지 않지만 자기가 소개하면 할 수 있다고 설명했다. 그런 일을 본인이 할수 있을까 싶어 처음에는 대답하지 못했다. 며칠 지나자 가지고 있던 돈이 바닥을 보이기 시작하자 무슨 일이든 해야 했고 스스로 부탁할 수밖에 없었다.
소개받고 가게 된 곳은 역전에서 멀지 않은 천일 여관이라는 곳이었다. 가자마자 각 방을 청소했다. 방마다 이불을 아랫목에 잘 깔아 두어서 손님이 왔을 때 편안하게 쉴 수 있도록 정리를 했다. 손님이 나가면 즉시 이불을 수거해 한 곳에 모아 두었다가 방을 청소한 후에 다시 이불을 갖다 놓곤 했다.

밥 먹고 잠자는 곳은 걱정하지 않게 되었다. 저녁 먹고 나면 역전으로 나갔다. 사람들이 잠잘 곳 찾아 헤맬 때 '여관 가세요'라고 호객을 하면 사람들은 대개 하루에 얼마인지 물어보고 흥정을 했다. 값이 맞으면 방을 정해 준 후 돈을 받아 주인에게 넘겨주고 다시 역전으로 나갔다. 방이 다 차면 다른 여관으로 손님을 데리고 갔다. 그럴 때 그 여관에서는 약간의 소개비를 주기도 했다. 여자 생각이 나서 서성이는 사람은 대개 목적 없이 이리저리 걸어 다니는 게 보통이었다. 그런 걸 알게 된 건 많은 시간이 지난 후였다. 처음에는 사람들에게 말을 먼저 건네지도 못했다. 오히려 그가 서성이고 있으면 누군가 다가와 여관이나 여자를 소개해 달라고 부탁했다. 여자를 소개해 주면 수입도 쏠쏠해서 다음 날 군것질할 용돈이 충분히 생겼다. 집에서 억눌리며 눈치만 보고 말도 제대로 못 하고 지내는 것보다 이런 생활이 훨씬 더 좋았다. 학교 갔다 오면 싫든 좋든 방에서 책만 보았지만 이렇게 자유로운 생활을 하게 되니 그때는 더 이상 바랄 게 없었다.

그때까지는 밤거리 여인에 대해 잘 몰랐다. 어떤 여자는 정말 예뻤다. 몸 파는 일 하고 있는 게 무척 안됐다는 생각마저 들었다. 안타깝기도 했다. 너무 난폭해서 감히 옆에 가기 겁나는 여자도 있었다. 그런데 그런 여자도 몇 번 접하다 보니 대부분 마음이 여리고 착한 심성을 가지고 있다는 걸 알았다. 생활 때문에 착하고 여린 심성은 밑바닥에 깔려

알을 깨뜨리다

밖으로 전혀 보이지 않았다. 그때 그의 모습이 이런 일 하는 다른 녀석들하고 다르게 보였던지 몇몇 여자들은 사근사근 대해 주기도 했다.

어느 날 저녁 역전으로 나가 평소같이 일을 시작하는데 별안간 등 뒤에서 누군가 어깨를 꽉 움켜쥐더니 양팔을 꽉 붙들었다. 깜짝 놀라 바라보니 고모와 고모부였다. 그가 집에서 보이지 않자 작은 형이 수원 고모 집에 간 건 아닌가 싶어 수원에 왔다 갔다는 걸 알았다. 그가 수원 역전에 있다는 걸 알게 된 건 고모 동네에 사는 사람이 우연히 역전에서 그를 보게 된 게 원인이었다. 고모에게 말해 주어서 그를 찾아 나선 것이다.

그는 서울로 압송(?)되었다. 집에서는 조그만 녀석이 어른들께 말도 안 하고 며칠씩 몰래 집을 나갔다며 단단히 버릇을 고쳐주어야 한다고 했다. 아버지는 그를 기둥에 묶은 다음 잘못을 빌게 했다. 집을 나가게 된 이유를 어떻게 설명할 수 없었다. 잘못했다고 비는 일 외에는 달리 방법을 찾지 못했다.

식구들은 그를 전보다 더 멀리했다. 큰 죄인인 양 조용히 다른 식구들 눈치를 보며 지내야 했다. 마음속에서 울컥울컥 솟아오르는 슬픔을 어떻게 설명할 수 없었다. 외로움 달래는 방법은 책을 가까이하는 길밖에 없었다. 그에게는 책 읽는 것만이 유일한 낙이었다. 그의 소년 시절은 이렇게 잘라 없애 버리고 싶을 만큼 괴로운 시절이었다.

*

고등학교 2학년까지는 학교생활에 열중했다. 집안에서 따돌림 받는 것이 힘들었지만 다른 일에 집중하면서 외로움을 이기려 노력했다. 앞 집에 새로 이사 온 이주동이라는 아이와, 방과 후 시간 보낼 수 있었던 미술실이 큰 힘이 되었다. 집에 들어가 따돌림 받는 것보다 미술실에서 늦게까지 그림 그리는 것이 좋았다. 화판을 앞에 놓고 마음에 드는 색으로 하얀 공간을 채우다 보면 새로운 세계가 나타나곤 했다. 다양한 색깔로 형태를 만들어 가는 것이 재미있었다. 선과 색으로 새로운 세계를 만들어 가는 일은 집에서 당하는 괴로움을 말끔히 씻어주었다.

그가 그리는 그림은 다른 친구들이 그리는 것과는 아주 많이 달랐다. 사물을 똑같이 그리지 않았다. 실제 형체나 모양과는 다르게 느낀 대로 강하게 선을 만들고 색칠했다. 자기 멋대로 선을 만들었다. 혼자만의 스트레스 해소법이었다. 화판에 여러 가지 색을 입히면서 자신의 생각을 색으로 칠해가다 보면 기분이 좋아졌다. 그가 완성하는 그림을 미술부 친구들은 관심조차 갖지 않았다. 심지어 조롱의 대상이었다. 실제 형체와 전혀 다른, 도무지 알 수 없는 그림을 그리고 있으니 모든 미술부 친구들과 선배들은 그를 멀리했다. 가까이하려 하지 않았다. 미술부에서도 외톨이로 지내야 했다. 그래도 집에 들어가 말도 못하고 따돌림 받는 것보다는 미술실에서 색채로 하얀 공간을 마음껏 채워가는 것이 훨씬 더 좋았다. 해가 서산으로 거우름 해질 때쯤 미술실을 나왔다. 언제나 마지막으로 모든 걸 정리하고 집으로 돌아왔다. 그의 그림을 미술부 친구나 선배들은 잘 이해해 주지 않고 멀리했으나 한 사람, 미술 선생님은 아니었다. 볼 때마다 그의 그림을 칭찬하고 격려해 주었다. 미술 선생님이 칭찬해 주는 덕분에 그는 미술부에서 잘리지 않고 버틸 수 있었다.

미술실에서 방과 후 시간을 보내던 때, 그 당시 유명했던 예술대학에서 주최하는 전국 고등학생 사생 실기대회가 열렸다. 매년 정기적으로 열리며 미술에 소질이 있거나 장래가 촉망되는 학생을 발굴하는 대회였다. 미술부 학생들도 모두 참여했다. 대회에 참가한 그는 미술실에서 평소 하던 방식대로 전혀 긴장하지 않고 작업을 했다. 아무 부담 없이 그렸다. 먼 산을 생각하고 느낀 대로 색칠했다.

한낮이라 밝은 빛이 강렬하게 푸른 산을 휘덮고 있었다. 산은 살아 있었다. 그 속에 움직이는 많은 생명들이 숨 쉬고 있는 것이 느껴졌다. 하얀 공간을 색으로 채웠다. 능선은 선이었다. 선이 이어지며 경계를 이루었다. 두껍게 칠했다. 하늘이 있었다. 땅이 있었다. 실제 형상과는 거리가 멀었지만 굵은 선으로 산의 능선을 표현하면서 강조하고 싶은 부분은 강렬한 색채로 칠했다.

처음 출전하는 대회였는데 생각 못 했던 일이 일어났다. 그는 그 대회에서 대상을 탔다. 대상은 그 대회에서 단 한 명에게 수여되는 최고의 상이었다. 모두 부러워하고 타고 싶어 하는 상이긴 했지만 자기가 대상을 타게 된 것은 뭔가 잘못된 거라 생각했다. 부끄러웠다. 스스로 생각하기에 똑같이 그리지 않았고 자기 생각대로 표현했던 그림이었다.

미술부 친구들과 선배들은 그를 전과 다르게 대해 주었다. 그의 그림에 대한 설명을 듣고 싶어 했다. 그는 어떻게 설명해야 할지 방법을 찾지 못했다. 혼자만의 스트레스 푸는 방법이 대상을 타다니…. 자신의 스트레스를 친구와 선배들에게 설명할 수 없었다. 난감했다. 미술실은 스트레스를 푸는 공간이 아니라 부담스러운 곳이 되었다. 출입이 뜸해지더니 아예 발길을 끊고 말았다.

다시 고통의 시간을 보내야 하는 게 아닌가 걱정될 무렵 앞집에 누군가 이사를 왔다. 앞집이었기에 몇 가지 짐을 들어주고 도와주었다. 요사이 같이 이삿짐센터 같은 것이 그때는 없었다. 옆집에서 함께 도와주는 것이 자연스러웠던 때였다. 새로 이사 오는 사람들이 고마워했다. 그 집 식구 중에 얼굴이 하얗고 귀염성 있는 표정에 귀티가 나는 아이가 있었다. 아이는 그를 형, 형 하며 잘 따라 주었다. 시시때때로 허물없이 찾아와 공부도 하고 많은 시간을 함께 했다. 그 아이에게는 그와 동갑인 누나가 있었다. 그녀는 매일 노래연습을 했다. 노래는 보통을 넘어서는 수준이었다. 소리는 길가로 뚫려 있는 그의 방 창문을 통해 자연스럽게 흘러들었다. 열거할 수 없을 정도로 많은 클래식 음악을 알게 된 것도 그녀가 부르는 노래를 들으면서 시작되었다. 특히 나비부인 중 〈어떤 개인 날〉, 푸치니 오페라 〈잔니 스키키〉 중에서 〈오 사랑하는 나의 아버지〉 같은 노래는 언제 들어도 감동이었다.

좋은 건 한두 곡이 아니었다. 감성이 풍부한 것도 있었지만 창문을 통해 들려오는 노랫소리는 그를 위로해 주고 보듬어 주었다. 외롭고 고독했던 그는 그 노랫소리에 더 깊이 빠져들었다. 짝사랑이기는 했지만, 그녀는 그의 첫사랑이라 할 수 있었다. 그녀를 생각하며 더욱 많은 책을 읽었다. 그녀를 사모하므로 집안에서 당하는 외로움을 이길 수 있었다. 그러나 그녀를 사모하는 일과 집안에서 당하는 고통은 별개의 것이었다. 그녀는 나중에 이화여대 성악과에 들어가 성악가의 길을 걸었다.

그는 다시 집을 나왔다. 고등학교 2학년은 육체적으로 성인에 가까웠

알을 깨뜨리다

다. 1년 후면 대학을 가야 했으나 집안에서 당하는 외로움을 참아내기는 정말 힘들었다. 어머니와 차분히 대화를 나눈다는 건 절대 할 수 없었다. 다른 식구들에게 모든 걸 이해시키려면 조용히 마주 앉아 이야기해야 할 텐데 그 자체가 이루어지지 않았다. 얘기해 보려고 시도하면 아예 피해 버렸다. 들으려는 생각조차 안 했다. 마음껏 터놓고 얘기할 수 없는 게 이렇게 괴로울 줄 몰랐다.

앞집 아이가 간혹 놀러 오긴 했으나 근본적인 문제는 해결되지 않았다. 집에 계속 있다가는 식구들 중 누구에게 폭력을 행사할 것 같았다. 특히 어머니에게 잘못된 행동을 하게 될까 봐 겁이 났다. 사고를 방지하는 건 집을 나가는 게 최상의 길이었다. 방학을 이용해 일을 저지르기로 결심했다. 학교를 중도에 그만두어야 한다는 게 괴롭고 마음 아팠다. 며칠간 고민을 많이 했다. 맨손으로 나갈 수는 없었다. 돈을 줄 사람도 없다. 어쩔 수 없었다. 장롱을 뒤지기로 작정했다. 어머니는 평소 장롱 속에서 돈을 꺼냈다. 다른 중요한 것도 그곳에 넣어두는 걸 몇 번 본적이 있었다.

어느 날 집에 아무도 없다는 걸 확인하고 행동에 옮겼다. 장롱 속에는 많은 현금이 있었다. 현금을 뒤적여보니 밑에 묵직한 금반지 몇 개가 있었다. 금반지는 반드시 쓸모가 있을 것으로 보였다. 돈의 일부를 챙기고 금반지를 들고 집을 나왔다. 식구들 생활비일 것이라는 생각에 마음이 아팠다. 나쁜 짓인 줄 알고 있었지만 더 좋지 않은 일이 생기지 않게 하려면 달리 방법이 없었다.

집을 나오니 막연했다. 전에 갔던 수원을 가보기로 했다. 역전에는 그를 소개했던 녀석이 그대로 있었다. 다시 집을 나왔는데 역전에서 제일 큰 여관에 소개해 달라고 부탁했다. 쉽게 이루어졌다. 숨 막히는 억눌림에서 해방된 기분이었다. 집에 대한 그리움이나 애착 같은 건 전혀 없었다. 그 여관에서는 밖에 나가 호객행위를 할 필요가 없었다. 손님들이 스스로 찾아왔다. 청소만 잘하면 참견하는 사람이 없었다. 별 느낌 없는 하루하루의 생활이 시작되었다.

며칠 지나자 깜짝 놀랄 일이 생겼다. 이른 저녁이라 방 찾는 사람이 없을 시간이었다. 평소와 같이 각 방을 청소하며 시간을 보내고 있었는데 교복 입은 여학생 두 명이 여관 문을 두드리며 주인을 찾았다. 그들을 주인에게 소개해 주고 다시 일에 열중했다. 얼마 후 두 여학생은 교복을 벗고 평상복으로 갈아 입은 채 행동을 했다.

그 날밤 손님 중에 여자를 찾는 사람이 있었다. 주인은 그 두 여학생을 들여보내라고 했다. 한 여학생은 단정한 모습에 체격도 날씬하고 얼굴도 예뻐서 안타까운 마음이 들기도 했다.

처음에 그는 그녀들에게 그다지 관심이 없었다. 특별한 일만 없으면 식사시간에 모두 같은 방에서 밥을 먹었다. 그녀들이 서울에서 고등학교 2학년으로 학교에 다니다 온 걸 알았다. 그와 공통점이 있었다. 궁금해졌다. 그녀들도 그런 감정을 가지고 있다는 걸 느꼈다.

그는 하루 종일 여관에 붙박이로 있지 않아도 되었다. 맡은 일만 충실히 하면 주인이나 어느 누구도 간섭하지 않았다. 극장에서 영화감상도 할 수 있었다. 바쁘지 않을 때는 본인이 하고 싶은 일을 해도 되었다. 두 여학생 중 한 여학생은 활발한 성격이었다. 어느 날 수원 구경을 시켜 달라고 그에게 부탁했다.

알을 깨뜨리다

그게 시작이었다. 함께 하는 시간이 생기기 시작했다. 수원에 있는 극장과 근교에 있는 서울대학교 농과대학(지금은 아님)의 아름다운 숲과 호수 등을 안내해 주었다. 그녀들에 관한 얘기도 들었다.

예쁘고 단정한 여학생 이름은 진아다. 친아버지는 일찍 돌아가셨다. 의붓아버지 밑에서 학교에 다녔다. 불편하거나 어렵지 않았다. 자연스럽게 느껴졌다. 어느 날 엄마가 집에 없을 때였다. 의붓아버지 태도가 이상했다. 평소와 달랐다. 강제로 성폭행을 당했다. 피할 수 없었다. 한 번으로 끝나는 게 아니었다. 엄마만 없으면 계속 반복됐다. 아무에게 말도 못하고 괴로운 시간을 보내야 했다. 죽고 싶었다. 견디다 못해 친구에게 얘기했다. 그 친구도 비슷한 상황이었다. 벗어나고 싶었다. 집에서 더 이상 지내고 싶지 않았다. 둘은 집을 나왔다. 숙식을 해결할 방법을 찾아야 했다. 무어라도 해야 했다. 찾다 보니 이 길로 들어섰다.

그는 진아와 자주 데이트를 즐겼다. 극장구경도 같이했다. 아름다운 곳을 찾아다니며 많은 이야기도 나누었다. 진아는 김소월 시를 줄줄 외웠다. 릴케, 괴테 등 많은 시인의 시도 틀리지 않고 바르게 알고 있었다. 데이트 때마다 시를 하나씩 풀어주며 풍부한 감성을 들어내기도 했다. 그가 읽었던 많은 책에 대해서도 서로 얘기했다. 때로는 진지하게 각 분야에 대한 의견을 나누기도 했다.

그는 첫 키스를 진아와 했다. 그때까지 그는 여자를 몰랐다. 진아는 아름다운 숲이나 조용한 곳을 거닐다 아무도 없다고 생각되면 매달리며 껴안아 달라고 졸랐다. 입술을 들이대며 그의 입술과 혀를 빨아주곤 했다. 그는 그렇게 아름답고, 맛있고, 멋있는 키스를 또 할 수 있을까 싶었다. 그와 관계를 갖게 된 진아는 그가 첫 경험이라는 걸 알았다.

자기같이 더러워진 여자에게 순결을 바치게 했다며 미안하다는 말을 했다. 진아는 그를 성심껏 대해 주었다. 하루라도 보지 못하면 불안하다고 했다. 멀리서라도 그의 얼굴을 봐야 마음이 안정된다고 고백했다.

아무도 모를 줄 알았던 그 둘의 관계를 역전에 있는 펨푸들이 알았다. 추수가 끝난 황량한 논밭에 끌려나가 그들에게 몰매를 맞았다. 여자를 꼬셔서 이곳을 뜨려 했다는 거였다. 그들 용어로 다구리라 했다. 뒤에서 두 놈이 양팔을 하나씩 붙잡았다. 한 녀석이 번갈아 가며 얼굴, 배등을 사정없이 때리고 두들겼다. 세 녀석이 교대로 역할을 바꾸었다. 얼굴은 온통 멍이 들고 부르터 두 배로 부었다. 알아보기 어려울 정도였다. 여관 주인도 대강 사정을 알고 모르는 척 묵인했다.

얼굴 붓기가 다 빠지기 전에 진아와 친구는 수원 역전에서 사라졌다. 어디로 간다는 말 한마디 없이 수원 역전에서 보이지 않았다. 누구에게 물어볼 방법이 없었다. 붓기가 다 빠지자 이곳을 떠야 한다는 마음이 들었다. 어디로 갈 것인가 며칠을 고민했다. 경부선의 종착역 항구 도시 부산을 가보기로 마음먹었다. 그때까지 기차를 타고 그렇게 멀리 가본 적이 없었다. 차창을 통해 보이는 모든 풍경은 책을 통해 느꼈던 광경보다 더 생생하게 실감이 났다. 그는 꿈의 세계를 찾아가는 나그네라 생각했다. 집에 대한 그리움이나 미련은 없었다. 보이는 모든 것이 낯설었다. 낯선 자체가 그냥 좋았다. 부산은 서울과 많이 달랐다. 우선 말소리가 생소했다. 강한 억양은 서울에서 평소 듣던 말과 다른 분위기였다. 부산역에 내린 그는 길 건너 조그만 여관에 숙소를 정하고 며칠간 이곳저곳을 돌아다녀 보았다. 마음이 내키지 않았다.

알을 깨뜨리다

제주도를 가보고 싶었다. 제주도에서 생활 터전을 마련해 보자는 마음이 생겼다. 돈을 마련하기로 했다. 금반지를 팔기 위해 금은방을 찾아갔지만 보증서가 없으면 살 수 없다고 했다. 금반지를 팔기 위해 어떻게 해야 좋을지 몰라 시장바닥을 헤매다가 노점상에게 얘기를 해보았다. 의외였다. 노점상이 반지를 사겠다고 했다. 잠깐 기다리라더니 금 시세를 물어보고 이곳저곳 다니며 돈을 마련한 후 사 주었다. 목돈이 생겼다.

처음 타 보는 배가 바다를 헤치고 가는 게 신기했다. 멀리 보이는 수평선은 끝이 없을 것 같았다. 난바다 물결이 춤추고 있었다. 아득하게 드넓은 바다는 검푸렀다. 왠지 꿈속에서 그려보았던 세계가 닥쳐올 것 같은 기분이었다. 뱃머리에 앉아 밤바다 구경에 넋이 빠져 있을 때였다. 언제 다가왔는지 같은 또래 녀석 하나가 말을 걸어왔다.

얘기를 나누어 보니 그 친구는 고향이 제주도였다. 그를 제주도 사람인 같은 또래로 생각하고 쉽게 다가온 거였다. 제주도가 초행이라는 얘기를 듣자 그는 자신의 집 주소를 알려주었다. 갈 곳이 없으면 자신을 찾아오라 했다. 적어준 주소 쪽지를 받아 주머니에 그냥 쿡 쑤셔 넣었다.

제주도는 신기한 것이 정말 많았다. 육지에서 생활해 왔던 그에게 제주도는 색달랐고 이채로웠다. 이곳저곳을 구경하느라 처음 며칠은 시간 가는 줄 모르고 돌아다녔다. 시간이 지나면서 혼자 다니는 것이 생각했던 것보다 훨씬 어렵다는 걸 알았다. 새로운 것들도 두 번 이상 보게 되니 싫증이 나기 시작했다. 누군가 그리워졌다. 배 안에서 만난 녀석이 생각났다. 주머니를 뒤져 보니 주소를 적어준 종이쪽지가 그대로 있었다.

힘들게 묻고 물어서 찾아간 곳은 바다 가까이 있는 전형적인 제주도 토박이 집이었다. 집 담장은 구멍이 숭숭 뚫린 검은 돌로 휘둘러 있었다. 검은 돌담과 바닷소리가 어울려 이국적인 분위기가 감싸고 있었다. 가까운 곳에서는 쉴 새 없이 밀려오는 파도가 와그랑와그랑 고함을 치며 귓가를 두들겼다. 파도가 하얀 거품을 일으키며 갯바위를 두들겼다. 하얀 물보라도 날렸다. 바람이 거슬거슬하게 불었다. 끊임없이 세차게 밀려와 부딪치는 파도 소리는 거대하고 장엄하며 신성하기까지 했다. 외로운 등대처럼 홀로 서 있는 작은 집은 바다를 지키는 보초병 같았다.

제주도 친구는 그를 반갑게 맞아 주었다. 해녀인 어머니가 바다에 나가 채취한 해산물로 생활하고 있었다. 집안 형편이 좋지 않아 육지에 나가 취직을 해 보려고 나가보았으나 마음먹은 대로 쉽게 되지 않았다. 다시 집으로 돌아오던 배 안에서 그를 만났다는 것이다. 그를 자기와 같은 처지로 생각하는 듯했다. 모든 걸 터놓고 얘기했다. 이곳에선 취직하기가 어려워 어머니가 푼푼이 모아 둔 돈으로 밀항선 타고 일본에 갈 거라 했다. 여기서 고생하는 것보다 일본으로 들어가 닥치는 대로 일을 해도 이곳보다는 나을 거라는 거다. 아는 사람 몇 명은 이미 자리 잡고 잘살고 있다는 소식도 들었다고 했다. 밀항하는 방법을 자세히 설명하며 특별히 할 일 없으면 같이 가자고 권했다.

요새 같으면 밀항한다는 건 있을 수 없고 하지도 않을 거다. 그때는 몰래 일본으로 들어가 사는 사람들이 의외로 많이 있었다. 제주도 친구는 그를 설득했다. 처음에는 다른 사람 얘기하는 거로 생각하고 듣는 둥 마는 둥 했지만, 열심히 설명하는 제주도 친구의 말에 점점 귀를 기울이게 되었다. 무얼 할지 정해진 게 없던 그는 터놓고 모든 걸 사심

없이 얘기하는 제주도 친구의 말을 믿기로 했다.

진행은 빨랐다. 해녀인 어머니를 통해 일본으로 데려다줄 사람을 만났다. 삼십 대 중반 나이의 깡똥한 모습에 거무튀튀한 피부와 굵직한 뼈대의 사람이 방법을 자세히 알려주었다. 며칠 후 데리러 오기로 약속했다.

그는 제주시 태평여관이라는 곳에 짐을 풀고 있었다. 그 당시 제주시에서는 상급에 속하는 여관이었지만 지금의 모텔이나 여관에 비하면 비교도 되지 않을 정도로 시설이 빈약했다. 적산가옥을 여관으로 개조해서 각 방은 한식과 일본식이 절충된 문으로 되어 있었다. 문은 일본식이었지만 유리 대신 창호지를 붙여 시선만 차단했다. 조금 큰 소리를 내면 근처 방으로 자연스럽게 들렸다. 그래도 숙박하는 사람들이 꽤 있는 편이었다. 그가 묵고 있던 방 복도 건너편에도 사람이 들었다. 건너편 방 사람은 저녁만 되면 날마다 여자를 데리고 들어왔다. 시간이 좀 지나면 부스럭거리는 소리가 들리면서 가쁜 숨소리와 함께 끊어질 듯 자지러지는 여자의 신음 소리가 들렸다. 백 미터 경주를 방금 끝낸 사람처럼 가쁘게 몰아 쉬는 남자의 거친 숨소리가 복도 건너편 그의 방까지 생생하게 들렸다. 작은 숨소리 하나까지 또렷했다. 소리만으로도 무엇을 하고 있는지 정확히 알 수 있었다. 언젠가는 생생하게 들려오는 소리 때문에 잠도 못 자고 혼자 자위를 할 때도 있었다.

그곳에서 며칠을 보낸 후 드디어 밀항선을 타기로 약속한 날이 하루 앞으로 다가왔다. 대한민국도 이제 마지막이라는 생각에 마음이 싱숭생숭했다. 바닷가에 가서 마음을 정리하고 오자는 생각으로 방문을 열고 나오는데 앞방의 문이 활짝 열려 있는 것을 목격했다. 방 안에는 커다란 가방이 놓여 있고 입을 크게 벌린 채 열려 있었다. 안에 있는 옷들이 전부 보였다. 별 느낌 없이 잠깐 밖에 나갔을 거라 생각하며 대수롭지 않게 여겼다. 바닷가로 나갔다. 바닷가를 거닐면서 앞날이 어떻게 전개될지 알 수 없는 미래를 상상하며 생각에 잠겼다.

걸음을 멈추고 혼자 무심히 바다를 바라보고 있는데 별안간 두서너 명의 사람들이 그를 감싸며 손을 내놓으라고 했다. 왜 그러냐고 물었지만, 그들은 가보면 알게 된다는 말만 했다. 손을 내밀자 수갑을 채웠다.

그때는 일본에 밀항하려는 것이 들켰나 보다 생각했다. 경찰청에 끌려가 알게 된 사실은 의외였다. 앞방에 있던 사람이 그를 고발했다는 거다. 방에 들어가 가방을 뒤졌고 그 안에 있던 귀금속을 가져갔다는 거다. 지금 현장이 보존되어 있으니 가보자고 했다. 형사들은 그를 데리고 여관에 와서 소지품 전부를 조사했다. 활짝 열려 있는 가방을 보여주었다. 이렇게까지 해 놓고 거짓말을 하냐며 귀금속을 어디 두었냐고 다그쳤다. 황당했다. 여관에서 나와 부둣가로 향했다. 그 짧은 시간에 어디에다 감출 수 있냐며 항의해 보았지만 형사들은 더 이상 들으려고도 하지 않았다. 그를 유치장에 가두고 제대로 말할 때까지 조사할 거라 했다. 일본에 가고 안가고는 문제가 아니었다. 억울하게 죄를 뒤집어쓸 상황이었다. 어떻게 해야 할지 막막했다.

무려 한 달 동안 유치장 안에서 보냈다. 유치장 생활이 견디기 어려워서 가져갔다고 거짓말을 하려 해도 그걸 증명할 방법이 없었다. 답답한 채로 한 달쯤 보냈을 때 기쁜 소식이 들려왔다. 앞방에 있던 사람이 거짓말을 했다는 게 들통이 났다. 그 당시는 박사라 하면 굉장한 사람으로 여겼던 시절이었다. 그때는 박사학위 받은 사람이 많지 않았던 때라 더 그랬다. 앞방에 있던 사람이 서울대학교 문학박사 명함을 돌려가며 가짜 박사행세를 하고 다녔던 걸 함께 여관 드나들었던 여자가 고발했다. 그녀도 처음에는 박사라는 말에 속아서 가진 것 모두 바쳐가며 가까이 사귀었다. 전혀 눈치채지 못했다고 했다. 시간이 지나면서 알고 보니 다 거짓말이었다는 거다. 더구나 여관에서 생긴 일은 사실이 아니라고 얘기했다. 그 남자가 꾸며낸 사기라고 그녀가 검찰에 말해 주었다.

그녀가 모든 걸 사실대로 알려주자 담당이었던 검사가 그에게 미안하다며 사과를 했다. 그 사람이 박사라는 말에 모든 걸 제대로 조사하지 않았다며 그 사람 말만 믿은 게 잘못이라고 했다. 그를 유치장에 가두게 된 것은 모두 자신의 실수였다고 말했다. 담당 검사는 그를 자신의 집에 데려가 며칠 동안 잘 대접해 주었다. 유치장에서 지내느라 몸이 많이 상했을 거라며 쉴 수 있도록 모든 편의를 제공해 주었다. 자신이 직접 그가 다니던 고등학교에 연락해서 유치장에 억울하게 들어가게 된 경위를 설명해 주었다.

검사가 자세히 설명해준 덕(?)에 학교는 자동으로 휴학 처리가 되었다. 그의 집에는 억울하게 유치장에 갇혀 있었다는 걸 설명해 놓은 상태였다. 필요하다면 자신이 모든 책임을 지고 변상하겠다고 아버님에게 연락도 취해 놓았다. 아버님은 그가 잘못한 것이 없다고 검사가 직접 서신까지 보내왔으니 이럴 수도 저럴 수도 없이 그냥 받아들였다. 조용히 집에 돌아올 수 있었다.

집에 돌아온 그는 아무 말 없이 열심히 공부만 했다. 집안 식구들하고는 말을 섞지 않았다. 성적표 받으면 조용히 아버지 책상 위에 갖다 놓곤 했다. 아버지께서는 계속 책값만은 잘 주셨다. 그의 고등학교 시절은 이렇게 평범하지 않은 가운데 지나갔다.

*

작은 형은 공부를 정말 잘했다. 그 당시 서울대학교 공과대학은 이공계로서는 대한민국에서 최고 손꼽는 수재들이 모이는 곳이었다. 4년 동안 장학금으로 학교에 다녔다. 장래가 촉망되는 인재로 주목받았다. 선망의 대상이었다.

그는 작은 형과는 비교적 대화를 나누는 편이었다. 집안 식구들은 그를 멀리하고 대화하기를 꺼렸지만 작은 형은 시간 될 때마다 대화를 나누며 장래문제에 대해 의논하기도 했다. 형은 평소에 학교 기숙사에서 생활했다. 한 달에 한 번 집에 오면 오래 머물지 않고 곧장 학교로 다시 돌아가곤 했다. 형이 집에 있으면서 그와 식구들 사이를 중재했더라면 굳이 집을 뛰쳐나가는 일은 생기지 않았을 거다. 그에게 큰 영향을 준 사람도 작은 형이라 할 수 있다. 형이 공부했던 참고서적을 보기만 했는데 성적이 상위그룹에 속한 것도 형 덕이었다. 그가 고등학교 3학년 때 작은 형은 대한민국 헌법을 요약해 놓은 책을 그의 방에 놓고 갔다. 대한민국 헌법이 어떻게 구성되었는지 틈틈이 보아 두었다. 대학교 1학년 자치 활동을 할 때 많은 참고가 되었다.

대학교 1학년이 되었을 때 4·19가 일어났다. 대학교에 들어가자 용돈이 궁해졌다. 그 당시는 신문 한쪽에 대학생 아르바이트란이 별도로 개설되어 있었다. K대생으로 아르바이트를 원한다고 간단히 신문에 냈는데 K대를 졸업했다는 어느 사업가에게서 연락이 왔다. 자녀 둘을 가르쳐 달라고 했다. 장소는 지금 롯데호텔 자리에 있던 반도호텔(그 당시 우리나라에서 제일 큰 호텔) 3층 사무실이었다. 학교 수업이 끝나면 곧장 아이들을 가르치기 위해 그곳으로 갔다. 그날 아르바이트 끝내고 집에 가기 위해 밖으로 나왔을 때 데모 중인 대학생들을 보았다. 바로 그가 다니는 대학교 학생들이었다. 그날이 바로 4월 18일이었다.

데모대는 시청을 거쳐 을지로로 향하고 있었다. 자연스럽게 행렬의 뒤를 따라갔다. 평소 생각하고 있던 일들이 드디어 터졌구나 하는 심정이었다. 길가에는 많은 사람들이 나와 박수 치며 학생들을 격려하고 있었다. 아주머니들이 양동이에 물을 담아 놓고 학생들에게 나누어 주며 눈물 흘리는 광경을 직접 목격했다. 어떤 선동이나 강요에 의해 하는 행동들이 아니었다. 한 사람 한 사람이 자발적으로 나와 참여하고 있었다. 조직이 아니었다. 순수함 그 자체였다. 각자가 마음에 우러나 행동했지만 그 어떤 조직보다도 더 일사불란하게 질서를 지켰다. 서로 도와가며 움직였다. 자발적으로 길거리에 나와 젊은 학생들을 위해 할머니와 아주머니들이 뒷바라지해주는 모습에 눈시울이 젖었다. 미리 쓰인 각본이 아니었는데도 서로 협조하는 모습은 감동 그 자체였다. 많은 국민들이 부당한 정권의 행태에 대항해야 한다는 걸 깊이 공감하고 있었다는 걸 느꼈다. 어느 누구도 무서워하는 기색이 보이지 않았다. 몸속 어느 곳에 웅크리고 있던 뜨거운 것이 울컥 올라왔다. 모두 목이 터져라 외치고 부정부패한 정권의 퇴진을 부르짖었다. 처음부터 함께 하지 못한 것이 부끄럽기까지 했다.

1960년 4월 12일 신문을 받아본 국민들은 커다란 충격을 받았다. 정·부통령 선거일인 3월 15일 마산에서 부정선거 규탄 시위가 있었다. 경찰은 시위를 진압하면서 많은 최루탄을 발사했다. 최루탄 진압으로 시위가 어렵게 되는 듯했는데 마산상고 학생 김주열 군의 주검이 4월 11일 마산 앞바다에서 발견되었다. 머리와 눈에 최루탄이 박힌 채 물 위로 떠올랐다. 한 달 만에 처참한 주검으로 나타난 17살 소년의 모습이었다. 신문에 생생하게 보도되었다. 이 사진은 자유당 정권에 억눌려 있던 국민들의 마음을 분노로 폭발하게 만들었다.

서울에서 맨 처음 불을 지핀 것이 바로 4월 18일 데모였다. 땅거미가 슬쩍 고개를 내밀고 어둑어둑한 기운이 덮여올 때 데모대는 을지로4가를 거쳐 종로4가 쪽으로 방향을 틀어 천일극장 앞까지 갔다. 별안간 행렬이 멈추더니 선두가 무너지며 대오가 흐트러지기 시작했다. 사람들이 픽픽 쓰러졌다. 그는 행렬의 중간에 있었다. 정말 순식간이었다. 뒤에 오던 학생들은 무슨 일인지 몰라 당황했다. 누군가 크게 소리치는 게 들려왔다.

"깡패들이다. 깡패를 동원해 우리를 막으려 한다!"

언뜻 쳐다보니 깡패들은 손에 몽둥이를 들고 있었다. 경찰을 사칭한 정치깡패들은 학생들을 기다리다 불시에 공격해 왔다. 전혀 예상 못한 일이었다. 무방비 상태로 진행되던 행렬은 순식간에 붕괴하였다. 정치깡패들이 휘두르는 몽둥이에 선두그룹이 쓰러지며 아수라장이 되어 갔다. 그는 옆구리에 책가방을 들고 있었던 게 도움이 되었다. 얼떨결에 책가방으로 깡패들 몽둥이를 막고 간신히 옆 골목으로 피하면서 소리 질렀다.

알을 깨뜨리다

"도망가지 말아라. 깡패들에게 덤벼라!"

길가에 있던 돌을 집어 깡패들에게 던졌다. (그 당시는 도로가 제대로 포장된 곳이 많지 않았다. 길가에 돌멩이가 여기저기 흐트러져 있었다. 이쪽 길도 포장되어 있지 않았다.) 예기치 못한 공격을 받고 도망가던 학생들이 정신을 가다듬었다. 길가에 있던 돌멩이를 집어 깡패들에게 던지며 대항하기 시작했다. 순식간에 깡패들을 향해 돌멩이가 빗발치듯 날아갔다. 몽둥이를 들고 날뛰던 깡패들도 빗줄기처럼 쏟아지는 돌멩이 앞에서는 힘을 쓰지 못했다.

얼마 후에 상황은 역전되었다. 깡패들이 도망가기 시작했다. 힘없는 학생들이 뭉치니까 결국 조직적인 깡패들도 무너지는 걸 직접 목격했다. 그날 학생들의 피해는 엄청났다. 머리가 터져 피를 줄줄 흘리는 학생, 걷지 못할 정도로 심하게 절룩거리는 학생, 실신해서 인사불성이 된 학생도 있었다.

그래도 학생들 데모는 멈추지 않았다. 천일 극장 앞 경찰을 사칭한 정치 깡패 습격사건은 신문에서 크게 다루었다. 오랜 시간이 지난 후에 4·19를 논할 때 4월 18일 천일극장 앞 정치깡패 사건은 한동안 빼놓지 않고 나왔다. 그만큼 천일극장 앞 경찰을 사칭한 정치 깡패 사건은 역사의 한 페이지를 장식하고도 남을 만한 사건이었다.

다음날 4월 19일, 학교에서는 수업하는 강의실이 보이지 않았다. 그의 집은 신당동에 있었다. 학교에서 집으로 돌아와 방에 앉아 있으니 어제 일들이 생각났다. 피가 끓어오르고 도저히 가만히 있기가 어려웠다. 집을 나와 시청 쪽으로 발길을 옮겼다. 시내는 교통수단이 전부 마비된 상태였다. 한참을 걷다 보니 을지로 입구 원각사(지금은 없어짐)

앞까지 이르게 되었다. 당시 원각사 맞은편에는 내무부가 있었다. 입구에 기관총 같은 화기가 설치되어 있었다.

데모대는 무서워하지 않고 대한민국 만세를 부르며 부패 정권 물러가라, 자유당 정권 물러가라 외치며 물러서지 않았다. 오히려 더 격렬하게 소리쳤다. 시간이 지날수록 사람들은 더 많이 몰려들었다. 그렇게 얼마의 시간이 흘렀을 때였다.

탕 탕 탕 총소리가 연달아 울리며 선두그룹 학생들이 쓰러지는 게 보였다. 순식간이었다. 그는 얼떨결에 원각사 옆 골목으로 몸을 피했다. 청계천 쪽으로 발길을 향했다. 그때 창덕 여고생(창덕여고는 베레모를 쓰고 있어 쉽게 알아볼 수 있었다.) 한 명이 골목 담벽에 기대어 배를 움켜쥐고 쓰러질 듯 버티고 서 있는 게 보였다. 얼핏 보니 옆구리에서 붉은 피가 계속 흘러내리고 있었다. 그때 같이 몸을 피했던 대학생 하나가 말했다.

"어, 어떡해? 배가… 배에서 피가 너무 많이 흘러나와, 어떡해!"

그 대학생은 창덕 여고생을 들쳐 업고 청계천 쪽으로 급히 걸음을 옮겼다. 서둘렀지만 가는 도중에 그 여학생은 숨을 거두었다.

여기저기 총소리가 서울 시내 곳곳에서 마치 팝콘 튀기는 소리 같이 들려왔다. 총소리로 인해 시민들은 밤새껏 공포에 떨어야 했다. 4월 19일 서울에서 10만 명이 넘는 학생들과 시민들이 선거무효, 재선거실시, 자유당 정권 퇴진을 요구하는 시위를 벌였다. 학생들과 시민들은 종로, 광화문, 시청으로 나아갔다. 고등학생들도 합류했다. 경찰은 시위대를 향해 실탄과 최루탄을 무차별 발포했다. 경찰 발포로 수천 명의 사상자가 생겼다. 사태는 수습이 불가능할 정도로 전개되어 갔다.

사상자가 생길 때마다 시위대는 더 분노했다. 4월 20일 자유당 정부는 비상 계엄령을 선포했다. 계엄군은 시내를 장악하고 실탄을 난사하므로 더 많은 사상자가 발생했다. 사상자가 계속 발생했지만 시위대는 조금도 무서워하지 않았다. 계속 시위를 전개했다. 심지어 국민학생들(덕수 국민학교)까지 시위대에 참가했다. 4월 25일 학생들의 희생을 보다 못한 대학교수단은 시국선언을 발표한 후 학생의 피에 보답하자고 외치며 시위에 나섰다. 전 국민이 궐기하여 시위는 절정에 달했다. 계엄군은 나날이 불어나는 시민들을 더 이상 통제할 수 없었다.

정의를 외치는 학생들과 시민들 앞에 자유당 정권은 마침내 무릎을 꿇었다. 라디오를 통해 대통령이 직접 하야 성명을 발표하는 소리를 듣고 데모는 중단되었다.

그의 대학 시절은 4·19와 함께 연애 얘기로 시작된다. 어느 날 교정에서 진아를 닮은 여학생이 눈에 들어왔다. 이성을 알게 해준 여자, 풍부한 감성과 그리움을 품고 있던, 불행했지만 마음만은 여느 시인과 같이 순수하고 여린 품성을 지녔던 여인. 아름답고 멋있고 맛있는 키스의 맛을 알게 해 준, 고달픈 삶의 길을 걸어야 했고, 몸을 팔아야 생활할 수 있었던 그녀. 하나하나 되작거려 생각해 보아도 아슴아슴 떠오르는 기억에 마음이 아리아리했다.

대학교 교정에서 눈앞에 나타난 여학생은 진아처럼 불행하게 보이지는 않았다. 겉모습이 진아와 비슷했을 뿐이다. 진아와의 아련한 추억이 떠올려지며 눈앞에 나타난 그녀에 대해 깊이 생각을 하지 않았다. 추억만을 가물가물 떠올렸다.

그녀에게 접근했다. 사학과에 적을 두고 있었다. 작업을 시작하니 쉽게 응해 주었다. 그녀와 교제를 시작했으나 당시 그의 집은 아버지의 선거 후유증으로 가정형편이 급격히 어려워져 있었다. 용돈 달라는 소리를 할 수 없었다.

그 당시 선거는 그야말로 돈 선거라 해도 틀린 말이 아니었다. 국회의원에 출마해 낙선한다는 게 순식간에 몰락의 길을 걷게 된다는 걸 그때 알았다. 인물도 중요하지만 돈 조달을 못 하면 절대 선거에 이길 수 없도록 되어 있었다. 돈 싸움이라 할 정도로 자금을 제대로 마련하지 못하면 거의 선거에서 패했다. 돈 싸움하다 지는 사람에게는 회복하기 어려운 상처가 생기는 건 당연했다. 아버님이 선거에서 낙선하고 나니 집에 빚만 잔뜩 쌓였다. 살던 집은 집달리에게 빼앗겼다. 그 일대에서 가장 달동네 같은 곳으로 이사했다. 바로 그런 때에 교제를 시작했으니 데이트 비용 마련하기가 어려웠다. 데이트 비용이 없어 쩔쩔매는 걸 본 그녀는 그를 떠나고 말았다. 그는 마음에 크게 상처를 입었다. 한동안 그를 괴롭혔다. 좋지 못한 기억을 잊으려고 무척 애를 썼다. 나쁜 기억을 빨리 잊어버리기 위해 새로운 일을 만들어 몰두하려고 동아리 활동을 하기로 했다. 고등학교 때 그림을 그렸기 때문인지 예술과 관련된 일을 하는 것이 좋겠다는 생각이었다. 그때까지 학교에 예술과 관련된 학과가 없어서인지 예술 분야의 동아리가 없었다. 예술회를 만들기로 마음먹었다.

우선 기본적인 틀을 만들었다. 형이 갖다 주었던 대한민국 헌법이 좋은 참고가 되었다. 그것을 기초로 순서와 내용을 구성하니 괜찮은 회칙을 만들 수 있었다. 그는 회칙을 여러 부 만들어 같은 과 친구들과 상급생들에게 일일이 찾아다니며 나누어 주었다. 수업이 끝나면 그 일에 온 힘을 쏟아 예술회 만드는 일에 집중했다. 상급생 중 누구와 의논해야 좋을지 알 수 없었다. 자신이 직접 대표가 되어서 일을 시작하긴 했지만 선배들이 곱게 봐 주지 않았다. 학생회장에게 불려가 호된 꾸지람과 함께 단단히 기합을 받았다.

주임교수는 모든 걸 좋게 봐 주었다. 오히려 격려까지 해 주었다. 자치장학금을 신청해서 혜택을 받도록 주선했다. 때때로 정보가 될 만한 것도 알려 주었다. 그는 자치장학금 덕에 대학생활 중 아르바이트를 하지 않고 지낼 수 있었다.

그는 예술회를 통해 처음으로 축제 때 연극을 공연했다. 학생들의 반응은 좋았다. 예술회 활동은 축제 때마다 큰 역할을 담당했다.

사형 선고 같은 말을 의사로부터 듣고 보니 이것저것 중구난방으로 얘기하고 있는 것 같다.

그러나 어쩌겠는가? 죽기 전에 하고 싶은 말들을 모두 쏟아내고 싶다.

저승으로 가면 이승에서 꼭 해야만 했던 말을 하지 못할 터이니 후회 없이 모든 걸 다 얘기하는 것이 좋다는 생각이다.

바쁜 대학생활 중에도 사람들이 잘 이해하지 못하는 그림이었지만 그는 화판과 이젤을 들고 이곳저곳 찾아다니며 그림을 그렸다. 혼자 조용히 작업하는 것을 좋아했다. 화판 앞에 앉아 있으면 모든 생각이 잘 정리되며 마음이 차분해졌다. 그가 그림을 그리는 곳은 언제나 사람이 잘 다니지 않는 외딴 곳이었다. 일반인들이 쉽게 이해하지 못하는 그림이라 아무에게도 보이고 싶지 않았던 것이 이유였다. 그림 그리는 것 자체를 즐기고 싶었다. 누구에게 침해받고 싶지 않았다. 낚시를 즐기는 사람들이 낚싯대를 물에 담가 놓고 이것저것 생각하며 마음을 정리하는 것처럼 좀 더 깊게 생각해야 할 게 있을 땐 아무도 없는 곳을 찾았다. 그림 그리는 시간을 가지면서 하나씩 일을 정리해 나갔다. 그림 그리는 걸 습관적으로 하다 보니 나중에는 화실을 운영하게 되었다. 화실을 운영하게 된 건 군대 갔다 온 후 사회생활을 하면서 시작되었다.

대학 졸업을 앞두고 예술회 친구들과 어울려 다니며 바쁘게 시간을 보내다 보니 시간이 어떻게 가는 줄 몰랐다. 졸업 후 무엇을 할지 이것저것 생각하느라 정신이 없을 때 뜻밖의 일이 발생했다. 동사무소에서 쪽지 한 장을 받았다. 이미 입대 날짜가 지난 입영 통지서였다. 담당자는 책상 서랍 아래쪽 귀퉁이에 처박혀 있어 전혀 몰랐다면서 어쩔 줄 모르고 당황하기만 했다. 요즘은 동사무소가 주민센터로 이름이 바뀌었다. 지금은 컴퓨터로 작업하기 때문에 이런 일은 생기지 않는다. 그때는 수작업이었기에 부주의하면 잘못될 수도 있었다.

그는 졸업식을 끝내고 입영하겠다며 본인 책임이 아니니 알아서 하라며 입영 통지서를 무시했다. 의도적으로 입영을 기피한 것이 아니기 때문에 전혀 걱정하지 않았다. 담당 직원은 매일 아버님께 찾아와 본인의 밥줄이 달려 있다며 울면서 한 번만 살려 달라고 사정을 했다. 끈질긴 호소에 아버님의 마음이 움직였다. 일생에 한 번 아버님은 그에게 부탁했다. 담당 직원을 용서하라고 했다. 단독 입영장 가지고 논산 훈련소로 찾아가라는 거였다.

내키지 않았지만 아버님께서 처음으로 하시는 부탁을 거역할 수 없었

　　　　알을 깨뜨리다

다. 마음의 준비가 되어 있지 않은 상태로 혼자 논산 훈련소를 찾아갔다. 훈련소 입구에 있는 위병소에서는 지나가는 차를 세우고 그를 훈련병대기소로 데리고 가서 새로 입대하는 장병들 속으로 편입시켜 버렸다. 훈련 시작부터 끝날 때까지 어렵게 마치고 곧장 자대 배속을 받았지만 짐도 풀기 전에 사단본부에서 연락이 왔다. 육군본부에서 특수교육 받는 과정이 있는데 그가 차출되었다는 내용이었다. 부랴부랴 더블백 챙겨 들고 혼자 육군본부로 향했다. 본인 의사와 상관없이 이곳저곳 끌려다니는 기분이었다. 게오르규의 『25시』에 나오는 요한 모리츠가 이런 기분이었을 거라는 생각이 들었다. 평범하지 않은 군대생활의 시작이었다.

육군본부에서 진행되는 교육은 정기적인 과정이 아니었다. 국가에서 필요한 사람을 선발한 후 교육시켜 월남에 파견하는 훈련 과정이었다. 육군본부에 도착해 보니 차출되어온 병사가 40여 명 정도 되었다. 전국에서 차출되어서인지 눈초리들이 모두 총총했다. 다들 한 가닥 할 수 있을 것 같이 보였다.

훈련은 처음부터 강도 높은 체력훈련으로 시작되었다. 2개월쯤 지나자 정보계통 훈련임을 알았다. 영어회화에서부터 영사기 돌리는 법, 살상무기 다루는 법, 특수 호신술, 독도법, 특수무기 다루는 법, 대민 선전에 관한 기술, 정보학 등 정보계통에서 필요하다고 생각되는 교육을 받았다. 2개월이 지나자 월남어(베트남어)를 가르쳐 주기 시작했다. 그제서야 월남(베트남)에 파견할 특수정보요원 훈련이라는 걸 알았다. 교육은 한 과목이 끝날 때마다 시험을 치렀다. 60점이 안 되면 재시험을 봤다. 두 번 연속 60점에 미달되면 자대 복귀 명령이 떨어졌다. 자대 복귀를 하지 않으려 열심히 했더니 성적이 좋게 나왔다. 수료식 일주일 전 3일간 포상휴가까지 받았다. 휴가 중 그는 군대 입대 후 그때까지의 과정을 아버님께 자세히 말씀드렸다.

얘기를 듣고 계시던 아버님 표정이 좋지 않으셨다.

그는 월남에 가지 못했다. 그때 이미 작은 형이 백마부대원으로 월남에 가서 군 복무를 하고 있었다. 백마부대는 지원자만 갈 수 있는 게 아니었다. 부대 소속 군인은 전부 가야 했다. 특별히 빠질 수가 없었다. 월남에 가면 전부 죽는 거로 생각이 들던 때였다. 아버님 표정이 좋지 않으셨던 이유를 그때 알았다. 아들 둘을 다 죽일 수 없다는 생각으로 힘을 쓰셨다는 걸 나중에 알았다.

그와 비슷한 상황에 처한 몇 사람은 월남에 가지 못했다. 교육을 다 받고도 못 가게 된 사람들은 자대 복귀를 하지 않았다. 정보부에 가서 또다시 특수정보교육을 받았다.

특수정보교육이 끝난 후 배치된 곳은 우리나라 최전방에 위치한 강원도 고성군 현내면 명파리였다. 명파리는 요즘 통일 전망대도 있고 금강산을 가려면 꼭 거쳐야 하는 곳이다.

그때는 휴전선 155마일(249.45km)에 철책이 없던 시절이었다. 3인조 무장간첩들이 자유자재로 남북을 몰래 넘어왔다 갔다 하던 때였다. 그곳은 간첩들이 거쳐 가는 통행로였다. 언제 간첩이 나타날지 모르는 위험지역이었다. 군 작전지역이라 경찰이 근무할 수 없었다. 군인들마저 절대 혼자 외출하지 않도록 통제했던 곳이다. 그 동네를 들어가려면 특별 신분증을 발급받아야 들어갈 수 있었다. 국가에서는 정책적으로 경찰 출신의 사람들을 지역 주민으로 위장해서 자경 대원(자체경비 대원)이라는 이름으로 거주하도록 했다. 그들을 지휘하기 위해서는 특별 임무를 띤 군인이 있어야 했다. 특수정보교육을 받은 사람이 필요한 곳이었다. 그는 사복을 입고 생활했다. 함께 교육받았던 사람들은 특수장교급에 준하는 대우를 받으며 복무했다.

처음 그곳에 들어가는 날 어떻게 연락을 받았는지 자경 대장이 마중 나와 있었다. 자경 대원들은 민간인 신분이기에 군 작전지역인 이곳에서는 무기를 소지할 수 없었다. 자경 대원들은 겉으로 보기에 무기만 없었지 맨손으로 충분히 살상 능력을 보유하고 있었다. 옛날 사극에서 흔히 사용한 거로 보이는 작은 표창 같은 것들을 몸 어느 부위에 꼭 소지하고 다녔다. 유사시 그 표창들은 무서운 살상무기가 될 수 있었다. 그는 현역 군인이라 권총 한 정과 카빈총 한 자루를 소지했다. 필요에 따라 신분을 증명할 수 있는 CIC(방첩대) 신분증도 가지고 있어서 유사시 군인임을 증명하도록 했다.

배속되기 전 교육받기는 그 당시 그곳 주민들은 식구 중 절반은 남쪽에, 절반은 북쪽에 그대로 살고 있다고 했다. 그들만 알고 있는 루트를 통해 자유로이 남과 북을 오간다는 말이 있어서인지 이곳저곳에 살기가 감도는 듯한 살벌한 분위기가 느껴졌다. 위험하기 때문에 움직일 때는 항상 자경 대원 한두 명과 같이 행동하라는 지시도 받았다. 밤에 북에서 내려온 간첩이 몰래 숨어들었을 때 어떻게 어디에 숨겨두고 있는지 알아낼 방법이 없다고 했다. 그가 이곳에 배속된 가장 큰 이유는 어떻게 하든 이 지역 주민들을 완전한 우리 편으로 만들어야 한다는 작전지시가 있었기 때문이었다.

그곳에 간 첫날 잠자리에 들기 전 오싹함을 느껴야 했다. 북쪽에서 남쪽을 향한 방송소리가 바람을 타고 끊길 듯 말 듯 희미하게 흘러왔다. 끊길 듯한 소리 가운데 그의 이름 석 자가 각인되듯 또렷이 들렸다. 앞으로 조심하라는 위협적인 내용이 있어 순간 머리가 쭈뼛했다. 언제 누가 어떻게 알았는지 그가 이곳으로 오는 것을 미리 알고 있다는 것에 놀랐다. 북한 정보망이 이 동네에 아무도 모르게 깔려있다는 걸 증명하는 것 같았다. 당황스러웠다. 아찔한 느낌도 들었고 막막했다. 위축되기도 했다. 불안감에 처음 며칠 간은 자유롭게 돌아다니기가 힘들었다. 밤마다 북쪽에서 들려오는 방송소리는 변함이 없었다. 그 소리가 자장가처럼 들리며 위축되었던 마음이 없어진 것은 일주일쯤 지난 후였다. 피할 수 없으면 즐기라는 말이 생각났다. 오히려 후방에서 볼 수 없는 새로운 경치와 환경이 점차 흥미로웠다. 즐기기로 마음먹었다. 이곳은 외부 사람들 왕래가 없는 곳이어서 환경은 자연상태 그대로 잘 보존되어 있었다. 바닷가에 나가면 해삼이나 멍게를 그냥 손으로 주어 올릴 수 있었다. 봄철이 되면 숭어 떼가 알을 낳기 위해 까맣게, 정말 새까맣게 개울로 올라오는 장면은 쉽게 볼 수 없는 장관이었다. 간혹 노루나 고라니들이 집으로 들어와 사람이 던져주는 먹이를 받아먹는 광경도 이곳에서나 볼 수 있었다. 낮에 보이는 동네 사람들의 모습은 평범했다. 밭에 나가 땅을 일구는 보통 농민들과 별반 다르지 않았다.

몇 개월 지나니 동네 사람들을 통제하기 위해 방송시설이 필요하다는 걸 알았다. 공병대와 사단본부에 협조공문을 보냈다. 사단본부에서는 적극적으로 협조해 주었다. 얼마 후 각 집에 스피커가 설치되었다.

알을 깨뜨리다

경제적으로 개인이 라디오를 소유하기가 어려운 때였다. 사무실에서 마이크로 말을 하던지 음악을 틀어주면 스피커를 통해 모든 집에 그대로 전달되었다. 아침에 경쾌한 행진곡을 틀어주기도 했다. 처음 얼마 동안은 방송으로 얘기해도 동네 사람들은 쉽게 따라주지 않았다. 한동안 방법을 찾지 못해 힘들었다. 민간인들을 함부로 다룰 수 없었다. 혼자 고민하던 어느 날 국민학교 학생들이 학교에 가는 걸 보았다. 아침에 한자리에 모여 무언가를 기다렸다. 수색중대에서 쓰리쿼터(4분의 3톤 차량)가 나오자 그 차에 전부 올라탔다. 알고 보니 민통선 밖에 있는 학교에 가기 위해 매일 이렇게 했다. 아이들이 이렇게 해야 공부할 수 있다는 걸 알았다. 아이들이 정말 힘들어 보였다. 챙겨 주는 부모들도 마음이 편하지 않을 거라는 걸 느꼈다.

퍼뜩 머리를 스치는 게 있었다. 분교를 설치하는 것이 좋겠다는 생각을 했다. 부모라면 당연히 자식들을 사랑한다. 부모 입장에서 자녀들이 편하게 공부하기를 바랄 거다. 분교에 대한 전체 개요와 실행 순서를 자세히 적어 본부에 보고했다. 본부에서는 직접 현장을 둘러보고 공병대에 협조공문을 보냈다. 즉각 계획한 대로 움직여 주었다. 얼마 후 동네 한가운데에 교실 세 개가 만들어졌다. 분교가 생겼다. 아이들은 매일 고생하지 않고 쉽게 동네에서 공부할 수 있게 되었다.

금강산을 가기 위해서는 명파리를 꼭 거쳐야 한다. 내가 금강산에 갈 때 자세히 보니 차량이 그냥 통과했다. 민통선이 없어졌다. 명파리에는 정식으로 초등학교가 생겼다. 내가 지어 놓았던 분교는 어디로 갔는지 흔적도 보이지 않고 그 자리에 다른 건물이 자리 잡고 있었다.

세월이 흘러가며 옛날 모습은 사라지고 새로운 것들이 생겨나고 있다는 생각이 들었다. 정말 우리나라는 눈 깜짝할 사이에 변하고 있다는 말이 맞는 것 같다.

효과는 금방 나타났다. 학부모들이 제일 먼저 좋아했다. 잘 협조해 주지 않던 주민들이 마이크로 얘기를 하면 잘 움직여 주기 시작했다. 학부모들은 자진해서 앞장서 주었다. 외부에서 몰래 들어온 사람을 구별하기 위한 방법을 의논했다. 동네 사람들은 왼쪽 가슴에 비표를 달기로 했다. 비표는 사무실에서 매일 일정한 시간에 마이크로 알려주었다.

'오늘 비표는 파란색 리본입니다. 혹시 옆집에서 방송을 못 들었다면 알려주시기 바랍니다.'

동네 사람들은 7센티 정도 크기의 리본을 왼쪽 가슴부위에 부착한 채 움직여 주었다.

'오늘은 빨간색 리본입니다.'

방송을 통해 말을 하면 그대로 따라 주었다. 못 들은 사람들은 서로서로 물어가며 동일한 리본을 부착했다. 안 달고 나온 사람들은 벌칙으로 분교 청소를 시켰다. 벌 받는 사람들도 불평 없이 웃으며 잘 따라 주었다. 동네 사람들은 비표 다는 일을 생활의 일부로 받아들였다.

모든 것이 생활화된 어느 날 낯선 사람을 목격했다. 그 사람은 가슴에 리본을 달지 않았다. 행동도 부자연스러웠다. 동네 사람이 아니라는 걸 한눈에 알 수 있었다. 외부에서 민통선을 거쳐 이 동네로 들어오면 제일 먼저 그의 사무실에 신고하고 허가된 일수만큼 거주하도록 규칙이 정해져 있었다. 이 사람은 신고도 하지 않았다. 산에서 방금 내려

알을 깨뜨리다

온 모습 그대로였다.

주위에 있는 학생에게 눈치채지 않게 자경 대장을 불러오도록 시켰다. 얼마 후 자경 대장이 왔다. 권총으로 그 사람을 정조준한 후 자경 대장에게 검문하도록 지시를 했다. 그 사람은 상의와 하의를 두 벌이나 껴입고 있었다. 뒤집어보니 겉에 입고 있는 것과는 또 다른 색의 옷이 되었다. 뒤집어 입기만 하면 전혀 다른 옷 입은 것처럼 보이는 차림이었다. 짧은 시간에 네 가지 이상 다른 색깔의 옷을 입은 것처럼 보이게 할 수 있었다. 먼 곳에서 보면 다른 사람으로 보이게 된다. 소지품을 검사해보니 간첩들이 가지고 다니는 난수표가 나왔다. 난수표는 아무나 가지고 다니지 않는 간첩들의 암호 연락 문자였다. 그 자체로 충분히 구속할 수 있었다. 수색중대에 연락해서 차량과 병력을 지원해 달라고 부탁한 후 곧장 본부로 후송했다.

며칠 후 본부에서는 그 사람이 간첩이라는 연락이 왔다.

나의 팔에는 링거가 꽂혀 있다. 여러 종류의 병들이 매달려서 몸속으로 액체를 주입하고 있다. 그중 진통제도 있다. 진통제 없이는 오래 배겨내지 못했다.

암이 한 군데만 있는 것이 아니라 여러 부위에 퍼져 있다고 했다. 간, 위, 췌장 등…. 아버님과 큰 형님이 암으로 세상을 떠나서인지 나도 유전적으로 암이 생기기 쉬웠나 보다.

평소 몸 한쪽이 좀 아프기는 했다. 웬만한 고통은 그냥 참았다. 습관이었다. 몸이 아픈 듯하면 운동을 더 열심히 했다. 몸을 많이 써서 아픔을 잊어버리는 방법이다. 무료 건강진단 받으라는 공단의 통지가 여러 번 왔었지만 나는 한 번도 종합진단을 받지 않았다. 진단을 받고 난 후 몸에 이상이 있다는 걸 알게 되는 것이 싫었다. 차라리 모르는 그대로가 더 편하다는 생각을 하곤 했었다.

그러던 것이 이렇게 돌이킬 수 없는 지경이 되었다. 어쩌면 모든 건 내가 스스로 만들었다는 걸 인정해야 할 것 같다. 의사도 어떻게 손댈 수 없는 상태라 하니 무슨 말이 필요할까!

오히려 담담하다.

군대생활은 이런 식으로 특수임무 수행하는 장소에서만 했다. 여기저기 장소를 옮기며 근무하다 보니 전방 여러 곳에서 다른 사람들이 하기 어려운 특수한 경험을 많이 했다. 자세히 기록하는 것은 군사비밀에 속하는 부분이 있어 생략한다.

제대했을 때 작은 형은 그보다 먼저 제대하고 커다란 조선회사에 취직해 미국에 가 있었다. 그때는 미국 비자 받는 일이 하늘에서 별을 따기만큼 어렵다는 시절이었다. 그런 때 미국의 회사에서 필요한 사람이었다는 것은 모든 사람의 부러움을 살만했다. 급여가 그 당시 우리나라 사람들이 상상하기 어려울 정도로 많았다. 형은 월남에 백마부대로 파견되었을 때 영어, 일어, 독일어, 월남어를 아주 잘했다. 우리나라 기업들이 월남에 진출해 미군과 월남군대 사이에 긴밀한 협조가 이루어져야 할 사항이 수시로 발생했다. 당연히 통역해야 할 사람이 필요했다. 형은 군인이었지만 여기저기 불려 다니며 바쁘게 생활했다는 걸 알았다.

그때 한국에서 D 통운 자회사로 운송을 담당하던 K 기업이라는 회사가 있었다. K 기업 대표로 있던 사람이 형과 가까이 지냈다. 그 사람은 형이 제대하고 미국회사에 취직했을 때 한국으로 돌아와 D 통운에서 상무이사로 재직하고 있었다. 그가 제대 후 쉬고 있다는 걸 미국에 있는 형이 알고 D 통운 상무이사에게 소개장을 보내며 추천해 달라는 부탁을 했다. 그는 상무이사 추천(그 당시는 서류에 추천인 란이 있어서 서류심사 시 참고하는 듯 보였다.)으로 쉽게 D 통운에 취직했다.

그는 D 통운 화물과에서 몇 년을 보냈다. 그때 화물이 도착하는 전국 각지 여러 장소를 돌아보게 되었다. 여행을 좋아했던 그는 전국 각지를 일과 연계해 돌아보는 것에 매우 만족했다. 그렇게 돌아다닌 것이 나중에 우리나라 곳곳을 파악하는 데 많은 도움이 되었다. 가는 곳마다 그곳 특유의 장면을 그림으로 그렸다. 열심히 재미있게 근무하고 있었는데 그가 관리하던 조에 소속된 노무자가 중요 화물을 분실하는 실수를 저질렀다. D 통운은 화물을 취급하는 회사다. 분실 사고는 절대 가벼이 넘기지 않았다. 그 책임을 물어 분실 사고를 낸 노무자와 함께 그도 회사를 그만두게 되었다. 어쩔 수 없었다.

그는 다시 남대문 근처 KR여행사에 원서를 접수하고 시험을 봤다. 무난히 통과되었다. 여행을 좋아하는 그에게는 적성에 잘 맞는 곳이었다. 여행사에 근무하면서도 틈틈이 화판과 이젤을 들고 외딴곳을 찾아다니며 그림 그리는 작업을 게을리하지 않았다. 그가 그림 그린다는 것을 몇몇 직원들이 알고 취미모임을 만들었다. 회원 중에 그림을 정말로 좋아하는 여직원이 있었다. 금방 가까워졌다. 매주 함께 만나며 시간을 공유하게 되었다. 둘은 일 년 후 결혼을 했다. 당시 여행사는 여자가 결혼하면 계속 근무할 수 없었다. 교원 자격증을 취득해 두었던 아내는 여자고등학교 교사로 다시 취직했다. 아내가 교편을 잡게 되면서 그는 가정에 대한 경제적 부담을 덜었다. 그녀의 동의를 얻어 화실을 운영할 수 있었다.

그가 화실을 운영하게 된 건 예기치 못한 일을 겪으면서 시작되었다. 그는 주말만 되면 외딴곳을 찾아다니며 그림 그리는 것을 쉬지 않았다. 그 날도 그림을 그리고 있는데 누군가 등 뒤에서 유심히 지켜보고 있었다. 부담스러웠지만 모르는 척 작업을 계속했다. 어느 정도 시간이 흐르자 뒤에서 지켜보던 사람이 말을 걸어왔다. 귀찮은 생각이 들었다. 그냥 지나치듯 건성으로 몇 마디 대답해 주었는데 그 사람이 자기소개를 했다. 화실을 운영하고 있다고 했다. 땅을 살펴보기 위해 왔다가 그림 그리는 걸 보고 다가오게 되었다고 말했다.

재일교포였다. 데가끼를 한다고 했다. 그는 그것이 무엇을 뜻하는지 몰랐다. 지금까지도 그것이 무엇인지 잘 모른다. 그 사람이 있는 곳은 화실이 아니라 작업실이었다. 실크를 길게 펼쳐 놓은 후 커다란 솔로 물감 뿌려가며 색 입혀 가는 작업을 했다. 흥미로웠다. 실크 위에서 사방으로 퍼져 나가는 색채들이 신비로운 질감을 나타냈다. 캔버스 위에서는 보지 못했던 색감 변화가 표현하기 어려운 감흥을 주었다. 작업 끝나고 물감이 다 마르면 후처리 과정을 거쳐 상품으로 시장에 내다 팔았다. 기술은 일본에서 배웠다고 했다. 우리나라에는 이런 기술을 아는 사람이 없기 때문에 시장에 가지고 가면 아주 반응이 좋다고 덧붙였다. 그 사람이 하는 일은 상품 영역을 넘어서지 못했다. 어떻게 하면 일반인들의 시선을 끌어서 관심을 받을 수 있을 것인가만 생각했다. 그러나 그는 색감의 변화에 대해 더 깊은 관심을 가졌다. 상품이 아닌 작품으로 좀 더 이 분야에 관해 연구해 보고 싶었다. 그 기법을 이용하면 좋은 작품을 만들 수 있겠다는 확신도 생겼다. 그는 그 작업실을 자주 방문했다. 재일교포가 하는 일을 도와주었다. 염료로 색채 배합을 해주면서 염색에 대한 기본적인 기법을 익혀갔다. 한동안 그곳을 드나들었다.

그는 연구실 겸 그림 그릴 수 있는 공간을 마련하기 위해 아내와 상의를 했다. 아내는 모든 걸 이해해 주었다. 마음껏 그림을 그리며 염색에 관한 연구를 하기 시작했다.

그때까지 염색은 우리나라에서 별로 주목받는 분야가 아니었지만 그는 섬유산업이 발전해 가며 염색에 대한 연구가 필요할 거란 예상을 했다. 섬유는 질도 중요하지만, 섬유에 입혀지는 색채에 따라 상품의 격이 달라진다. 그걸 알고 있는 사업가들이 집중적으로 연구할 것은 불을 보듯 뻔한 일이었다. 그는 그런 걸 알고 있었지만 상품 아닌 회화 작품을 하고 싶었다. 순수한 작품 쪽으로 파고들었다. 물감이 퍼지는 것을 막는 방법을 알아냈다. 크랙을 이용해 작품 만드는 법을 하나하나 터득해 나갔다. 이것저것 실험을 통해 새로운 표현방법을 찾아냈다. 계속 연구하다 보니 여러 가지 기법이 있다는 걸 알았다. 그때까지 우리나라에서는 이 분야에 깊이 있게 파고드는 사람이 없었다.

바틱 기법은 오래전부터 동남아 일부 국가에서 국기(國技)로 지켜지고 있다는 것도 알았다. 바틱뿐이 아니었다. 염색기법에는 많은 다양한 기법이 존재했다. 우리나라에서는 염료를 사용해 작품 하는 것을 염색공예라 부르기 시작했다. 그는 공예로 국한하는 것이 불만스러웠다. 그가 완성한 것들은 작품성이 풍부했다. 그는 염색공예란 말을 쓰지 않았다. 회화 염색이란 말을 사용하며 실크 위에 그림을 표현했다. 형태를 만들고 모양을 만들며 그리다 보니 좋은 작품이 나오기 시작했다. 완성된 그림이 여러 점 쌓였다.

몇 점 뽑아 공모전에 출품했다. 출품한 공모전에서는 반응이 폭발적이었다. 그때까지 그렇게 강렬하고 굵은 선으로 물체의 움직임을 나타냈던 작품은 보기 어려웠다는 평이었다. 새로운 표현기법의 등장이라는 말까지 나왔다. 다음 해에 추천작가로 위촉장이 왔다. 추천작가로 출품하자마자 추천작가상을 받았다. 그다음 해에는 초대작가 위촉장이 왔다. 그림을 전공한 사람이 초대작가가 되려면 특선을 몇 번 하고 추천작가를 거친 후 초대작가가 될 수 있는데 그는 쉽게 초대작가가 되었다. 파격적이었다. 초대작가가 되자 주최 측 요청으로 동남아 순회전을 했다.

동남아 각국에서는 그의 작품에 많은 관심을 갖고 작품 전시 기간을 연장해 달라고 했다. 바틱으로 작업하던 그들은 새로운 형태의 그림을 보게 되면서 충격을 받은 듯 보였다. 작품전 열었던 곳마다 호평이 이어지자 주최 측은 계속 전 세계 순회전을 기획했다. 유럽 순회전에는 동행했으나 기타 지역 전시회는 직접 동행하지 못하고 작품만 보냈다. 우리나라에서는 그때까지 작품성이 아주 뛰어나더라도 염료를 사용하여 만든 작품을 염색공예라 부르며 공예로만 취급했다. 그러나 다른 나라에서는 아니었다. 유럽과 기타 여러 나라에서는 공예 염색이든 회화 염색이든 문제 삼지 않았다. 오로지 작품을 보고 평가해 주었다. 그의 그림을 순수한 회화작품으로 인정해 주었다. 작품에 대해 많은 호평이 이어졌다. 여러 나라에서 작품에 대한 평이 좋아지자 바빠지게 되었다. 외국 작품전과 서울에서 열리는 초대전에 출품하기 위해 더 많은 작품을 제작해야 했다.

　예총회관에서 개인전을 열고 있을 때였다. 당시 예총회장은 우리나라에서 최고의 연기자로 활동하다 은퇴 후 사업에 크게 성공한 사람이었다. 그때 비디오아티스트로 전 세계에서 크게 명성을 떨치고 있던 백남준 씨가 우리나라에 왔다. 예총회장 초청으로 예총회관을 방문하던 중이었다. 백남준 씨는 1층에서 전시하고 있던 그의 작품을 보았다. 예총회장에게 1층에서 작품전을 열고 있는 사람을 만나게 해 달라고 부탁했다. 그는 화실에서 그림을 그리고 있었다. 예총회장의 전화를 받고 급히 달려갔다. 백남준 씨는 작품에 대한 칭찬과 제작과정을 물었다. 그는 염료를 사용하여 실크에 그림을 그렸으며, 여러 가지 기법은 스스로 개발하여 실험해 왔다는 것을 설명했다. 놀라워했다. 한국에 이런 작가가 있는 한 한국 미술계는 미래가 있다는 말까지 했다. 백남준 씨는 웬만한 작품을 보고도 쉽게 칭찬하지 않았는데 그의 작품에 대해 극찬에 가까운 평을 했다는 것이 알려지면서 집중적인 시선을 받기 시작했다.

　몇몇 매스컴을 통해 내용이 보도되었다. 작품전을 보러 오는 사람들이 많아졌다. 어느 날 전시장 안내를 맡았던 사람에게서 급한 전화가 왔다. 빨리 나와 달라고 했다. 어떤 사람이 그림을 많이 구입하면서 작가를 만나고 싶어 한다는 내용이었다. 기다리고 있으니 전시장소로 빨리 나오라 했다. 전시실로 달려갔다. 그림을 사가는 사람이 자기소개를 했다. 그 당시 한창 성장하고 있던 US그룹 회장 부인이었다. US그룹은 콘도미니엄을 분양하는 회사였다. 분양이 잘 되어 일약 새로운 재벌그

룹의 반열에 오른 회사였다. 그녀는 앞으로 그림을 계속 주문하게 될 것 같다며 그림을 그려줄 수 있는지 물었다. 그는 일주일에 한 점은 가능하다고 대답해 주었다.

전시가 끝나자 그녀와 나누었던 대화 내용을 잊고 있었는데 며칠 후 그녀가 직접 화실로 찾아왔다. 그녀는 회장님께서 그의 작품을 정말 좋아하신다며 앞으로도 계속 그림을 부탁한다는 말을 전했다. 그녀는 사업을 하다 보면 선물을 보내야 할 곳이 많이 생기는데, 거래처에 줄 선물로 그림이 제일 좋다고 말했다.

그는 그때까지 콘도미니엄에 대해 자세히 모르고 있었다. 그녀가 정기적으로 그림을 주문하면서 조금씩 설명해 주었다. 그림값 일부로 콘도미니엄 몇 구좌를 구입했다. 직접 설악산에 있는 콘도미니엄을 사용해 보았더니 정말 편리하고 좋았다. 콘도의 효용성에 대해 알게 되었다.

그즈음 화실이 있던 곳은 건물의 2층이었다. 아래층엔 복덕방이 있었다. 동네 노인들이 수시로 모여 세상만사를 논하고 몇몇은 바둑과 장기 두기에 몰두하며 시간을 죽이기도 하는 곳이었다. 동네 노인회 같은 역할을 했다. 화실에 올 때마다 1층에 있는 그곳을 들여다보면서 2층으로 올라가곤 했다. 늘 동네 노인들이 많이 있었다. 어느 날 그는 복덕방 주인과 마주쳤다. 복덕방 주인에게 콘도미니엄 얘기를 해 주었다. 혹시 사용해 보고 싶으면 언제든 얘기하라고 지나치듯 가볍게 말하고 그림 그리는 일에 집중하다 보니 했던 말을 잠시 잊고 있었다.

얼마 뒤 다시 만난 복덕방 주인은 노인들이 콘도미니엄을 사용해 보고 싶어 한다며 정말 사용해 볼 수 있는지 물었다. 노인들에게 언젠가 한 번쯤 식사 대접을 하겠다고 생각하던 터라 원하는 대로 다 해드릴 테니 아무 걱정하지 말라고 대답했다.

복덕방 주인이 정해 준 날 그는 45인승 관광버스를 대절했다. 부부동반으로 가실 수 있는 분들께는 별도로 설악산 콘도미니엄 한 실을 마음대로 사용하도록 해 드렸다. 아무 부담을 갖지 않고 편안하게 여행할 수 있도록 모든 편의를 다 제공했다. 순수하게 봉사한다는 마음으로 즐거운 시간이 되도록 최선을 다했다. 어떤 대가를 바랐던 것이 아니었다.

순수하게 시작했던 것은 그냥 봉사만으로 끝나지 않았다. 콘도미니엄을 사용해 본 노인들은 곧바로 반응이 왔다. 콘도미니엄을 살 수 없냐며 문의해 왔다. 그는 곧 알려드리겠다고 약속하고 US그룹 회장 부인에게 연락해 노인분들이 콘도미니엄을 쉽게 구입하도록 도와주었다. 그렇게 시작된 콘도미니엄 주문은 한 번으로 끝나지 않았다. 계속해서 이어졌다. 동네에서는 금방 콘도미니엄에 대한 소문이 노인들 사이에 퍼져 나갔다. 눈과 말은 발보다 빠르다는 게 실감이 났다. 그를 통해 콘도미니엄이 계속 팔리자 회장 부인은 아예 영업소를 운영하라며 영업소 허가증을 만들어 그에게 갖다 주었다. 아닌 밤중에 홍두깨라는 말처럼 본의 아니게 콘도미니엄 영업소를 하게 되었다. 처음에는 영업을 어떻게 해야 좋을지 몰라 망설였다. 조용히 생각해 보니 동네 노인들에게 했던 대로 하면 되겠다는 마음이 생겼다. 다른 동네 노인회를 찾아갔다. 콘도미니엄을 무료로 사용하게 해 드렸다. 처음에는 무료봉사라는 걸 의심했다. 그가 유명화가라는 걸 알게 되면서 모든 의구심을 떨쳐버리고 믿어주었다. 관광버스가 필요한 곳은 기꺼이 관광버스를 대절했다.

서울을 떠나 설악산에 갔다 오는 동안 노인들이 하고 싶다는 것은 무

료로 전부 다 해 드렸다. 아무 조건도 붙이지 않았다. 동해안 해변에서
는 한치회를 시식하게 해 드렸다. 한치회는 씹지 않고 그냥 국수 먹듯
삼켜도 소화가 잘된다. 노인들이라 그런지 씹지 않고 국수 먹듯 삼켜도
소화 잘되는 것을 좋아했다. 영업에 대한 말은 한마디도 하지 않았다.
노인들을 즐겁게 해드리는 일에 온 힘을 쏟았다. 얼마의 시간이 흐르면
콘도미니엄 구입 문의가 정신 차리기 힘들 정도로 쇄도했다. 그때는 서
울 변두리 땅값이 한없이 치솟을 때였다. 땅의 실소유주는 거의 노인
들 명의로 되어있다는 걸 나중에 알았다. 돈을 어디에 어떻게 쓸지 모
르던 노인들은 콘도미니엄을 사용해 보고 정말 좋다며 한꺼번에 여러
구좌를 구입해 일가친척들에게 선물하기도 했다. 이미 노인들 스스로
가 콘도미니엄에 대한 투자가치까지도 염두에 두고 있다는 것을 알았
다. 그가 아는 것보다 투자가치에 대해 더 잘 알고 있었다.

그는 이곳저곳을 찾아다니며 같은 일을 반복했다. 다니는 만큼 콘도
미니엄 주문은 더 많이 들어왔다. 그렇게 몇 달 동안 콘도미니엄 일로
인해 그림 그릴 시간은 꿈도 못 꾸었다. 심지어 하루에 그 당시 화폐로
1억 원 이상의 주문이 들어온 날도 있었다. 지금의 화폐가치로 따지면
10대 1이 넘을 거로 추산된다. 콘도미니엄 주문은 계속 들어왔지만 고
민이 되었다. 둘 중 하나를 선택하지 않으면 안 될 거라는 생각에 제대
로 잠을 못 자고 고민했다. 갈등의 꼬리가 길게 늘어지며 그를 괴롭혔
다. 중대 기로였다. 며칠간 고민을 거듭한 끝에 그림을 택하기로 했다.
그동안 발생한 수입으로는 은평구 응암동의 조그만 집에서 벗어나 서
대문구 연희동에 200평 정도의 새 거주지를 마련했다.

다시 그림에 몰두하기 시작했다. 콘도미니엄에 대한 미련을 버린 지 얼마 지나지 않았는데 US그룹이 군사정권에 의해 붕괴되기 시작했다. 지금까지 그는 그 이유를 정확히 알지 못한다. US그룹이 붕괴될 걸 알고 미리 손을 뗀 건 아니었다.

동강은 흘러야 한다

 전공하지 않고 작품을 완성한다는 것은 어려운 일이다. 소재가 떠오르지 않거나 그림 그리는 일이 어려워질 때가 종종 있었다. 그럴 때 일반인들의 발길이 잘 닿지 않는 산이나 외딴곳을 주로 찾았다. 자연 속에 파묻혀 버렸다. 모든 것을 잊어버리고 자연과 함께 하면서 마음을 비워냈다.

 떠오르지 않던 소재가 하나둘 뽀골뽀골 떠오르며 비어 있던 공간을 채웠다. 소재는 돈으로 채워지지 않았다. 찾아다녀야 했다. 느낌 없이는 온전한 자신의 소재로 만들 수 없었다. 그게 계기가 되었다. 모두가 인정하는 오지를 찾았다. 혼자 돌아다니는 게 위험하지 않냐며 누군가 걱정을 했다. 천만의 말씀이었다. 마음껏 자유로이 가고 싶은 곳을 가볼 수 있어서 좋았다. 다른 사람들이 알지 못하는 많은 부분을 혼자 알게 되는 기회가 심심치 않게 생겼다. 자연 속을 혼자 거닌다는 참 기쁨을 말과 글로 간단히 표현하기는 어려웠으나 마음속에서 뿜어져 나오는 느낌과 감정을 그냥 색으로, 형태로, 선으로 만드는 것은 가능했다. 어둡고 끝이 없는 심연에서 오롤오롤 끓어오르며 가슴 속에 차오르는 공감과 기쁨을 화판 위에 그대로 나타내다 보면 그것은 하나의 작품이 되곤 했다.

꾸미지 않은, 꾸며지지 않은, 순수한 자연과 같은, 자연의 흐름과 같은, 순박하고 주어진 것에 온전히 만족하는, 그러한 모습을 찾다 보면 좋은 소재가 떠올랐다. 그렇게 작업했다.

준비해 두었던 배낭에 지도 몇 장과 나침반을 챙겨 들고 작업실을 나섰다. 다시 자연과 대화를 시작했다. 취미가 되면서 생활의 일부분이 되었다.

정선에서 영월을 거쳐 가는 동강 주변은 오지 중 오지라 생각했다. 동강을 가보기로 했다. 지도를 살펴보니 동강을 가장 잘 내려다볼 수 있는 곳은 백운산이었다. 영월 역에서 기차를 내렸다. 이 사람 저 사람에게 물어가며 산행 초입인 운치리 점재를 찾았다. 강변 나루터가 보였다. 배가 한 척 놓여 있는데 강의 양쪽으로 줄이 기다랗게 연결되어 있고, 배는 줄과 고리로 고정되었다. 노를 저어 움직이는 게 아니었다. 나래도 없이 손으로 줄을 잡고 가는 줄 배였다. 사람 손으로 다듬고 꾸며져서 북적대는 서울의 모습과는 대조적이었다. 자연의 흐름에 순응하고 있었다. 줄 배 사공은 강을 건너야 백운산에 오를 수 있다고 했다.

길은 험했다. 산짐승들이 지나다녔을 보일 듯 말 듯 한 흔적만 있었다. 자칫 잘못하면 길을 잃을 것 같았지만 멈추지 않았다. 숲을 헤치고 계속 위로 올라갔다. 허위허위 숨을 헐근거리며 가풀막진 길을 어느 정도 오르자 서서히 시야가 트이기 시작했다. 구불구불 뱀처럼 돌아 흐르는 동강의 모습이 멀리 보였다. 계속 정상을 향해 발걸음을 옮겼다. 우거진 나무 틈새로 조금씩 보이던 동강이 멧부리가 가까워져 오자 한눈에 들어왔다.

아, 이렇게 아름다울 수가! 등산로는 다소 험하고 급경사 절벽이 많았지만 위험하지는 않았다. 각도에 따라 달라지는 동강은 아름답다는 말로는 부족했다. 백운산은 동강을 내려다보기에 최적의 장소라는 걸 증명했다. 지구 끝까지 뚫어버릴 듯 밝은 빛이 백운산과 동강을 휘덮었다. 아름다운 자태를 드러내며 수줍은 듯 몸을 뒤틀었다.

누가 그랬나! 빛이 다 흡수되면 검정이 되고 빛이 다 반사되면 흰색이 된다고! 정말 그랬다. 동강은 보여주고 싶은 색만 반사하고 보여주기 싫은 색은 전부 흡수하고 있었다. 무슨 색을 보여주어야 하는지 잘 알고 있었다. 굽이굽이 구부러진 동강은 교태를 부리며 몸을 뒤틀었다. 손을 뻗쳐 간질이기라도 하면 금방 자지러지게 신음을 토해 낼 듯 보였다. 유혹하는 몸짓에 발길을 놓치지 않을까 걱정되기도 했다. 그렇게 다가왔다. 애무해 주고 싶은 마음이 온통 그의 몸에 채워졌다. 동강은 새로운 연인을 접한 듯 수줍음을 적당히 풍겨왔다. 만나기만 하면 모든 걸 숨김없이 보여주었다. 계속 보고 싶었지만, 시간 때문에 자주 만나기 어려웠다. 만날 때는 언제나 새로움을 더해 주었다.

한강의 발원지 태백 검룡소에서 시작된 골지천이 정선 임계를 지난다. 여량 아우라지에서는 대관령에서 흘러 내려온 송천계곡물과 합류해 조양강을 이룬다. 송천계곡은 정선군 북면 구절리를 관통하고 있다. 조양강은 나전리에서 오대산 발원의 오대천과 합류해 수량을 불린다. 계속 정선 시내를 휘돌아 흐르고 다시 가리왕산 회동계곡물을 받아 강폭을 더욱 넓혀간다. 정선읍 가수리에 이르면 태백 고원 지역으로부터 이어져 내려온 동남천과 만나면서 비로소 여기서부터 동강이 시작된다. 동강은 가수리 동남천과 합류하는 지점부터 장장 51km를 흐른다. 영월에서는 서강과 만나 남한강이 된다. 정선 동강은 가수리로부터 강 따라 약 21km에 이르는 구간이다.

정선 ~ 평창 간 42번 국도상 광하교를 건너기 전 조양강 물줄기를 따라 들어가면 산과 물이 돌고 도는 강변길이 시작된다. 강변 양쪽에는 띄엄띄엄 자리한 아담한 마을들이 눈에 들어온다. 가장 큰 마을 가수리를 뒤로하고 기탄마을, 하미마을을 지나 운치리 점재에 이르면 자연상태 그대로인 작은 나루터가 있다. 점재 나루터는 이렇게 정선에서 내려가는 길과 영월에서 올라가는 길이 있다. 그는 시간이 날 때마다 여기저기 발걸음을 새기기 시작했다. 때로는 전혀 이름도 모르는 곳이지만 어디로 가든 도시에서 느끼지 못했던 여유로움이 있었다. 만날 때마다 새로운 풍물을 접했다.

어느 날 동강 상류 지역에서 래프팅 보트를 타고 무언가 조사하고 있는 사람들을 만났다. 자연 그대로의 모습을 간직한 동강에 래프팅 보트가 떠 있다는 것 자체가 시선을 끌기에 충분했다. 반대로 보트에 있는 사람들은 전혀 사람이 있을 수 없는 곳에 배낭 메고 서성이는 것이 이상하게 보였을 거란 생각이 들었다. 보트와 그는 자연스럽게 거리를 좁혔다. 서로 인사를 나누고 통성명을 했다. 산림청 소속 임업 연구원들이었다. 그들은 누군가 길을 잃고 어디로 갈지 몰라 헤매는 거로 보여 구조 차원에서 접근했다고 했다.

요새는 동강에서 여름만 되면 래프팅 보트를 타고 레저스포츠라며 강을 오염시키고 있다. 내가 동강을 찾아다닐 땐 래프팅 보트는 구경조차 하기 어려웠다. 어쩌면 산림청 소속 임업연구원들이 탄 보트를 보고 동강에서 래프팅이 시작된 거라 해도 틀리지 않을 거다. 백운산도 옛날과는 많이 달라졌다. 지금은 등산로가 생겼다. 관광시설도 설치되어서 내가 처음 그곳에 갔을 때보다 모습이 많이 달라져 있다.

그는 이미 유명한 화가로 알려져 있었다. 구조 차원에서 접근했던 그들이 그를 알아보았다. 조사에 동참을 허락했다. 답례로 특이한 생물체를 보게 되면 크로키 형태로 그려 그들에게 넘겨주었다. 그들과 함께 생활하며 조사한 바로는 동강에 여러 희귀 동식물들이 많이 서식하고 있다는 걸 알았다. 식물의 경우 신품종 후보종 1종 '뻐꾹채'와 '백부자', '꼬리겨우살이' 등 희귀식물 6종의 서식이 확인되었다. 포유류는 총 8종 가운데 천연기념물인 '수달'의 서식이 확인됐다. 조류 분야에서는 천연기념물인 원앙, 소쩍새, 까막딱따구리 서식지와 희귀조인 비오리도 확인됐다. 산림 곤충으로 미기록종인 총채날개나방과 노란누에나방 등 희귀종 2종을 확인하였다. 산림 경관으로는 석회암 붉은 벽과 흰 사구 등이 발달했다. 그중 어라연 지역이 대표적으로 평가됐다. 산자락을 굽이굽이 헤집고 흘러내리는 동강은 마치 뱀이 기어가는 듯한 사행천(蛇行川)을 이루고 있다. 특히 전 구간에 걸쳐 깎아지른 듯한 절벽지형을 이루고 있는 특성이 있었다.

동강의 백미인 어라연은 뛰어난 경치로 특이한 전설이 전해져 오고 있다. 어린 나이에 죽은 단종의 혼령이 경치가 가장 뛰어난 이곳에서 신선처럼 살기로 했더니 물고기들이 줄지어 반겨주었다는 일화다. 그 흔적으로 일대가 마치 고기 비늘로 덮인 연못같이 보이게 되어 '어라연'이란 지명이 붙게 되었다는 거다.

동강 중앙부에 3,000여 평(약 9,900㎡) 바위섬이 있는 이곳은 돌로 된 바위 위에 분재 같은 소나무가 동양화 속에서 튀어나온 듯한 자태로 보기 좋게 자리했다. 사위는 물에 잠긴 너럭바위에서 반사되는 햇살과 병풍 같은 절벽이 둘러싸고 있다. 마치 선인 세계에 와 있다는 착각을 느끼게끔 아름답다. 가끔 이곳에 찾아오는 외국인들이 한국의 작은 그랜드캐니언으로 중국 계림에 버금가는 명승지라는 말을 한다는 것도 알게 되었다.

어라연에서도 가장 빼어나다는 삼도봉이 불쑥 물안개 위로 솟아 아름다운 자태를 보였을 때 탄성이 저절로 흘러나왔다. 동강은 생태적으로, 자연경관으로도 아주 빼어난 곳이었다. 그는 이렇게 아름답고 자연상태가 잘 보존된 곳은 그대로 잘 지키는 것이 좋을 거라는 생각을 갖기 시작했다. 동강은 완전히 그를 사로잡았다. 그림을 그리다 시간이 나면 어김없이 배낭 메고 동강을 찾았다. 근처 산을 오르곤 했다. 동강은 그를 실망시키지 않았다.

어느 날 등반 도중 송곳 같이 떨어지는 빗줄기를 맞으며 멧부리 부근을 걷고 있었다. 마치 하늘에 구멍이라도 뚫린 듯 짧은 시간에 많은 양의 물이 쏟아져 내렸다. 그는 언제나 작은 우산과 우비를 배낭 속에 넣고 다녔다. 비가 오더라도 걱정하지 않았다. 아무도 없는 산속에서 혼자 비를 맞으며 걸을 때 무섭기보다는 오히려 포근한 따뜻함을 느꼈다. 순간의 감정을 말과 글로 아니면 그림으로 어떻게 표현할 수 있을까 생각을 했다. 일상적 생활 속에서 쉽게 접하기 어려운 특별한 감정을 느껐다. 빗소리는 많은 영감(靈感)을 담고 쏟아져 내렸다. 빗소리 속으로 어울려 내려오는 영감(靈感)을 주워 담아가겠다는 마음이 그를 편안하게 해 주었다.

빗소리를 즐기며 걷던 중 이상한 현상을 보았다. 거의 멧부리 가까운 곳이었다. 바위틈새에서 물이 쏟아져 내렸다. 어떻게 멧부리 부근 바위 틈새에서 물이 쏟아져 내리고 있을까? 폭포는 아닐 텐데! 참으로 신기했다. 여러 곳의 산을 다녀 보았는데 비 오는 날 멧부리 부근 바위 틈새에서 쏟아져 내리는 물을 본 적이 없다. 그냥 발길을 돌리기가 어려웠다. 분명 물은 바위 겉 표면에서 흘러내리는 게 아니었다. 바위 틈새에서 쏟아져 내렸다. 한참을 쳐다보다가 내려왔다. 작은 야산 꼭대기라도 물이 고여 있을 수 없다. 어디에 고여 있었을까? 조금도 아니고 계속해서 쏟아져 내리고 있다는 건 예삿일이 아니었다. 신기하기도 하고, 이상하기도 했다. 도무지 이해되지 않았다.

하산 후 동네 사람들에게 그 현상을 물어보았다. 그들은 전혀 이상하게 생각하고 있지 않았다. 비가 많이 오면 이 근처 산에는 그런 곳이 종종 있다고 했다. 처음부터 그랬었고, 아직까지 아무런 이상이 없기 때문에 의아하게 여기지도 않았다는 거다. 그들이 태어났을 때부터 있던 일들이어서 그런지 아무렇지 않다는 표정들이었다. 그는 그냥 지나칠 수 없었다. 서울에 돌아와 이곳저곳 문의해 보고 책을 뒤적여가며 찾아보았다. 석회암 바위로 이루어진 지역에서 간혹 볼 수 있는 현상이라는 것을 알았다. 평소에는 동강의 물이 적당하게 흐르기 때문에 별다른 현상이 생기지 않는다. 그저 아름답게만 보일 뿐이다. 별안간 짧은 시간에 많은 비가 오게 되면 강에 흐르는 물의 양이 순간적으로 늘어난다. 압력을 받게 된다. 압력에 의한 분수 현상이 발생한다. 석회암 동굴을 통해 물이 역류하든지 아니면 동굴이 연결된 높은 곳에서 물이 쏟아져 내리기도 한다. 문제는 석회암 동굴들이 어디에서 어디로 연결되어 있는지 알기가 어렵다는 것이다. 현재까지 정확한 데이터를 알고 있는 사람이 없다. 그저 그렇게 알고 있었다.

1991년 4월 건교부와 수자원공사에서 동강 댐(영월 댐) 건설계획을 발표할 때 별로 크게 신경 쓰지 않았다. 여러 해가 지나고 1997년 9월 건교부와 수자원공사에서 댐 건설 예정지역을 고시했을 때 깜짝 놀랄 만큼 충격을 받았다. 가슴속에 커다란 돌덩이가 들어와 앉는 기분이었다. 그가 알고 있는 동강은 댐을 건설하면 안 되는 지역이다. 동강 주변은 온통 석회암으로 둘러싸여 있어 댐을 건설하게 되면 언제 어디서 어떠한 참사가 발생하게 될지 아무도 모른다.

비근한 예로 1963년 10월 9일 이탈리아 바이온트의 높이 265m 댐 부근 산에서 대규모 산사태가 발생했다. 240만 세제곱미터 흙과 바위가 댐 내부로 무너져 들어가며 댐에 담긴 물이 넘쳐나 하류 모든 마을이 물에 잠기고 2,600여 명이 사망한 대참사가 있었다. 이 댐은 1960년에 건설된 것으로 계획할 때부터 부근 사면의 거대한 바위에 대한 안전문제가 거론되었다. 그러나 모든 게 무시된 채 그대로 완공되었다. 댐 부근은 퇴적암과 석회암 지질이었다. 댐에 물이 가득 차면서 물에 녹는 성질의 석회암층이 서서히 용해되어 그 위에 있던 거대한 바위가 기울기 시작했다.

사고가 난 1963년 8월부터 9월까지 계속된 폭우로 댐 수위가 상한선까지 올라갔다. 9월 말경에는 댐 주위에 살던 동물들이 대거 이동하는 이상한 현상이 나타났다. 그리고 10월 9일 대형사고가 난 것이었다. 댐 자체의 붕괴가 아닌 주변 산사태에 의해 물이 넘쳐 이처럼 큰 피해가 발생할 수 있다는 사실을 일깨워 준 사건이었다. 동강의 전체 구조 역시 바이온트와 흡사한 점이 정말로 많았다. 아니 흡사하다기보다 거의 닮은꼴에 가까웠다. 이러한 사례를 수자원공사 측은 은폐하고 있었다.

그는 멧부리 부근 바위 틈새에서 물이 쏟아져 내리는 것을 보았을 때 이미 동강의 구조가 다른 곳과 다르다는 것을 알았다. 신문과 백과사전을 통해 바이온트의 참사를 알고 있었다. 동강 주위를 찾아다니면서 항상 느꼈던 일들도 이러한 거였다. 동강의 경치와 자연상태는 지금의 상태에서는 걱정하지 않아도 되지만 관리를 잘못하면 언젠가 피하지 못할 사태가 발생할 수 있겠다는 예감이었다. 비 오는 날 산꼭대기 바위 틈새에서 쏟아지는 물줄기를 아직은 걱정하지 않아도 된다. 그렇게 내리는 빗줄기는 시간이 지나면 다시 정상을 되찾기 때문에 위험하지 않다. 그러나 댐을 건설하고 물을 한 곳에 모아 두면 많은 알려지지 않은 동굴의 석회암이 녹으면서 예기치 못한 일이 발생할 수 있다. 어느 순간 돌이킬 수 없는 사태가 일어난다. 그렇게 생긴 피해는 다시 돌이킬 수가 없다. 발생 가능한 위험은 미리 차단하는 것이 올바른 행동이다. 재해가 발생해서 인명피해가 생기는 것도 문제지만 오랜 세월 동안 다져온 아름다운 자연경관이 물에 잠겨 다시 볼 수 없게 되는 건 어쩔 것인가!

동강에 댐을 건설하는 것은 이러한 돌발사태를 일으키기 위해 막대한 돈까지 들여가며 위험을 유발시키는 것과 같다. 알면서 저지르는 가장 어리석은 짓이다. 위험한 상태인데 건교부와 수자원공사에서는 동강에 댐을 건설하겠다고 고집을 부렸다. 뒤에 발생할 사태를 걱정하기보다 우선 건설하고 보자는 의욕만 가득해 보였다.

1991년 4월에 동강 댐(영월 댐) 건설계획을 발표했을 때 그가 별로 걱정하지 않았던 이유는 모든 것을 철저하게 조사할 거라 생각했기 때문이었다. 그들(건교부와 수자원공사)이 동강 주위 석회암 지질과 여러 곳에 산재해 있는 파악하기 어려운 수많은 동굴과 아름다운 경관을 나 몰라라 외면한 채 공사를 진행하지는 않을 거라 믿었다. 그런데 1997년 9월 댐 건설 예정지역을 고시하는 거로 보아 동강에 댐을 건설하려는 것이 가시화되고 있다는 걸 알았다.

누구에게 말할까 고민했다. 혼자서 도저히 마음을 진정시키기가 어려웠다. 답답한 심정을 어떻게 풀어야 할지 몰랐다. 허구한 날 배낭 메고 동강 주변을 배회했다. 해결점을 찾아보려 애썼지만 뚜렷한 방법을 찾지 못했다. 계속 방황했다.

어느 날 답답한 마음도 풀 겸 사람들이 잘 다니지 않는 거운리 쪽에서 어라연 쪽으로 산길을 따라가 보기로 했다. 혼자 발걸음을 옮기다 불현듯 댐 건설 예정지역을 가보고 싶다는 마음이 생겼다. 작은 마차라는 동네를 향해 가다 상여바우(상여바위) 쪽으로 내려가면 될 것 같았다. 그쪽으로 발길을 향했다. 강변으로 길을 잡았을 때는 별로 어렵지 않지만, 산길로 방향을 잡아가게 되자 길이 굉장히 험했다. 그쪽은 자연상태 그대로였다. 등산로가 전혀 없었다. 간혹 동네 사람들이 나무나 하러 다녔을 듯한 조그만 길이 보일 듯 말 듯 했다. 산길은 급경사를 이루어 자칫하면 위험에 처할 만큼 거칠었다. 아슬아슬했지만 계속 나아갔다. 나무를 붙잡고 한 걸음 한 걸음 조심하며 급경사 길을 내려갔다. 왜 이런 짓을 하는지 자신도 이해되지 않았다. 무엇이든 해야 한다는 의무감과 책임감 같은 것이 그를 놓아주지 않았다. 이렇게라도 하지 않으면 견딜 수 없었다. 가만히 있는 자체가 더 힘들었다. 길이 험해서 실수하면 아무도 없는 산속에서 불귀의 객이 될 것 같은 마음도 들었다. 무슨 보이지 않는 힘에 이끌린 듯 온 힘을 모아가며 계속 아래로 내려갔다. 길은 보는 것보다 훨씬 더 거칠고 험했다. 나무를 움켜쥐고 한 발 한 발 내려가는 동안 손바닥이 벗겨졌다. 피가 맺히며 쓰라리기 시작했다. 그래도 멈추지 않았다. 손이 아픈지 안 아픈지조차 느껴지지 않았다.

어느 정도 내려가다 보니 나무 사이에 무언가 이상한 형태로 쌓여 있는 흙이 보였다. 그는 흙이 쌓여 있는 곳으로 가보았다. 산 중턱쯤 되는 곳이었다. 이상한 모습의 굴이 보였다. 그 굴은 자연현상에 의해 생긴 굴이 아니었다. 흙이 여기저기 쌓여 있었다. 옛날부터 그곳에 있던 것과는 전혀 달랐다. 새로 파낸 흙이란 걸 대번에 알았다.

이렇게 험한 곳에 누가 굴을 파고 있는 걸까?

굴을 보는 순간 이상한 생각이 들었다. 이런 곳에 동네 사람들이 굴을 뚫었을 리 없다. 그렇다면? 건교부와 수자원공사에서 댐 건설 예정지를 발표하면서 동시에 기초작업을 하고 있는 건 아닌가 하는 의문이 생겼다. 다시 산을 올라갔다. 올라가는 길은 내려갈 때보다 쉬웠다. 집이 네댓 채밖에 없는 마을로 가서 동네 사람들을 찾아보았다. 동네 사람들은 밭에 일하러 갔는지 눈에 띄는 사람이 없었다. 문을 두드려 보았지만 아무도 없었다.

동네 사람들이 돌아올 때까지 기다리기로 마음먹었다. 작은 동네는 고요한 적막 속에 푹 잠겨 있었다. 시간이 멈추어 버린 듯 어떤 움직임도 보이지 않았다. 고요하기만 했다. 참새들의 포들 거리는 소리만이 그를 위로해 주었다. 주위가 어슬핏해지며 적막을 깨뜨린 것은 밭에서 일하던 모습으로 돌아오는 두세 사람의 발걸음 소리였다. 저녁밥 지으러 오는 아낙들이었다. 그에게 관심조차 갖지 않았다. 그들에게 다가 갔다. 산 중턱에 왜 굴을 뚫고 있는지 물어보았다. 그들은 그 사실조차 모르고 있었다. 전혀 관심이 없었다. 최근 몇몇 외지 사람들이 방을 얻어 놓고 무슨 일인가 하고 있지만 동네 사람들은 무얼 하는지 잘 모른다고 했다. 오늘은 쉬는 날이라 아무도 집에 없고, 아마 밤에는 돌아올 거라는 말만 해 주었다.

해가 거우름 해서 빛이 끄느름해졌지만 그는 만나보기로 작정하고 밤이 되도록 기다렸다. 해가 서쪽으로 완전히 기울고 어스름이 툭툭 떨어지기 시작하자 네댓 채밖에 안 되는 작은 마을은 온통 먹물 같은 어둠 속에 갇혀 버렸다. 전깃불조차 들어오지 않는 마을이 혼곤한 잠에 빠져들 때쯤 되자 그들이 돌아왔다. 그는 지쳐 있었지만 산 중턱에 누가 굴을 뚫고 있느냐고 물어보았다. 그들은 대답하기를 주저했다. 시간이 조금 지난 후 계속 묻자 그 굴은 자신들이 하고 있는 작업이라 했다. 무엇을 하기 위한 작업인지 물어보았다. 내용은 자신들도 정확히 모른다고 했다. 그가 하루 종일 기다리고 있었다는 동네 사람의 말을 그들 중 한 사람이 들었다. 자기가 알기에 어쩌면 자신들 작업이 댐 건설 초기 작업일 것 같다는 말을 해 주었다. 다만 시키는 대로 일만 한다는 말도 덧붙였다.

더 진행되는 것을 막지 않으면 위험하다. 동강에 댐이 건설된다는 건 크나큰 실책이다. 막대한 비용도 비용이지만 언젠가 발생하게 될 비극을 미리 막지 않으면 국가적으로, 환경적으로 돌이킬 수 없는 재앙이 된다. 너무도 자명했다. 차라리 몰랐었다면 걱정하지 않고 그냥 넘어갈 수도 있었다. 모든 걸 알게 된 지금 가만히 있는 것이 더 어려웠다. 무서운 참화가 발생한 후 겪게 될 마음의 고통을 어떻게 견디며 살아갈 수 있겠는가! 직무유기라는 단어가 자신을 가만두지 않았다. 가만히 있을 수는 없었다. 며칠간 잠도 제대로 못 자며 고민을 거듭했다. 혼자 어떻게 시작해야 할지 막연했다.

생각난 게 환경단체였다. 당시 몇몇 환경단체는 활발한 활동을 하고 있었다. 가장 크다는 ○○연합은 이미 국민들에게 많이 알려져 있었다. 단체 수장인 CH는 환경운동을 하긴 해도 정치세력 확장에 최종 목적을 두고 있다는 얘기가 나돌았다. 관변단체에 가깝다고 많은 사람들 입에 오르내렸다. NGO로 순수성에 대한 껄끄러움이 있었다. 그렇지만 지금 그런 게 문제가 아니었다. 잘못하면 국가적으로 커다란 손실을 초래할 수 있다. 그냥 넘겨 버릴 수 없었다. 어떻든 환경운동이라는 이름을 걸고 활동하는 동안에는 정당하고 타당성 있는 일을 외면할 수 없을 것이다. 지금은 그들의 힘이 필요하기도 했다. 그들에게 서신을 보내기로 했다. 그동안 직접 접했던 일들과 조사한 내용, 동강 댐(영월 댐)이 건설되면 안 되는 이유를 자세히 기록했다. 실제로 가서 보게 된 초기 작업 실상을 기록하면서 빨리 움직여야 한다는 말을 덧붙였다. 모든 서신을 철저히 가명으로 띄워 누가 보낸 것인지 모르게 했다. 그는 환경단체라는 이름으로 활동하고 있는 모든 곳에 서신을 띄웠다. 특히 동강 근처에서 활동하고 있는 동강ㅇㅇ연대 같은 곳에는 더 강력한 내용을 덧붙이기도 했다. 그는 각 매스미디어 등 보편적으로 볼 때 양심적이라 할 수 있는 곳이라면 어디를 막론하고 서신을 보냈다. 한동안 서신 띄우는 일에 전념했다.

그가 보낸 서신을 받고 움직였다고 단정할 수는 없다. 그러나 각 단체나 매스미디어에서는 활발히 움직이기 시작했다. 환경단체들은 댐 건설에 의한 생태계 파괴, 댐의 안전성에 대한 위험을 이유로 건설을 반대하기 시작했다.

동강 주변 환경단체들은 지역 주민들을 설득하기 시작했다. 모든 방법을 동원해가며 지역 주민들에게 동강 주변의 실상을 자세히 말해 주었다. 그대로 보존했을 때의 가치와 경제성에 관해 설명했다.

동강 댐(영월 댐)이 건설되면 안 되는 각종 사유가 실제성과 타당성이 있어서인지 지역 주민들도 점차 지역 생활환경에 대한 파괴를 이해하기 시작했고 지역 주민들 대다수는 댐 건설을 반대하기에 이르렀다. 하지만 건교부나 수자원공사는 안전성에 대해 여러 가지 지하 댐 건설 등 기술적인 장치를 하면 해결될 것으로 발표했다. 그들의 주장을 굽히려 하지 않으면서도 생태계 파괴에 대해서는 정확하게 반론하지 못했다. 알려지지 않은 지하동굴에 대해서는 더욱 정확한 답변을 못 하고 있었다. 자신들의 주장이 밀리는 듯하자 우리나라가 머지않아 물 부족 국가가 될 것이라는 주장을 하기 시작했다. 이를 해결하기 위해서는 동강 댐(영월 댐)이 꼭 필요하다고 했다. 이러한 주장에 대해 환경단체들은 움찔하는 듯했다. 그는 우리나라 상수도 시설의 미비점을 들어 이를 개선했을 때 충분히 물 부족은 극복할 수 있다는 내용을 각 단체 및 매스미디어에 서신으로 보냈다.

각 매스미디어에서는 외국의 상수도 이용실태를 방영하고 기사화하기 시작했다. 덧붙여 물 부족을 막을 수 있는 기사를 알기 쉽게 보도하면서 더 많은 국민들의 지지를 얻었다. 각 가정의 변기를 절수형으로 교체함으로써 얻게 되는 수량만으로도 동강 댐(영월 댐)이 공급할 수 있는 양을 충분히 감당하게 된다는 주장도 나왔다.

수도요금 절상, 물 절약운동 등으로 동강 댐(영월 댐)이 공급하게 되는 수량은 충분히 확보 가능하며, 홍수조절에 관해서도 하류 충주댐, 팔당댐 저수량을 조절함으로써 이를 해결하게 된다는 것이 데이터상으로 정확하게 나타났다. 비용 문제를 생각해도 알 수 있었다. 댐 건설은 약 1조 원이 든다. 이 금액의 일부만 투자해도 홍수예방을 하게 된다는 주장에 대해서는 더 이상 반론의 여지가 없었다.

이렇게 사면팔방으로 서신을 띄우고 실제적인 일들을 알려주기 시작하자 수자원공사와 환경단체 간의 논쟁은 더욱 뜨거워졌다. 각종 여론조사 결과 66%에서 85%까지 동강 댐(영월 댐) 건설을 반대하고 있었다. 그런 움직임 속에 정치인들은 지역 주민들 의견을 반영해야 했기에 영월, 평창, 정선 지역 지방의원과 자치단체장은 일제히 댐 건설 반대의 목소리를 높여 주었다. 매스미디어 특히 정부기관이라 말할 수 있는 한국방송공사까지 동강 생태 다큐멘터리를 만들어 보도하므로 동강 생태계의 중요성을 확인해 주고 있었다.

환경부도 세 차례나 환경영향평가서를 반려하며 보완을 요구했다. 이것을 통해 댐 건설 반대 의사를 간접적으로 표명했다. 환경부는 영월 다목적댐 건설사업 환경영향평가 추진상황 보고서를 통해 현재 생물

학적 산소요구량(BOD) 1.3 ~ 1.7로 2급수인 강원도 영월 동강에 댐이 건설되면 한강 상수원 수질목표인 1등급 달성이 어려워질 거라고 전망했다.

남한강의 상류 강원도 영월에 동강 댐(영월 댐)이 건설될 경우 수도권 상수원 팔당호의 수질도 악화될 가능성이 큰 것으로 지적했다. 특히 댐 건설로 물이 정체되면 부(富)영양화와 녹조 발생으로 여름철에 오염도가 크게 높아져 팔당호 수질에 영향 미칠 것을 우려했다.

환경부는 이와 함께 한강유역에는 생활용수 등에 연간 약 9억t의 물이 남아돌기 때문에 수자원 확보를 위해 7억t 규모의 동강 댐(영월 댐)을 건설해야 한다는 건설교통부 주장은 설득력이 떨어진다는 입장을 밝혔다.

결국 댐 건설에 찬성하는 쪽은 건교부와 수자원공사 그리고 일부 전문가와 일부 주민으로 한정되었다. 그런 상황이었음에도 그들은 자신들의 주장을 쉽게 포기하려 하지 않았다. 그는 강원도 지역을 다니며 봄철이 되면 강원도 곳곳의 하천들이 부영양화와 녹조 발생으로 짙은 초록색 물이 되어 흐르는 것을 목격했다. 이런 물이 한 곳에 모여 있게 되면 그로 인해 생기는 오염피해는 불을 보듯 뻔한 일이었다.

이렇게 명확한 사실과 타당한 이유가 있음에도 계속 엎치락뒤치락하며 더 이상의 진전이 이루어지지 않았다. 그는 미국 자연보호법의 어머니라 불리는 시에라클럽(Sierra Club)에 그동안 조사 내용과 과정 그리고 실상을 자세히 적어 보내기로 했다. 국제적으로 호소할 필요가 있었다. 시에라클럽(Sierra Club)은 가장 오래된 환경운동 단체의 하나다. 시에라클럽(Sierra Club)은 1961년 알래스카에서 핵폭발 실험에 반대하는 등 생태계보존에 주력해 오면서 지상 핵실험을 지하핵실험으로 전환하도록 하는데 크게 기여했다. 이 단체는 미국만을 위한 단체가 아니라 전 세계 환경을 사랑하는 사람들을 위해 일한다는 정신이 있었다. 특히 그들이 주장하고 있는 무차별적인 개발은 절대 반대한다는 슬로건을 지지하던 터라 이곳에 서신을 보내는 것이 좋겠다는 생각을 하게 되었다. 그들의 영향력은 전 세계 모든 환경단체를 움직일수 있는 막강한 힘을 갖추고 있었다. 그들에게 호소하는 것은 전 세계적으로 이슈화시킬 수 있는 계기가 되리라 믿었다.

시에라클럽(Sierra Club)에 서신을 보낸 것이 주효했던 걸까? 1999년 동강 댐(영월 댐) 건설 문제가 엎치락뒤치락하며 결론이 지연되고 있을 때 시에라클럽의 미셸 페로 국제담당 부회장이 내한해서 대통령을 면담했다. 미셸 페로 부회장은 대통령에게 습지 보전의 중요성을 강조하며 댐 건설 중단을 촉구하는 항의 서신을 전했다. 그 내용은 다음과 같다.

ㅇㅇㅇ 대통령께

시에라클럽은 계획 중인 동강 댐(영월 댐)에 대해 깊이 우려하고 있습니다.

우리는 이 댐이 국제적으로 중요한 습지로 공인받기 위한 람사르협약 기준을 충족시킬 만큼 소중한 하나의 생태계가 물에 잠길 것을 우려하고 있습니다. 시에라클럽은 람사르협약을 지원하고 있으며 5월 코스타리카에서 '습지의 현명한 이용'을 주제로 개최되는 당사국총회에 참여할 것입니다.

동강은 한국뿐만 아니라 세계적으로도 소중한 강입니다.

국제적으로 중요한 습지에 관한 람사르협약의 기준을 충족시키는 동강은 반드시 보전되어야 하며, 파괴되어서는 안 됩니다.

시에라클럽은 빠른 시일 내에 동강 댐(영월 댐) 건설계획이 취소되도록 대통령께 촉구합니다. 그렇게 함으로써 전 세계의 존경과 감사를 받을 것입니다.

미셸 페로(Michele Perrault)
시에라클럽 국제담당 부회장

그래서 움직였을까! 대통령은 1999년 8월 6일 댐 건설을 하지 말았으면 좋겠다는 개인적인 의견을 발표했다. 이것이 방향을 바꾸는 결정적인 계기가 되었다. 어떻게 해서라도 댐 건설을 합리화시키려 했던 건교부와 수자원공사는 백기를 들었다. 2000년 6월 5일 환경의 날 대통령은 동강 댐(영월 댐) 건설 백지화 방침을 발표했다. 이어 다음 해인 2001년 12월 강원도 동강 유역을 자연 휴식지로 지정했다. 연이어 다음 해인 2002년 8월에는 환경부가 동강 유역을 자연 생태계 보전지역으로 지정하는 단계에까지 이르렀다.

나는 죽음과 싸우는 기분이었다. 동강 댐(영월 댐)이 건설되면 나는 이 세상에 존재할 수 없을 것 같은 생각까지 들었다. 바라던 대로 동강 댐(영월 댐) 건설이 중단되니 허탈했다. 한동안 내 영혼이 어디로 이탈해 버린 건 아닌가 싶을 정도였다.

허탈하기만 하고 텅 빈 것 같은 마음을 달래기 위해 나는 동강 댐(영월 댐)을 건설하기 위해 파 놓았던 굴에 다시 한 번 가보고 싶었다. 서두르지 않고 자세히 관찰하려면 휴가철이 아닌 때 움직이는 게 나을 거라 생각했다.

거운분교 앞에 차를 주차했다. 전에 내가 왔을 때 없던 차량 도로가 닦여 있었다. 관광안내소에 있던 젊은이는 차량은 통제한다고 했다. 걸어서 어라연까지 갔다 오려면 3시간 정도 걸리는 거리였지만 그냥 걷기로 했다.

맞은편 가파른 산길을 올라가면서 보니 다시 내리막으로 내려서는 길이 있었다. 전에 왔을 때는 없던 길이다. 바로 강가로 내려가게 되어있다.

전에 왔던 길로 가보고 싶어 찾아보았지만 새로 길을 낼 때 주위환경이 전부 바뀌어서 그 길이 어디 있는지 흔적조차 찾기 어려웠다. 새로 닦여진 길을 따라 계속 걷다 보니 지도상에 나타났던 상여바우(상여바위)라는 곳이 보였다.

기초작업 하던 곳으로 보이는 산 중턱에서 위로 올라가 보려고 했더니 도저히 올라갈 수 없도록 잡풀과 잡나무들이 우거져 있었다. 그때는 위에서 내려오다 기초작업 하던 굴을 발견했는데, 지금은 밑에서 오르려 해도 험해서 오를 수가 없었다. 지금 상태라면 어느 누구도 오르기 어렵게 보였다. 빨간 페인트로 나무에 표시해 두었던 흔적만 남아 있었다. 강가 길옆 전신주에 삼옥지 14라는 번호가 매겨져 있는 것이 눈에 띄었다.

지금 생각하니 내가 왜 그랬을까? 가슴이 답답하고 도무지 안정이 되지 않았다. 자연이 자연 그대로 지켜진다는 건 중요하다고 느껴졌다. 얼마전 TV에서 온실가스가 지구를 담요로 덮은 것 같은 지구온난화로 머지않아 상상할 수 없는 재앙이 닥쳐올 거라는 프로그램을 본 적이 있다. 남극과 북극의 빙하가 녹기 시작하면서 해수면이 상승하고, 그로 인해 많은 섬들이 점차 사라지며 그것이 계속 진행되면서 심지어 세계 15개 도시 중에 10여 개 도시가 물에 잠기게 될 거라는 환경학자들 주장이 있었다. 더 걱정은 온실가스 효과는 남극과 북극의 빙하가 녹는 것보다 기온 상승으로 땅 위에 있는 수분이 기화하면서 다량의 수증기가 발생하고 곳곳에 집중폭우와 극심한 이상기온이 발생하게 된다는 거다. 최근 이러한 현상이 수시로 발생하는 것 같다. 겨울에는 더 춥고 여름에는 더 더워지는 현상도 온실효과 때문이라고 들었다.

지구온난화가 가속화되며 곳곳에서 이상기온, 이상 기후가 수시로 발생하고 있다는 건 이미 지구가 서서히 위험수위로 향해 가고 있다는 증거라는 생각이 들었다. 기후변화의 95%는 인간에 의해서라는 환경학자들 주장을 그냥 흘려버리면 안 된다는 위기감마저 생겼다.

강변 따라 조금 더 걸어 보기로 했다. 길이 꺾이는 지점에 이르렀다. 지도를 보니 만지나루터라 되어있다. 만지나루! 예언적인 이름 같았다. 한문으로 가득할 만(滿) 못 지(池) 자로 쓰이는 이곳 이름은 가득 찰 연못이란 뜻으로 언젠가 댐에 관한 얘기가 나올 것이란 걸 예언하고 있는 듯했다. 참으로 신기했다. 어떻게 이곳 이름을 만지나루라 지었을까? 마치 이곳에 댐 건설 얘기가 나오리라는 걸 예언하는 듯한 기분이 든다. 우리 선조들의 혜안이 신기할 때가 많다.

지도를 들여다보니 전산옥 집터가 나와 있다. 그곳에서 강변 길 따라 조금 걸으면 갑자기 물소리 요란해지는 곳이 있다. 정선에서 내려온 뗏 꾼들도 두려워했다는 된 꼬까리 여울이다. 물살이 하도 세고 거칠어 뗏목이 뒤로 꼬꾸라질 정도로 위험하다고 해서 생긴 지명이었다.

- 요즘은 된 꼬까리 여울이 예전만 같지 않다. 예전엔 대관령에서 내려오는

물이 전부 이곳으로 흘러들었기 때문에 물의 양도 많았고, 물살도 세어서 웬만해서 쉽게 다니기가 어려웠다. 최근에는 수하 댐이 건설되어 대관령에서 내려오는 물이 전부 강릉 쪽으로 흘러 동해로 빠지고 있다.

지금 가본다면 이 글이 실감 나지 않는다고 생각할 수 있다. 그래도 이곳이 아직 래프팅하는 친구들에게는 제일 스릴 넘치는 장소인 것만은 확실하다. -

전산옥 집터는 실존 인물인 전산옥이라는 여인의 객주 집이 있던 곳이다. 된 꼬까리를 지나온 뗏 꾼들은 험난함을 극복하고 한숨 돌린 후 주막을 찾아 술 한잔 기울이면서 새콤한 정을 나누었을 거다. 그곳 주막 이름이 전산옥 주막이다. 얼마나 유명했던지 당시 뗏꾼들이 부르던 노랫가락에 전산옥 여인의 이름이 등장하는 게 기록에 남아 있다.

눈물로 사귄 정은 오래도록 가지만 금전으로 사귄 정은 잠시 잠깐이라네.
돈 쓰던 사람이 돈 떨어지니 구시월 막바지에 서리 맞은 국화라
놀다 가세요. 자다 가세요. 그믐 초승달이 뜨도록 놀다 가세요.
황새여울 된 꼬까리에 떼를 띄어 놓았네.
만지산의 전산옥이야 술상 차려 놓게나.

된 꼬까리 언덕 위에 서니 뗏꾼들 노랫가락이 들려오는 듯했다. 푸르른 동강의 물은 말없이 흐르고 있었다. 하얀 백로 한 쌍이 날개 활짝 펴고 어디로 날아올랐다. 마치 자유로움을 노래하는 몸짓처럼 보였다. 동강은 흐르고 있었다. 동강은 흘러야 한다.

*

조금 감격적인 느낌이 든다. 아마 내가 죽을 때가 되어서 그런지 이런 마음이 더 드는 것 같다.

간호사가 들어온다. 그녀는 아프면 옆에 있는 벨을 누르라고 한다. 진통제를 더 놓아주겠단다. 내가 있는 특실은 혼자 사색하며 이승을 하직할 준비를 하기 위해서는 아주 좋은 곳이다.

죽음 앞둔 사람이 컴퓨터 앞에 앉아 자판을 두드릴 수 있다니 그것만으로도 감사해야 할 일이다. 진통제와 영양제 때문이긴 하지만 아직 움직일 수 있다는 게 얼마나 고마운지 모르겠다. 이승의 삶이 끝나기 전에 쓰고 싶은 것을 전부 쓸 수 있을지 모르겠다

환경단체 '자연과함께' 두 노인

그는 동강 댐(영월 댐) 사건으로 환경에 깊은 관심을 갖기 시작했다. 그때는 환경단체까지 결성할 생각은 하지 못했다. 도봉산에서 스케치 연습을 하다 산 할아버지를 만나면서 환경단체 만드는 일이 급속도로 이루어졌다.

처음 그림을 그리기 시작한 것은 집에서 도피하기 위한 하나의 수단이었다. 그림 그리는 일이 흥미로워진 건 전국 고등학교 사생대회에서 대상을 받고 난 후였다. 처음에는 느낌을 색채와 선으로만 표현했다. 계속 작업을 하다 보니 감정을 좀 더 정확하게 표현하기 위해서는 실체적인 사실을 그대로 표현할 줄 아는 기법도 중요하다는 걸 알았다. 많은 훈련이 필요했다. 여러 종류의 석고를 놓고 데생을 하면서 사실대로 그리는 연습을 열심히 했다. 매일 아침 일어나자마자 이젤 앞으로 가서 연습하는 것은 습관이 되었다.

그날, 사람들이 많지 않은 평일이었다. 도봉산에서 선인봉과 만장봉이 잘 보이는 바위 위에 올라갔다. 일반인들은 쉽게 올라오지 못하는 높은 곳이었다. 작은 스케치북에 멋있는 봉우리들을 열심히 그려 넣고 있었다. 호젓하게 앉아 작업했다. 투명하게 쏟아지는 햇살이 초록빛 숲 속으로 초르륵 초르륵 파고들었다. 한 쌍의 새가 파륵파륵 춤추며 술

래잡기하는 소리만 어렴풋이 들렸다. 몰두하고 있는데 아래쪽에서 사람 소리가 들려왔다. 흥얼거리는 노랫소리였다. 덤부렁듬쑥한 숲 속 조용한 산에서는 거리측정이 잘되지 않았다. 꽤나 멀다고 느꼈던 소리가 점점 가까이 다가오고 있었다. 가사가 들리기 시작했다.

산 할아버지 밭매러 갔다네
밭매다가 고추를 잘랐네
산 할아버지 깜짝 놀랐네
어쩔 줄을 몰라 했네

산신령이 나타나셨네
산신령이 물어봤다네
큰 고추가 네 고추냐
작은 것이 네 고추냐

산 할아버지 대답했다네
내 고추는 크지도 않고요
내 고추는 작지도 않지요
정직하게 대답했다네

산신령이 껄껄 웃었네
기특하구나 정직하구나
너에게 상을 주겠다
큰 고추를 네가 가져라

집에서 들었다면 유치하다고 생각했을 법한데 산에 앉아 있으니 재미있게 들렸다. 슬그머니 웃음이 나왔다. 누군가 느럭느럭 걸으면서 흥얼거리며 올라온다 싶었는데 소리의 주인공이 불쑥 나타났다. 그가 있는 곳은 네댓 명이 간신히 올라설 수 있는 높고 좁은 곳이다.

깜짝 놀랐다. 그림 그리던 손을 무르춤 했다. 주인공이야말로 진짜 할아버지가 아닌가! 머리와 다복한 수염이 허연 보통 할아버지 모습 그대로였다. 피식 웃음이 나오고 말았다.

웃음을 흘리자 할아버지는 노인답지 않게 뒤설레를 치며 먼저 말을 건넸다.

"우와 그림을 그리고 계시네. 화가이신가?"

"네, 안녕하세요? 할아버지. 노래가 재미있네요."

"응! 재미있지. 근데 혼자 오셨나 보네."

"예, 혼자 다니는 게 호젓하고 연습하기 좋아서요."

"나도 재미있지만 이런 곳에서 화가 양반 만나는 것도 쉽지 않은 일인데!"

그렇게 대면이 시작되었고 그날 할아버지와 같이 산행을 하면서 아주 가까워지는 계기가 되었다. 나중에 알았지만 할아버지는 도봉산에서 암벽등반을 하는 사람들에게는 산 할아버지라는 별명으로 잘 알려져 있었다. 할아버지는 겨울에도 아주 추운 날씨만 아니라면 반바지 차림에 스타킹만 입고 산에 올라다녔다. 대한민국에 있는 바위산이라면 안 올라본 곳이 없었다. 일흔 살이 넘었는데도 매일 몸을 단련해서인지 40대 체력을 유지했다. 40대 초반인 그보다도 산을 더 잘 오르내렸다.

그날 이후로 산에 갈 때마다 산 할아버지와 도봉산에서 만나기로 약속했다. 산 할아버지로 인해 그는 선인봉을 비롯하여 인수봉 등 유명한 바위산은 거의 한두 번씩 올라보았다. 산 할아버지 소개로 많은 사람을 알게 되었다. 그중 바위 탈 때 한 팀이 된 원예학을 전공한 정 박사와 임학 전공인 이 교수가 있었다.

환경단체를 결성하게 된 동기는 네 사람이 함께 산행하던 날 발생했다. 그와 산 할아버지, 정 박사, 이 교수 네 사람은 운악산을 등반하기로 했다. 경기도 가평군 현리 쪽에서 시작해 포천군 화현면 쪽으로 하산 계획을 잡았다.

평소의 운악산은 도봉산과는 아주 달랐다. 다듬어지지 않은 시골 모습 그대로였다. 초입에는 향토색 짙은 가게들이 자연스럽게 조화를 이루고 있었다. 그곳 고유의 토산물들이 풍요로웠다. 등산로는 훼손되지 않은 자연상태 그대로 멋진 바위와 소나무들이 잘 어우러졌다. 보는 이들을 즐겁게 했다. 멋진 산행을 하게 해 주었다. 커다란 암벽이 있는 도봉산과는 또 다른 맛과 기분을 느낄 수 있었다.

그런데 그 날은 그렇지 않았다. 산행을 시작한 지 얼마 지나지 않아 길 양쪽으로 산이 많이 깎여지고 훼손되어 있었다. 그 전에는 조그만 등산로만 있어서 산행하는 사람들이 마음껏 자연과 함께하며 산행의 묘미를 즐길 수 있었다. 그때 네 사람이 기대했던 등산로는 흔적조차 찾기 어려웠다. 등산로만 훼손된 게 아니었다. 백 년도 더 되었음 직한 아름드리 소나무들이 밑동이 잘린 채 여기저기 널브러져 있었고, 자연스러운 멋을 뽐내던 커다란 바위들도 여러 조각으로 쪼개져 파헤쳐진 길에 흩어져서 볼품없이 나뒹굴었다.

누구인지 모르겠으나 자연환경은 안중에도 없었다. 현등사까지 차량 도로를 만드는 일에 급급했다는 걸 대번에 알 수 있었다. 산과 자연을 사랑하는 사람이라면 울화통이 터질 수밖에 없었다. (그는 그때 찍어 둔 사진들을 이 글 쓰인 곳에 붙여 두었다.)

산 할아버지는 흥분하기 시작했다. 구두덜대며 휘적휘적 발걸음을 빨리했다. 현등사로 올라갔다. 절간 안마당으로 들어섰다. 주지 스님 나오라고 소리를 질렀다. 거침이 없었다. 조용하던 절간이 별안간 산 할아버지의 외침 소리로 들썩들썩 움찔거렸다. 목소리가 쩌렁쩌렁 고요한 절간 구석구석으로 파고들며 울려 퍼졌다. 절간 안마당에서 고함을 질러 대니 아무도 없는 듯 조용하던 안쪽에서 스님 몇몇이 슬금슬금 부자연스러운 모습으로 나타났다. 쓰디쓴 약물 삼키고 뱉어 버리지 못해 쩔쩔매는 모습과 흡사했다. 무어라 말할듯하다 수염 허연 노인이 벌겋게 달아오른 얼굴로 소리 지르는 걸 보더니 아무 말 못 하고 쳐다보기만 했다. 산 할아버지는 전혀 개의치 않았다.

"여기 주지 스님이 누구요? 절간에 사는 사람들은 백 년 이상 묵은 소나무를 마음대로 잘라 버려도 괜찮은 거요? 절간까지 길을 내기 위해 자연을 이렇게 훼손해도 되는 거요? 자연을 훼손하는 건 사람의 뼈를 깎아 먹는 것과 같다는 걸 모른단 말이오?"

산 할아버지는 좀처럼 흥분을 가라앉히지 못했다. 얼굴이 시뻘게지도록 계속 동물들만 살생하지 말라는 거냐? 식물은 생명이 없는 줄 아느냐? 불교의 도를 닦는다는 자들이 자기들 편하기 위해 오래된 소나무들을 다 뽑아 죽이고 자연을 이렇게 훼손시켜도 되는 거냐? 부처가 이렇게 가르치더냐? 고 고래고래 소리를 질렀다. 옆에서 듣기에 귀가 아플 정도로 크게 고함치는데도 대답하는 사람이 없었다.

그 날 네 사람은 자연을 사랑하는 마음이 같음을 확인하고, 서울에 돌아가면 당장 환경단체를 만들어 자연 지킴이 활동을 전개하자는 데에 의견이 일치되었다.

급히 사무실을 구하려 했으나 적당한 곳 찾기가 어려웠다. 자금조달과 기타 연락사항 등 정해져야 할 게 생각보다 많았다. 산 할아버지는 화실 일부를 사무실로 사용하자는 의견을 내고, 정 박사, 이 교수와 의논해서 회칙을 만든 다음 그를 회장으로 추대했다. 단체 이름은 '자연과함께'로 지었다.

나는 다시 운악산을 간 적이 있다. 그런데 정말 산 할아버지 말이 맞았다. 자연과 잘 어우러졌던 등산로는 어디로 사라져 버렸다. 현등사까지 차량 도로가 보기 흉하게 뚫려 있었다. 옛날에 보았던 산행길의 운치를 전혀 찾아볼 수 없게 변했다. 자연상태 그대로의 산행을 즐겼던 사람들이 보면 비애가 느껴질 수 있었다. 옛날이 그립다는 말이 생각났다. 정말 마음이 아팠다.

인간을 위하고 진리를 탐구하는 길은 자연을 훼손하고 생태계를 파괴함으로써 가능한 것이 아니다. 자연을 보전하고 생태계를 살림으로써 가능하다. 그런데 진리를 탐구하고 참(眞)을 전파한다는 종교인들이 앞장서서 자연을 훼손하는 것은 이율배반적이고 반종교적인 일이라고 말할 수밖에 없다. 그야말로 커다란 위선이다.

산 입구에서는 문화재 구경하는 값을 치러야 한다고 했다. 입장료를 받고 있었다. 정말 어이가 없었다. 나쁜 놈들이라는 생각이 들었다. 현등사를 들르지 않고 그냥 산행만 하는 사람들에게 문화재 구경하는 돈을 받는 것은 아무리 생각해도 올바른 짓이 아니다.

이런 게 바로 날도둑이라는 거 아닐까! 자연을 마음껏 훼손시켜 놓고 그것도 모자라 돈을 받고 있다니! 정말 두동진 일인데 아무 말도 못 하고 있어야 하는 게 더 화가 났다. 이건 횡포다. 나는 평소에 세상에서 제일 나쁜 것은 종교의 권력화라고 생각했는데 바로 여기서 그걸 느꼈다.

*

환경단체 만든 후에도 작품활동은 쉬지 않았다. 소재가 궁해지면 배낭 메고 산이나 오지를 찾았다.

가을이 한창 무르익었을 때 속초행 버스를 탔다. 미시령 고개 정상에서 버스를 내렸다. 도시와 다른 맑은 공기, 선연하게 빼어난 경치가 기분을 상쾌하게 했다. 가을 단풍으로 물들기 시작한 산들은 높은 하늘과 함께 아름다운 자태를 자랑하고 있었다. 울긋불긋 단풍으로 치장한 사면의 준봉들이 멋지게 폼을 잡았다. 가을이 한창 여물어가고 있음을 알렸다. 휴게소에 가서 커피를 한 잔 마신 후 신선봉 쪽으로 발길을 향했다. (지금은 미시령에 굴이 뚫려 차량들이 그곳으로 다니고 이 길로는 잘 다니지 않는다. 사람들 발길마저 끊어져 휴게소도 없어졌다.) 팔뚝을 스치는 달콤쌉싸름한 바람이 적당하게 불어왔다. 신선봉 일대는 다양한 색깔의 단풍들이 눈을 즐겁게 했다. 꽃보다 더 붉어 피를 토한 듯 새빨간 단풍도 있었다. 혼자 즐기기가 정말 아까웠다. 바야흐로 열매가 맺히는 계절이다. 아름다운 단풍과 함께 불그름하게 익어가는 실팍한 열매들이 풍성하고 여유롭게 조롱조롱했다. 멋진 경치 감상하며 걷다 보니 황홀한 세계 속으로 빠져드는 기분이었다. 신선봉 정상을 지나 마산봉 쪽으로 발길을 돌렸다. 눈앞에 전개되는 풍경은 그대로 지나치기가 아까웠다. 그대로 화면 위에 옮겨 놓으려면 어떻게 구도를 잡는 것이 좋을까!

눈으로 보이는 것을 마음으로, 가슴으로 담아가기 위해 서서히 움직였다. 느릿느릿 발걸음을 옮기고 있을 때였다. 먼 바위 위에 누군가 오롯이 앉아 있는 게 보였다. 처음엔 혼자 이곳을 찾는 사람이 본인 말고도 또 있구나 하는 가벼운 마음이었다. (미시령의 신선봉 같은 험한 곳은 평일에 사람들이 잘 다니지 않아 사람 만나기가 어렵다.) 거리가 가까워지며 무언가 심상치 않다는 느낌이 들었다. 우선 복장부터가 등산복이 아닌 하얀 한복을 그대로 입고 있었다. 바람에 휘날리는 허연 수염도 보였다. 웬 산신령이 이런 곳에 나타났을까 싶은 모습이었다. 그가 지싯지싯 노인 곁으로 다가가자 먼저 말을 걸어온 건 노인 쪽이었다.

"어라, 이런 날 혼자 등산하는 걸 보니 산을 굉장히 좋아하는가 보이!"

"어! 안녕하세요? 그러긴 하는데요. 할아버지께서 어떻게 이런 곳에 혼자 계시는지요?"

"아하, 그러네. 허허허. 이런 날 늙은이가 혼자 앉아 있으니 놀랐겠군."

이렇게 대면하고 이런저런 얘기를 하게 되자 노인이 보통 사람과 다른 웅숭깊고 당당한 내면을 간직하고 있다는 느낌이 들었다. 그는 노인과 산에 관한 얘기를 나누며 함께 걸었다. 노인은 등산화가 아닌 까만 고무신을 신고 있었다. 걷는 동안 노인은 꼬불꼬불 까스락지고 가풀막진 자드락길을 날랜 다람쥐마냥 날렵하게 내달렸다. 노인의 걸음은 따라가기 힘들 정도로 빨랐다. 급급하게 걷다 보니 노인이 기거하고 있는 마장터 초가까지 가게 되었다.

노인의 말에 의하면 신라 마의태자가 마음을 달래려고 금강산에 가던 중 말을 잠깐 쉬게 했던 곳이 여기라고 했다.

　초가는 세 채가 나란히 지어져 있었다. 가운데 집에서 노인과 부인이 기거했다. 양쪽 두 채의 초가는 비어 있었다. 정신없이 따라오느라, 또 일대 지형에 대한 설명을 듣느라 시간이 흐르는 걸 깜빡했다. 어느새 어스름한 빛이 꾸역꾸역 물들어 오며 주위를 짙은 어둠이 야금야금 잠식해 왔다. 어스름이 물드는 듯하더니 사위는 짙은 먹물 같은 어둠 속으로 자맥질해 버렸다.

　"옆에 초가가 비어 있으니 오늘 밤은 거기서 자고 내일 가도록 하시지."

　옆의 초가를 가리켰다. 가을이었지만 초가는 평소 사람이 기거하지 않아 방바닥이 차가웠다. 노인은 아궁이에 군불을 지펴 그가 편히 잠을 자도록 방을 데워 주었다. 전기가 없어 밤 아홉 시인데도 사위는 새까만 먹물 속 같았다.

　그날 그는 호롱불 빛 아래에서 밤이 깊도록 노인과 이야기를 나누며 이곳에 살게 된 사연을 들었다. 마장터 김 포수라면 산을 좋아하는 사람들은 이 일대뿐 아니라 속초에 있는 사람들까지 모르는 사람이 없을 정도라며 말문을 열었다. 이곳을 아는 사람들이 찾아오면 자고 갈 곳이 필요해서 양쪽에 초가를 지어 놓게 되었다고 했다.

　몇 년 전까지 산에 사는 짐승들을 잡아서 생활하다 보니 김 포수라는 이름이 붙었다. 지금은 살생하지 않기로 마음먹었다. 대신 산에 서식하는 약초와 나물 등 특수 약용식물들을 채취해 생활한다.

　노인은 평일에 그가 이런 험한 산을 혼자 등반하는 것이 산을 정말 좋아하는 걸로 보여 기꺼이 데려왔다는 말도 덧붙였다. 노인이 산에 살게 된 이유가 있었다. 일본 놈들이 우리나라를 점령하고 있을 때 학병으로 끌려가지 않으려고 산속에 숨어 살다 보니 이렇게 되었다. 살다 보니 산이 좋아 산을 떠나 살 수 없었다. 이제는 미시령, 진부령, 한계령 정상에서부터 설악산까지 어디 가면 무슨 동식물이 자라고 있는지 거의 알고 있다. 이곳으로 오기 전 설악산에 머물렀지만 국립공원이 된 후 많은 사람들이 몰려와 조용히 지내기가 어려웠다. 새로이 지낼 곳을 찾다 여기를 알게 되었고 이곳이 좋아졌다.

그날 밤이 깊도록 김 포수 노인과 얘기를 나누었다. 노인이 잠을 자러 가자 그는 소변을 보기 위해 밖으로 나왔다. 문득 올려다본 하늘 위에 헤아릴 수 없이 많은 별이 꽃잎처럼 공간을 채웠다. 온통 반짝이는 조그만 꽃잎들로 가득 차 보였다. 바람이 불면 흩날리는 꽃송이처럼 내려앉을 것 같았다. 어느 곳에서도 보지 못했던 광경이었다. 금방 손바닥 위로 내려앉기라도 할 듯 꽃잎 같은 별들이 움찔거리며 얘기를 걸어왔다.

잠시 동안 황홀함 속에 빠져들었다. 오랫동안 마음속에서 지워지지 않기를 바랐다. 어깨와 가슴을 활짝 펴 신선한 숲 속 밤공기를 마음껏 들이마신 후 잠자리에 들었다.

다음날 잠에서 깨어난 그는 어젯밤에 보았던 별들이 생각나 창문을 열고 밖을 내다보았다. 어둠이 서서히 물러가고 있었다. 빛이 서서히 어스름을 밀쳐 내기 시작하자 밤새 먹물처럼 검은 공간에 꼭꼭 숨었던 많은 나무들과 싱그러운 풀잎들이 하나둘 모습을 보이기 시작했다. 사르륵 사르륵 밝음이 더해지며 어느 곳에 숨어 있었는지 함초롬히 아미 숙이고 있던 가을 들꽃들이 마음껏 기지개를 켜며 아침을 열었다. 가을 들꽃의 기지개 소리에 풀잎들, 나뭇잎들이 수런수런 몸을 떨며 잠에서 깨어나 몸단장을 했다. 아침 안개가 슬그머니 모습을 감추기 시작하자 숲은 다이아몬드 속에서 뿜어져 나오는 듯 밝고 신비로운 빛을 멀리멀리 퍼뜨렸다. 아침 이슬들이 여기저기 풀잎 위로 올라와 투명하고 영롱한 빛을 뿜어내며 숲을 찬란하게 만들었다. 잠에서 깨어난 새들은 맑고 투명한 소리를 냈다. 새들은 아침을 노래했다. 신비로운 빛과 새들의 합창은 머리를 맑게 했다. 나무숲 사이로 새들이 포르르 날아다녔다. 맑은 공기는 몸 구석구석 쌓여 있던 모든 것을 씻어냈다. 이 세상에 존재하지 않는 세계에 와 있다는 기분이었다.

그가 마장터의 아침 자태에 넋을 빼앗기고 있을 때였다.

"이제 일어나셨군. 잠은 잘 주무셨는가?"

김 포수 노인 목소리가 집 앞에 흐르고 있는 개울 쪽에서 들려왔다. 손에는 풀 줄기에 아가미를 꿴 물고기가 주렁주렁 매달려 있었다.

"손님이 오셨으니 아침 대접을 하려 물고기를 몇 마리 잡았지."

환하게 웃고 있는 김 포수 노인 얼굴이 비단 실 같은 아침 햇살 속에 담뿍 잠겨 어른거렸다.

김 포수 노인과의 관계는 그렇게 시작되었다. 다시 그곳을 찾아갔을 때 김 포수 노인은 산에서 캐 왔다는 송이버섯을 한 광주리 내놓았다. 돗자리를 가져오더니 그 위에 송이버섯을 전부 쏟아 놓고 휴대용 칼을 건네주며 베어먹으라 했다.

세상에! 시중에서 사 먹던 것과는 비교가 되지 않았다. 사람의 발길이 잘 닿지 않는 숲 속 우거진 곳 초가 마당. 솔잎 냄새 살랑살랑 풍겨오는 자연산 송이버섯들이 수북하게 쌓여 있다. 하나씩 잡고 칼로 베어먹는다. 솔잎 향기 풍기며 송이버섯이 목으로 살짝 넘어갈 때 감탄

환경단체 '자연과함께' 두 노인

소리가 신음처럼 새어 나왔다. 하얀 속살은 잘 익은 연한 밤을 씹는 느낌이었다. 목구멍으로 넘어갈 때의 그 느낌과 맛은 표현하기 어려웠다. 아무리 오랜 세월이 흐른다 해도 절대 잊지 못할 감동 그 자체였다.

그는 이렇게 소중한 보물과도 같은 자연환경은 그대로 보존되었으면 좋겠다는 생각을 했다. 시간만 나면 마장터를 찾았다. 주말엔 거의 그곳에 가 있었다. 마장터 곳곳에 숨겨져 있던 특수동식물에 대해 알아 가고 있을 때였다. 그에게 거절할 수 없는 일이 생겼다. 계약되어 있던 화랑에서 오랫동안 추진해 온 독일 초대전 요청이 왔다. 초대전이 끝나면 유럽 순회전이 계획되어 있었다. 일정에 대한 여유가 없었다. 마장터 가는 일을 당분간 접어두고 그림 그리는 일에 전념해야만 했다.

마장터를 다시 찾은 건 유럽 순회전이 성공리에 마무리되고 난 후였다. 그곳에는 아무도 없었다. 초가 세 채만이 덩그러니 남아 있었다.

마장터는 미시령으로 가는 도로 옆 개울을 건너야 했다. 외지인들은 그곳에 길이 있는지도 모르기 때문에 마장터 들어가는 초입을 찾기 어렵다. 입구 근처에 조그만 농산물센터가 있다. 초입 부분을 농산물센터가 가리고 있어 더 어려웠다. 그는 오랫동안 마장터를 들락거리며 필요한 물품을 구입해서 주인과 잘 알고 있었다. 오랜만에 다시 찾은 그에게 농산물센터 주인은 김 포수 노인에 대해 뜻밖의 소식을 전했다. 어느 날 할머니가 쫓아 나와 숨이 턱에 차오를 듯 헐근거리며 말을 더듬거리셨다. 더 묻지 않고 마장터로 달려가 보았다. 김 포수 노인이 조용히 잠자듯이 누워 있었다. 가까이 가서 들여다보았더니 이미 숨은 멈추어 있었다. 그렇게 할아버지는 잠자듯이 세상을 떠났다고 했다. 그는 한동안 할 말을 잃었다.

마장터는 그에게 깊은 감동을 남겼다. 마장터는 부끄러워 얼굴 감추고 꼭꼭 숨어버리는 순진한 시골 처녀 같은 곳이었다. 그는 마장터에 대한 얘기를 산 할아버지에게 들려주었다.

마장터에 온통 마음을 빼앗긴 산 할아버지는 아예 그곳에 들어가 살기로 했다. 초가에 거처를 정했다. 어떻게 하든지 이곳만큼은 자연 그대로 지킬 필요가 있다고 했다. 일대에 거주하는 주민들을 설득하기 위해 일일이 찾아다녔다. 친분을 쌓아 나갔다.

그는 주말에는 마장터에 내려갔다. 산 할아버지에게 김 포수 노인이 가르쳐 준 특수동식물이 서식하는 곳과 송이버섯 나는 곳을 알려 주었다. 송이버섯 나는 곳을 알려주자 산 할아버지는 매년 가을이면 단체 회원들을 불러 송이버섯 파티를 열었다. 산 할아버지는 그 일대에 사는 사람들과 친해졌다. 주민들과 함께 '마장터지킴이'라는 단체를 만들어 '자연과함께'의 자매단체로 등록했다. (지금은 마장터가 등산로로 개방되었다.)

환경단체 '자연과함께' 두 노인

강원도 정선군 북면 구절리

　단체 회원들은 다른 환경보존 지역을 찾으러 우리나라 구석구석을 찾아 나섰다. 그와 정 박사는 한 팀이 되었다. 철도 끊기는 곳부터 찾아보기로 일정을 잡았다. 철도 종착지는 오지에 속할 거라 생각했다.

　청량리에서 강원도 정선 쪽 철도 종점을 찾아간 곳이 구절리였다. 그곳에 도착한 시간은 새벽 두 시였다. 열차에서 내린 사람은 둘 밖에 없었다. 우리나라 철도 역 중 한적한 시골을 밤중에 가보아도 먼 곳이든 가까운 곳이든 하늘에서 내려앉은 별빛 같은 불빛이 한두 군데 이상은 보이기 마련이다. 그 불빛은 외롭고 쓸쓸했으며 아련한 낭만을 불러왔지만 구절리는 그렇지 않았다. 역 대합실을 나서자 불빛 한점 없는 어둠만이 두 사람을 맞이했다. 역을 벗어나자 까만 먹물을 풀어놓은 듯했다. 두 사람은 깜깜한 공간에 못 박힌 듯 갑자기 멈추었다. 마지막 기차라 그랬을 수 있겠지만 개표원도 보이지 않았다. 두 사람 외에는 아무도 없었다. 풀벌레 소리만 끊어질 듯 끊어질 듯 희미하게 들려왔다. 하늘에 총총히 떠 있는 별들이 아니라면 발밑도 보이지 않을 정도였다. 어둠 속을 콕콕 쑤셔 보아도 눈에 들어오는 것은 아무것도 없었다. 먹물보다도 더 검은 껌정만이 사위를 감싸고 있었다. 어둠만이 아니었다. 사방은 적요 속에 풍덩 빠져 깊은 잠을 자고 있었다. 시간이 멈추어 버렸다는 착각이 들 정도였다. 두 사람은 휑뎅그렁하니 내동댕이쳐진 듯 할 말을 잃고 말았다. 어떻게 해야 할지 한동안 아무 말도 못 하고 막막하게 서 있었다. 황당했다. 마지막 기차도 끊어져 되돌아갈 수도 없었다. 먼저 입을 연 건 그였다.

"보이는 것이 없으니 움직이기가 어렵네."

"형님, 우리 그냥 대합실에서 하루를 보냅시다."

그보다 나이가 아래인 정 박사는 그를 형님이라고 불렀다.

"그래야 할 것 같군."

대합실 의자에 앉아 토끼잠을 자기로 했다. 모자로 얼굴을 가리고 배낭에 기대 잠을 청했다. 어둠 속에 파묻혀 있는 마을은 혼곤한 잠에서 영원히 깨어나지 않을 듯 잠잠하기만 했다.

시간이 잘 맞지 않던 시계도 하루에 두 번은 꼭 맞는다는 불멸의 진리. 영원한 잠에서 깨어나지 않을 것 같던 마을도 돌고 있는 지구를 멈출 수는 없었나 보다.

동편에 보이던 희미한 빛이 조금씩 밝기를 더해갔다. 먹물을 뒤집어쓴 것 같던 어둠은 빠른 속도로 모습을 감추기 시작했다. 거리가 옅은 회색빛으로 부윰하게 드러났다. 갓밝이가 시작되자 희붐한 날빛으로 마을의 윤곽을 알아볼 수 있었다. 어스름이 걷히며 드러난 그곳은 영화 세트장 같았다. 푸르고 살찐 산들이 사면에서 작은 동네를 감쌌는데 더 큰 산이 뒤에서 줄지어 꼬리 잡고 어디론가 내 달리고 있었다. 도시에서는 구경하기 힘든 오래된 집들이 산 아래에 띄엄띄엄 자리 잡고 있었다. 마을 옆으로는 맑은 물이 적막을 깨기 싫은 듯 소리 없이 흘렀다.

환한 빛이 주위를 감싸오자 풀벌레 소리도 잦아들었다. 제일 먼저 길 건너 조그만 구멍가게가 눈에 들어왔다. 나무로 된 간판 글자가 보이자 꼬르륵 소리 나는 빈 배를 다독거려야겠다는 생각을 했다. 이곳 지리를 가르쳐 줄 사람도 필요했다. 구멍가게 문이 열리기를 기다렸다. 해오름이 끝나고 동편에 해가 뽀송뽀송하게 떠올랐는데도 영화 세트장 같은 마을은 조금의 미동도 없었다.

"형님, 언제 사람들이 나타날지 모르겠습니다. 가게 문을 두드려 보는 게 좋을 것 같습니다."

정 박사는 가게로 가서 문을 두드리기 시작했다. 한참 만에 누군가 나타났다.

"누구시드래요?"

"뭐 좀 사러 왔습니다."

그제야 문 여는 소리가 들리고 주인인 듯한 사람의 얼굴이 보였다.

"가게를 이렇게 늦게 열어도 됩니까?"

불평을 숨긴 채 물어보았다.

"여긴 사람이 별로 없어 일찍 문을 열 필요가 없드래요."

가게주인은 담담히 말을 받았다.

"어제 막차로 이곳에 왔는데 어두워서 어디가 어딘지 전혀 알 수가 없더군요. 밤새도록 대합실에 있다가 나왔습니다."

"아, 그랬구만요. 시장하시겠드래요. 우리 집에서 식사나 하고 움직이시드래요. 이곳은 여인숙도 여관도 없어서 외지에서 오신 분은 동네 사람하고 미리 약속하지 않으면 밤새 갈 곳이 없드래요."

말은 투박했지만 가게주인은 친절했다. 가게 안쪽에는 나무의자와 탁자가 몇 개 놓여 있었다. 주인은 이 동네 친목회 구삼회 총무로 있는 사람이었다. 식사준비를 하는 동안 그는 그동안 해온 단체활동과 이곳을 찾게 된 이유를 자세히 설명해 주었다. 이곳 구절리와 자매결연을 맺고 싶다는 의사를 전달했다.

이곳은 기찻길이 마지막 끝나는 곳이기도 했지만 차량 도로도 끝나는 곳이었다. 차량이 통과할 길이 없으니 당연히 오고 가는 차량이 보이지 않았다. 간혹 이 동네에서 외부로 나가는 차가 한두 번 보였다.

첫 대면하고 자주 그곳을 방문했다. 산 할아버지는 특유의 친화력을 발휘하여 동네 사람들과 쉽게 친해졌다. 두 달 후 산 할아버지가 서둘러서 자개곡(자개골)의 폐교된 분교에서 단체와 구절리는 자매결연식을 가졌다. 그 지역 면장과 경찰서장, 구삼회 회원 및 동네 사람들이 참석하고 단체에서는 그와 산 할아버지, 정 박사와 단체 회원 30여 명이 참석했다. 자매결연을 기념하기 위해 자매결연패를 서로 교환했다. (자매결연패는 지금도 서재 책장 위에 얌전히 놓여 있다.)

요사이 구절리는 우리가 처음 갔을 때와는 정말 많이 변해 있었다. 철로 위로 레일바이크라는 걸 만들어 관광객들에게 놀 거리로 제공해 주며 상품화했다. 내가 병원에 입원하기 직전에 가보았던 구절리는 우리가 처음 갔을 때의 모습과는 아주 많이 달라져서 옛날의 모습을 찾기 어려운 상태로 변해 있었다.

지금 그곳을 가본 사람들은 내가 무슨 말을 하고 있는 거냐고, 이곳이 그렇게 외진 곳이었던가 의문을 가질 것 같았다. 우리가 갔을 때의 구절리를 자세히 설명해 주어도 지금의 구절리를 보는 사람들은 정확히 이해할 수 없을 거라는 생각이 들었다. 상상하기 어려운 모습이었다. 사람들이 예전의 상태를 조금이라도 연상할 수만 있다면 그걸로 만족이다.

구절리와 자매결연을 맺고 몇 개월이 지난 후 급한 전화가 걸려왔다. 전화기에서는 금방 숨넘어갈 듯한 목소리가 강원도 특유의 악센트로 모터 소리 나듯 따다다닥 쏟아졌다.

"아, 여기 구절리입니다요. 송천계곡이 다 막혀 가구 있드래요, 목장을 짓고 있다구요. 빨리 와 보시라요. 빨리요."

앞뒤 여차여차하다는 설명도 없이 숨넘어가듯 소리 지르고 있는 것은 자매결연 마을 강철 부회장 목소리였다.

"무슨 말씀이세요? 차근차근 말씀해 보세요."

"네, 누가 목장 짓기 위해 터 닦는다며 대기리에서 산을 마구 깎아내리고 있습니다요. 그 바람에 토사가 계속 흘러내려 계곡이 전부 메워지고 있드래요. 그냥 놔두면 목장에서 흘러내리는 토사와 오물로 송천계곡이 전부 오염되고 말거라요. 구절리 사람들 전부 죽게 생겼드래요."

전화기 속에서 들리는 소리는 최대한 차분하게 말하려고 애쓰는 것 같았지만 긴박함이 잔뜩 배어 있었다. 부글부글 끓어오르는 뜨거움이 느껴졌다. 흥분해서인지 마른 쏘시개에 불이 붙은 듯한 열기가 수화기 줄을 타고 전해오는 듯했다.

"예, 알겠습니다. 곧 내려가 보겠습니다."

급히 운영위원회의를 소집했다. 운영위원들이 모인 자리에서 전화 내용을 얘기해 주었다.

산 할아버지는 현장을 빨리 가서 직접 보자고 했다. 모두 산 할아버지 말에 동의했다. 서울 사무실엔 이 교수가 남아 있기로 하고 그와 산 할아버지, 정 박사는 정선을 가보기로 했다.

서울 사무실을 떠난 지 다섯 시간 정도 지나 구절리에 도착했다. 그가 왔다는 얘기를 듣고 동네 사람들이 모여 와시글덕시글했다. 이장이 다급한 소리로 설명했다.

"지금 우리들은 송천계곡물로 밥도 해먹고 필요한 건 거의 다 이 계곡물로 해결하는데 계곡이 오염되면 정말 안됩니다요."

"일단 대기리로 가봅시다."

"지금 대기리에서도 다들 모여 회장님을 기다리고 있드래요."

대기리와 구절리를 연결하는 도로는 자연상태 그대로라 승용차로는 아예 다닐 엄두도 못 냈다. 서울에서 타고 온 차는 강철 부회장 집 마당에 세워 놓고 트럭으로 바꾸어 탔다. 차 한 대에 네 명씩 세 대의 트럭을 몰고 송천계곡 상류 지역 대기리로 향했다. 길은 너설이 심했다. 양쪽은 울창한 숲과 원시의 자연스러운 모습 그대로 꾸밈이 없었다. 웬만한 운전 기술로는 땅띔도 하기 어려웠다. 큰 돌덩이들과 바위들이 곳곳에 흩어져 있어 덜컹거리고 흔들리는 게 마치 놀이 공원에서 놀이기구를 타는 기분이었다. 전혀 오염되지 않은 지역이라는 게 실감이 났다. 차는 마구 흔들거리고 있었지만 물가에 있는 백로들은 아랑곳하지 않고 한가로이 물고기를 사냥하고 있었다. 덤부렁듬쑥한 억새들이 계곡을 따라 펼쳐져 있어 운치도 있었다.

덜컹거리는 차를 어느 정도 타고 왔다는 생각이 들었을 때 강철 부회장이 차를 멈추게 했다. 앞쪽 계곡에 얼마 전까지는 물이 깊어서 그냥 걸어 들어갈 생각조차 하지 못했다. 지금은 목장을 건설한다며 산을 깎아 버리는 바람에 토사가 흘러내려 계곡 한가운데에 사람이 서 있어도 된다며 한 지점을 가리켰다. 어디서 구해 왔는지 건설현장에서 쓰던 5m 정도 길이의 철근을 들고 계곡 가운데로 내려가 바닥에 찔러 넣었다. 5m 철근이 바닥으로 전부 들어가고 50cm도 안 남았다.

"이것 좀 보드래요. 옛날에는 이렇게 깊던 곳이 지금 모래가 흘러내려 바닥이 전부 채워졌단 말입니다. 이제는 무릎까지밖에 안 됩니다요. 계곡이 붉덩물만 그들먹하게 흐르고 전부 모래로 채워져서 물고기들 숨을 곳이 없어지고 지금은 잡을 수도 없게 되었단 말입니다요. 돈 좀 있다는 놈들이 이런 짓을 하니 힘없는 시골 사람들 점점 더 살기 어려워지게 되었단 말입니다요. 저 하나 잘 살자고 돈 없고 힘없는 시골 사람들 모두 죽이고 있드래요!"

그 자리에 있는 구절리 사람들은 하나같이 흥분을 감추지 않았다.

지금은 구절리와 대기리 사이에 길이 새로 뚫려 자유로이 왔다 갔다 할 수 있게 도로가 잘 닦여져 있다. 그곳을 가본다면 언제 이 길이 그랬을까 의문을 가질 수 있다. 그때 구절리에서 대기리를 가려면 멀리 돌아가든지 험한 이 길을 트럭으로 다니든지 둘 중 하나를 택해야 했다.

2018년 11월 2일 자 중앙일보에 정선 아리랑 시장에서 강문 해변까지의 도로표시 그려진 기사가 실려 있었다. 대기리에 있는 모정탑을 자세히 설명했다.

평창올림픽이 남긴 가을 비경이라는 제목으로 자세한 도로표시와 함께 비경에 대한 소개가 있었다. 그곳에 가려면 구절리에서 대기리를 지나야 하는데 바로 지금 말하는 길이 그곳이다.

차는 까스락지고 울퉁불퉁한 비포장 길을 전부 지나 대기리 사람들이 기다리고 있는 곳에 도착했다. 대기리에 사는 사람들이 가들막하게 모여 벅신거렸다. 사람들 표정은 한결같이 지르퉁했다. 자매결연 마을 장금석 회장이 대기리 이장과 목장건설 반대 투쟁위원장 성수환 씨를 소개했다.

"저희들을 좀 도와주십시오. 저희가 반대하는데도 여전히 계속 작업하고 있습니다."

"일단 실제 상황이 어떻게 된 건지 알려 주시지요."

"작년 가을쯤 되었을 겁니다. 커다란 작업 차량들이 하나둘 상류 지역으로 올라가더군요. 처음엔 그저 무슨 작업을 하려 거니 생각하고 별로 신경 쓰지 않았습니다. 그러던 것이 어느 날부터 계곡에 붉덩물이 내려오기 시작하는 겁니다. 이상해서 성수환 위원장님과 같이 작업 차량들이 드나들던 곳을 가보았습니다. 산이 전부 깎여지고 있더군요. 급히 강릉시에 연락해 보았습니다. 답변은 정식으로 절차를 밟아 허가해 준 사항이라는 겁니다. 큰일 났구나 싶었습니다. 저희가 자체적으로 목장건설 반대투쟁위원회를 조직해 반대운동을 했습니다만 역부족이었지요. 저희의 힘만으로는 도저히 중단시킬 수 없었습니다. 그러던 차에 붉덩물은 계속 아래쪽으로 내려갔고 송천계곡이 굵은 모래로 채워졌습니다. 결국 구절리 사람들도 알게 된 겁니다."

대기리 이장은 오랫동안 서울에서 생활하다 고향으로 내려와서인지 사투리를 쓰지 않았다. 줏대잡이로서 듬쑥하고 미쁘게 보였다.

직접 와 보니 보통 일이 아니었다. 지금은 강릉에서 수하 댐을 건설해서 대관령에서 내려오던 물이 강릉 쪽으로 흘러 동해로 들어가 버린다.

그러다 보니 대기리로 흘러드는 물이 태백산의 검룡소와 더불어 한강의 최상류지역이 되었다. 대기리 사람들이 대기천이라 부르는 계곡의 물은 계속 흘러 구절리 송천계곡으로 내려간다. 지금 한강 최상류지역인 대기리에 대규모 목장을 건설하려 산을 마구 깎아내리고 있다. 그로 인해 토사가 흘러내려 5m 깊이 계곡이 거의 메워져 버리고 말았다. 더 걱정되는 것은 대규모 목장이 한강 최상류지역에 건설되면 많은 가축이 내보내는 오물과 폐수가 모두 계곡으로 흘러들게 된다. 결국 한강으로 흘러들어가 서울 시민들 식수원이 오염되는 것이다. 그 물을 서울 시민들이 마시게 되는 것은 불을 보듯 뻔한 일이다.

그걸 강릉시가 허가해 준 것이다. 더 심각한 것은 구절리와 대기리에 사는 사람들이 식수로 사용하는 계곡물이 오염되면 이 지역 주민들에겐 생존권이 걸린 중대한 문제가 발생한다. 자연 훼손도 훼손이지만 이 지역 사람들의 기본 생활마저 어렵게 된다. 허가해 준 강릉시도 문제였다. 구절리와 단체가 자매결연을 맺었기에 이 정도라도 알았다. 이 사실을 서울 시민들은 까마득히 모르고 있다.

그와 산 할아버지, 정 박사, 대기리 이장, 투쟁위원장, 강철 부회장은 두 대의 차에 나누어 타고 목장 건설현장을 가보기로 했다. 일행이 현장에 도착해 작업장에 들어가려고 하자 그곳에 있던 건장한 청년 2명이 앞으로 나선다.

"여기는 못 들어갑니다."

볼 물어터진 소리를 지르며 소태 먹은 표정으로 무람없이 완강히 버티어 섰다. 그러자 강철 부회장이 댓바람에 나섰다.

"비키시오, 안 비키면 가만 안둘끼라요."

뼛성 섞인 말로 소리를 지르며 여차 직하면 주먹이라도 휘두를 듯 칼끝같이 섬뜩한 눈빛으로 청년들을 푹 찔렀다. 숫자상으로 부족하다 싶었는지 청년들이 슬그머니 비켜섰다.

일행은 포크레인이 땅을 마구 파헤치고 있는 현장을 눈으로 확인했다. 상암 월드컵 경기장의 몇 배도 더 됨직한 황량한 벌판이 붉은색의 알몸을 드러내고 있었다. 이장 말에 의하면 작은 산 몇 개가 흔적도 없이 사라져 버렸다고 했다. 어마어마했다. (그때 그가 찍어 둔 여러 장 사진이 이곳에 붙어 있다.) 흘러내린 토사로 송천계곡이 거의 메워질 정도였다면 엄청난 규모의 산이 깎여졌다는 걸 짐작은 했지만 현장에 직접 와보니 더 아찔했다. 일어나서는 안 될 일이 일어나고 있다는 것에 위기감마저 느꼈다. 일행들은 너무 놀라 입을 다물지 못했다

강철 부회장은 계속 씩씩거리며 욕을 해 댔다.

"개새끼들, 자기들만 잘살자고 어떻게, 이렇게 할 수가 있지! 돈깨나 있는 놈인가 보네. 에이 더러워."

그때였다. 깎아내리는 작업을 하던 건너편 산 능선 위로 건장하게 보이는 괴한들 한 무리가 몽둥이를 하나씩 들고 늘비하게 내려오고 있었다. 들어왔던 입구 쪽을 되돌아보니 그쪽에도 들어올 때 보이지 않던 건장한 괴한 여럿이 몽둥이를 들고 서 있다.

"어쭈구리."

강철 부회장의 입가에 의미 모를 미소가 번졌다. 얼굴이 불 위에 올려놓은 오징어처럼 찌그러졌다.

"이 새끼들, 이제는 공갈을 치려고 하는구나. 좆 같은 새끼들!"

그는 깜조록한 피부로 차돌멩이 같은 몸과 넙데데하게 퍼진 얼굴에

몽구리로 있으며 가잠나룻이 사납게 뻗친 강철 부회장이 태권도가 4단인 걸 동네 사람들에게 들은 적이 있다. 군대생활 중 특수부대에서 특수훈련까지 받아 웬만한 일에 전혀 겁먹지 않고 아귀차고 꺽지다는 걸 알고 있었다. 순박한 강원도 사람이긴 했지만 싸움이라면 얼씨구나 하고 반기는 사람이다. 마을에서는 아주 종요로운 사람이기도 했다. 그러나 상황은 중과부적(衆寡不敵)인 상태였다. 괴한들은 서서히 일행 쪽으로 거리를 좁혀 왔다. 용역회사에서 나온 사람들 같았다. 어느 정도 거리가 좁혀지자 모가비인 듯한 자가 일행을 갈마보며 한마디 했다. 아주 착살맞게 보였다.

"어디서 오셨소?"

말본새가 뒤슬뒤슬한 것이 무람없이 그악스러웠다. 강철 부회장이 이악스레 나섰다.

"어디서 온 건 왜 묻는 거요?"

"뭐? 왜 묻는 거요?"

"그래, 너희들 깡패지?"

"어라, 이 새끼 까불고 있어."

소리와 함께 몽둥이를 휘두르는가 했는데 뒤로 나가떨어진 건 몽둥이를 휘두르던 녀석이었다. 발차기로 놈의 옆구리를 걷어찬 것은 강철 부회장이었다. 순식간에 몽둥이가 사방에서 움직이기 시작했다. 그는 산 할아버지가 바잡아져서 그쪽을 바라보았다. 어느새 넘어진 녀석의 몽둥이를 빼앗아 가까이 오는 놈 때릴 준비를 하고 있는 산 할아버지가 보였다.

정 박사는? 바위 타기로 단련된 몸이라 그런지 겁을 먹지 않고 당당한 자세로 한 놈과 맞서고 있었다. 별안간 산 할아버지 목소리가 크게 들려왔다.

"윤 화백!"

한 녀석이 머리를 향해 몽둥이를 휘두르려는 게 보였다. 얼른 피하면서 놈의 아랫배를 힘껏 걷어찼다.

'윽'하는 소리와 함께 녀석이 땅 위로 풀썩 주저앉으며 버르적거렸다. 강철 부회장은 신들린 사람처럼 이리 뛰고 저리 뛰며 놈들 한가운데로 뛰어들어 겯고틀면서 싸우고 있었다. 속이 꽉 찬 근육이 움직일 때마다 살짝 걸친 옷 밖으로 튀어나올 듯 강해 보였다. 위험했다. 숫자상으로 부족할 때는 한데 뭉치는 것이 좋은데 큰일이다.

"할아버지, 정 박사, 이장님, 위원장님. 저를 따라오세요."

그가 앞장서서 부회장 곁으로 향했다. 자세 잡은 채로 가면서 보니, 몽둥이 하나가 부회장 등을 때리는 것이 보였다. 잠깐 움찔하더니 이내 펄쩍펄쩍 뛰면서 활극을 벌였다. 움직일 때마다 날바람이 휙휙 몰아쳤다. 계속 이러면 큰일이다. 고빗사위였다.

"부회장, 이쪽으로 와요. 혼자 떨어지지 말아요."

있는 힘껏 소리를 질렀다. 소리가 워낙 크게 들렸던지 양쪽 모두 무르춤해서 잠시 소강상태가 되었다. 그가 물었다.

"당신들 누구요? 누군데 이렇게 몽둥이를 휘두르는 겁니까?"

"뭐? 왜 휘두르냐고? 너희들이 뭔데 남의 땅에 함부로 들어오는 거야?"

눈을 위아래로 훑어보며 이기죽거렸다.

"야, 너희들이 나쁜 짓 하니까 조사하러 왔다."

강철 부회장이 댓바람에 말 추렴을 했다.

"조사? 웃기고 있군."

"비켜, 이 새끼들아. 안 비키면 누구 한 놈 맞아 죽을 줄 알아."

부회장이 소리를 질렀다. 그러나 그들은 코웃음을 쳤다.

"이 새끼들, 반쯤 죽여 놔야 다신 안 까불 거야. 죽지 않을 만큼 때려서 내쫓아 버려."

모가비로 보이는 녀석이 명령했다. 다시 분위기가 냉랭해지면서 살기가 감돌았다. 서로의 사이가 다시 좁혀지면서 일촉즉발 상태에 돌입했다. 그때였다. 육중한 트럭의 엔진소리가 들려왔다. 트럭에 동네 사람들이 가득 타고 있는 게 보였다. 트럭이 멈추자 동네 사람들이 트럭에서 뛰어내리기 시작했다. 트럭에서 내린 동네 사람들이 일행들 쪽을 향해 다가왔다. 분위기가 완전히 바뀌어 버렸다. 순식간에 분위기가 변하자 모가비로 보이던 녀석이 소리쳤다.

"야, 토껴."

괴한들은 서로 앞다투어 도망가기 시작했다. 순식간에 여러 방면으로 흩어져 가는 그들의 모습이 지워지듯 사라졌다.

"어떻게 된 겁니까?"

이장이 주민들에게 물어보았다.

"네, 저희들도 이곳에 한 번 와 보려고 트럭에 올라 탔드래요."

"아, 정말 잘 와 주셨습니다. 정말 큰 일 날 뻔했습니다. 그런데 나쁜 놈들이네요. 깡패를 동원해서 사람 접근을 막고 있다니. 정말 나쁜 놈들이네요."

이장은 나쁜 놈들이라는 말을 몇 번이나 계속해서 되뇌었다. 이장, 투쟁위원장과 그곳에 있던 사람들은 어떻게 해서라도 꼭 목장건설을 막아야 한다는 걸 다시 한 번 다짐하면서 그에게 힘이 되어 달라고 간곡히 부탁했다.

"당연합니다. 저희 단체는 이런 일 하기 위해 만들었으니까요. 서울 올라가는 대로 서둘러 알아보고 이 공사가 중단되도록 다방면으로 힘을 기울이겠습니다."

구절리로 되돌아오는 길에 강철 부회장이 한마디 했다.

"윤 회장님, 싸움하실 줄 아시드만요. 아까 회장님 아니었으면 분명히 피해가 많이 생겼을 꺼라요. 흩어져 싸웠더라면 아마 지금쯤 한 사람도 이렇게 돌아오지 못했을 꺼라요. 그림만 잘 그리시는 줄 알았더니 싸움도 잘 하시드만요. 저도 윤 회장님 덕분에 무사했드래요. 어떻게 해서 든 목장건설을 막아야 할 거래요. 꼭 힘 좀 써 주시드래요."

우리는 서울로 돌아오자마자 이곳저곳에 문의해 목장건설을 하는 사람이 누구인가 알아보았다. 상원목장 주인은 과거 ○○당 시절 ○○국장으로 권력 핵심부에서 일하던 사람이었다. 권력을 등에 업고 전국 요지에 땅을 매입해 두었다가 근래 들어와 하나하나 목장건설을 하고 있는 중이었다. 이미 다른 곳에 목장을 설립해 놓은 곳도 있었다. 대기리에서 했던 식으로 다른 곳에서도 용역회사를 동원하여 주민들 접근을 막고 순식간에 공사를 마무리 짓는 식이었다. 일반인들이 보기에 눈 깜짝할 사이라고 밖에 표현할 방법이 없도록 모든 환경이 빠른 시일에 바뀌어 있으니 나중에 조사 비슷한 것도 하지 못했다.

공사장 입구에서부터 일반인들 접근을 막아버리니 일반인들은 그 안에서 어떤 일이 일어나고 있는지 모르게 된다. 공사가 다 끝난 후에 가

보면 이미 모든 게 변해 버린 뒤라 어떻게 손쓸 방법이 없었고 누구에게 호소할 수도 없었다.

나는 각 방송사에 전화했다. KBS와 MBC, SBS 등 3개 지상파 TV사에 연락했다. 한편 강릉 KBS를 통해 집중적으로 특별 취재를 해 주었으면 좋겠다는 요청도 했다. SBS에서는 황금시간대인 저녁 뉴스 시간에 방영하기로 결정했다. 현지에 이홍길 기자를 파견하고 현장을 자세히 촬영했다. 실태를 생생하게 전국에 보도했다. 나는 현장이 보도되는 도중 직접 TV에 출연했다. 지금 대기리에 목장이 건설되면 한강 최상류가 오염된다. 결국 그 물은 서울 시민이 마시게 된다는 걸 설명했다. 더욱 걱정되는 것은 그곳에 거주하는 주민들이다. 식수로 사용하는 계곡물을 사용할 수 없게 된다. 먹는 물만이 아니고 일상생활마저 어렵게 된다. 깨끗한 계곡물에서 얻을 수 있는 모든 혜택을 잃는다. 기본 생활마저 위협받는다. 생존권 자체를 포기해야 하는 심각한 문제가 발생한다.

이러한 내용을 자세히 얘기하며 전 국민이 다 함께 이러한 횡포에 가까운 행위가 중단되도록 힘을 더해 주기 바란다는 말을 했다.

며칠이 지났다. 자매결연마을 강철 부회장에게서 전화가 왔다.

"회장님, 우리가 이겼드래요. 드디어 해 냈드래요. 정말 고맙드래요."

SBS 이홍길 기자는 아직도 그 방송국에서 일하고 있는 것을 얼마 전에 알았다. 지금도 그때 일을 생각하면 정말 잘했다는 생각이 든다.

진통제 덕으로 아픈 줄 모르고 이렇게 쓸 수 있다는 건 정말 감사한 일이다. 이렇게 글을 쓰고 있다 보면 내가 이승에서의 생활이 몇 달밖에 남지 않았다는 걸 전혀 느끼지 못하게 된다.

이제 진통제 효과마저 보기 어려운 시간이 점차 다가오고 있을 거라는 생각을 하면 조금 걱정이 되긴 한다.

잠들 시간이 되면 간호사가 링거에 수면제를 넣어준다. 수면제 양이 처음보다 조금씩 늘어나는 듯하다.

바라기는 큰 고통 없이 이승을 떠나고 싶은 마음이다.

조용히 잠자다 그대로 숨을 거두게 되기를 바라고 있다면, 그건 그저 내 욕심이겠지.

이렇게 글을 쓰다 지쳐 잠자리에 들었을 때 그대로 눈 감아버리면 얼마나 좋을까!

인생유전

  같은 동네에 살고 있는 사기원이라는 청년이 있었다. 인테리어 회사의 직원이다. 화실에 새로운 시설이 필요할 때 그는 항상 사기원을 불러 일을 부탁하곤 했다. 그가 살고 있는 아파트와 화실의 실내장식 및 전기시설을 부탁하면 모든 걸 깔끔하게 처리해 주었다. 어느 날 사장이 외국에 이민을 가게 되었다면서 인테리어 회사 경영권을 자신에게 넘겨주었다는 말을 했다. 경영자가 된 후에도 자주 화실에 놀러 왔다.

  환경단체를 발족하자 사기원은 제일 먼저 회원으로 가입했다. 행사가 있을 때는 적극적으로 참여하고, 단체수입원이 회원들의 회비와 자체 수익사업으로 운영한다는 것도 자세히 알고 있었다. 운영위원인 산 할아버지, 정 박사, 이 교수와도 가까이 지냈는데 어느 날 수익사업으로 정말 좋은 아이템이 있다며 자신이 가지고 있는 자금으로는 감당하기가 어려워 단체에서 함께 참가해 주면 좋겠다며 말문을 열었다. 사업 내용은 추모관(납골당)에 관한 것이었다. 우리나라 국토는 인구밀도가 높은 편이다. 사람이 사망하게 되면 계속 묘지를 쓴다. 점차 많은 산야가 묘지화되어가고 자연이 훼손되어 간다. 이것을 방지하기 위해 추모관(납골당) 사용하기 운동이 활성화되어야 한다고 설명했다.

  뜻이 좋았다. 자연이 훼손되는 것을 막을 방법 같았다. 사기원이 말한 아이템을 운영위원들은 진지하게 받아들였다. 산 할아버지는 적극적으로 찬성했다. 환경운동을 하기 위해 전국 각지를 다니다 보면 해마다 산야가 묘지화되어가는 게 안타깝다고 했다. 환경단체로서 당연히 추모관(납골당) 사용하기 운동을 해 나가야 하는 당연성도 있을 뿐 아니라 사업적으로도 좋은 아이템이라는 말을 덧붙였다. 다른 위원들도 산 할아버지 의견에 동의했다.

그는 사기원을 불러 어떤 방법으로 사업을 펼쳐갈 것인지 물어보았다. 환경운동은 될 수 있으나 사업성이 있을지는 알 수 없었다.

"추모관은 일반인들에게 당장 필요한 품목이 아닌데 그걸 일반인들이 구매해 줄까?"

"방법이 있습니다. 필요에 의한 구매가 아니라 개인 사업을 위한 구매로 시스템을 구성하면 됩니다."

사기원은 장황하게 덧붙였다. 일천만 원 정도의 소자본으로는 어떤 사업이라도 하기가 어렵다. 추모관 한 구좌 가격 1 ~ 2백만 원 정도만 있으면 개인이 사업을 할 수 있도록 도와준다. 오히려 많은 사람을 도울 수 있다. 자유자재로 본인이 시간 날 때만 활동해도 전혀 문제가 없다. IMF 사태 이후 실직으로 어려움 겪고 있는 많은 사람들에게 도움이 될 수 있다. 미자립 NGO 단체들도 함께 참여하면 운영자금 마련에 많은 도움이 된다. 사업에 참여하는 방법은 본인이 우선 한 구좌를 구입하여 회원이 된 후 두 사람의 구매자(회원)를 확보할 때까지 노력하면 다음부터는 자연스럽게 본인에게 수입이 발생하기 시작한다. 모든 회원이 본인의 아래쪽으로 두 구좌를 확보해 나간다면 계속 밑으로 뻗어간다. 거기서 발생하는 이익을 비율에 맞게 단체와 분배하더라도 본인은 많은 수익을 올린다. 그러한 시스템이 바로 바이널리 시스템이다.

누구나 한 사람이 두 구좌를 판매하도록 하는 시스템이다. 구매자는 소자본으로 사업하게 되어 좋고, 환경단체는 자연스럽게 추모관 보급하는 길이 되기 때문에 양쪽 다 이득이 되는 윈윈(WIN-WIN)전략이 된다고 설명했다.

수익배분 문제를 계산하는 과정에서 계속 밑으로 끝없이 수익이 발생하게 되면 언젠가는 마이너스가 되는 게 아닌가 물었다. 사기원은 열 단계마다 다시 구매자(회원)로 가입해야 지속적인 사업자가 된다고 했다. 이미 열 단계가 되면 투자금의 열 배 가까운 금액이 본인에게 수익금으로 되돌아오게 된다. 또다시 추모관 한 구좌를 더 구입하는 건 문제가 되지 않는다며, 그것이 반복되므로 지속적인 수익이 발생한다고 추가로 설명했다. 판매수익보다 자연을 지킬 수 있다는 점에 중점을 두었기 때문에 그때는 사기원의 말이 틀렸다고 생각하지 못했다. 모두에게 좋은 일이라면 굳이 피할 이유가 없다는 생각이었다. 그래도 혼자 결정할 일이 아니어서 운영위원 모두에게 면밀히 검토해 줄 것을 요청했다.

추모관 사업에 대한 운영위원들 의견은 긍정적이었다. 사업을 하게 되면 운영위원들도 직접 회원(구매자)에 가입해 사업에 동참하기로 의견을 모았다. 환경단체로 추모관 사업을 적극적으로 실행해야 한다는 것이 마음을 움직인 듯했다. 자연을 지킬 수 있다는 것에 공감하다 보니 사업방법에 대해 면밀히 검토하지 못했다는 걸 훨씬 나중에 알았다.

그는 사기원에게 사업을 시작하려면 얼마의 자금이 필요하며 어떤 식으로 조직을 구성할 것인지 물었다. 사기원은 현재 본인이 투자 가능한 자금은 1억 원 정도인데, 최소한 5억 원 정도의 자금이 있어야 사업을 시작할 수 있다. 사업을 하려면 생산자로 위치 잡기 위한 추모관이 필요하다. 현재 시설을 갖추어 놓고 판매를 못 하고 있는 묘원과 계약해 그곳을 분양해 주면 된다. 독점 계약을 해서 생산자 입장이 되려면 계약금으로 3 ~ 4억 원 정도 자금이 들며 시설된 추모관 증서 3천 개를 소유한다고 설명했다.

사기원이 가지고 있는 1억 원 외 나머지 4억 원은 그가 마련하기로 했다. 아파트를 은행에 담보로 빌린 돈과 그동안 모아 두었던 돈을 합쳐 자금을 마련했다. 수익사업단 회장은 그가, 사장은 사기원이 맡아서 책임지고 전면에서 사업을 전개하기로 했다.

한편 넓은 사업장 한쪽 공간에 단체 사무실을 꾸몄다. 산 할아버지, 정 박사, 이 교수는 그곳으로 출근하며 단체 일을 진행해 나갔다. 그는 매일 사업장에 나갈 수 없었으므로 회장 대리인으로 사기원이 착실히 일해 주기를 부탁했다.

맨 위에 구성될 영 번 사업자는 그가 맡고 그 밑에 산 할아버지와 사기원이 구성되며 산 할아버지 밑에 이 교수와 정 박사 등으로 조직이 구성되었다. 사기원과 산 할아버지, 정 박사, 이 교수는 사업장을 열기 전에 많은 NGO 단체들과 일반인들에게 사업 내용을 미리 알려 주었다.

사업장은 열기 무섭게 사람들로 넘쳐나기 시작했다. IMF 사태 이후 많은 사람들이 실직으로 괴로움을 당하던 때였다. 소자본으로 사업할 수 있다는 데에 많은 매력을 느낀 듯했다. NGO 단체로 활동하면서 경제적으로 자립을 원했던 많은 미자립 NGO 단체들은 희망을 품고 적극적으로 사업에 참여했다.

사업장은 활기차게 움직였다. 사람들로 북적거렸다. 통장 잔고도 빠르게 늘어났다. 자금이 많이 입금되는 게 겁이 날 정도였다. 사업장을 개설하고 얼마 지나지 않아 확보했던 추모관 구좌 3천 개가 다 없어졌다.

사기원은 또 다른 추모관을 물색했다. 어렵지 않게 좀 더 큰 1만 개 이상의 구좌가 안치된 곳을 찾아내 그곳과 모든 계약을 매듭지었다. 거짓말같이 사업은 번창했다. 1년이 지나자 1만 개의 추모관 구좌도 동나기 시작했다. 다시 3만 개 정도로 규모가 큰 추모관을 확보하고 사업을 늘렸다. 사기원은 이 기회에 사업 규모를 확장하여 더 큰 사업을 하고 싶다는 의사를 그에게 내비쳤다. 사기원은 돈 많이 버는 것이 목적이었지만, 그는 너무 빨리 사업확장 하는 것을 경계했다. 욕심을 내지 않도록 다독거렸다. 그런 그에게 사기원은 화를 내며 언성을 높이고 대들기도 했다. 서로 생각이 달라 언제나 결론이 나지 않았다. 사기원은 못마땅해했다. 얼굴이 붉으락푸르락해지며 책상을 치면서 화를 냈다.

그는 짧은 시간에 많은 돈이 생기는 것을 염려했다. 환경운동의 일환으로 시작했던 사업이기에 적정 자금만 확보되면 단체 일에 전념하려고 했다.

지난 시간은 되돌릴 수 없는 줄 알면서도 ~~하지만 않았더라면!
지난 일들이 생각날 때마다 느끼게 된다.
그렇게 하지 않았더라면, 조금만 참았더라면, ~~하지만 않았더라도….
왜 그렇게 줄줄이 '~~하지 않았더라면'이 이어져 나오는지 모르겠다.
마음이 아프다. 이렇게 마음 아픈 걸 어떻게 다 표현할 수 있을까!
되돌릴 수 없는 시간이 그저 안타까울 뿐이다.

언젠가 읽었던 글 중에 이런 문장이 있었다.

'60억의 사람이 단 한 명의 예외도 없이 공유하는 경험이 하나 있는데 그것은 바로 죽음이다. 그러나 그 누구도 죽음이라는 가장 보편적인 경험을 공유하지는 못한다.'

나는 어떻게 죽음을 맞이할 것인가?

당연히 병원에서 눈을 감게 되기는 하겠지만, 점점 모든 게 담담하게 받아들여진다.

어떤 상황이 되든 주어진 그대로 뚜벅뚜벅 뚜벅뚜벅.

무엇인가 해야 한다고 생각하니 진통제 맞는 시간이 더 길어진다. 진통제 한 번 맞으면 세 시간을 견디기 어렵더니 죽기 전에 하던 일을 다 마무리 지어야 한다는 생각을 하게 되자 진통제 맞는 시간이 점차 길어지고 있다.

이승 하직할 시간이 얼마 남지 않았지만 무언가 목적 있는 생활을 하게 되니 아픈 것도 없어지는가 보다.

통장 잔고가 계속 늘어나자 어려운 사람 돕는 길을 찾아 나섰다. 우연히 찾아낸 곳은 서울 도곡동 근처의 어느 지역이었다. 우리나라 부유한 사람들의 대표 거주지인 양 알려진 곳이다. 깨끗이 정돈된 거리와 요소요소에 길 정리하는 인력만 봐도 다른 곳과는 많이 구별된다. 타워팰리스는 가히 별천지처럼 보였다. 높은 건물의 층수(41 ~ 66층)도 눈에 띄었지만, 그곳에 사는 사람들의 삶은 일반인들과는 다른 생활을 했다. 시설은 원스톱 리빙라이프 시스템으로 운영되고 연회장이나 게스트룸, 독서실 같은 공동시설이 많다. 밖에 나가지 않고도 거의 모든 일을 실내에서 처리할 수 있게 되어있다. 최대한 호화로움을 마음껏 누릴 수 있는 곳이다.

여기에서 불과 몇백 미터 떨어져 있는 곳에 또 다른 삶이 있었다. 그곳은 양재천 둑을 건너가 보면 대번에 눈에 들어온다. 타워팰리스의 웅장하고 세련되며 화려한 모양과는 너무나 차이가 나는 모습이다. 금방 쓰러질 듯한 판잣집이거나 얼기설기 바람막이해 놓은 곳에 온돌을 만들었다. 몸만 눕힐 수 있게 자리를 만들어 놓고 일가족이 살고 있다. 칠십이 넘은 노부부가 매일매일 폐지나 빈 상자(box)를 주어 하루하루 생활을 한다. 몸이 불편하여 이러지도 저러지도 못하고 죽을 날만 기다리고 있는 가엾은 생명도 있다. 힘들게 고생해 가며 막노동을 해도 하루 한 끼 식사를 해결하기 힘든 집들이 거의 대부분이다. 죽지 못해 살아가는 사람들이 모여 살고 있는 곳이라 해도 잘못된 표현이 아니다. 아침이면 사람들이 용무 보기 위해 공동으로 사용하는 화장실 앞에 길게 줄을 선다. 화장실은 판자 조각을 이어 붙여 시야만 차단했다.

이곳 사람들 도울 방법을 찾아보기로 했다.

이들에게 가장 중요한 것은 기본 주식(主食)에 대한 걱정이었다. 주식만 해결되면 어떻게 해서라도 버틸 수 있다는 걸 알았다. 산 할아버지, 정 박사, 이 교수와 함께 그곳 가구 수를 조사하고 청년봉사자 몇 명을 선발했다.

특정한 날을 정하지 않았지만 매월 각 집 문 앞에 쌀 한 포대를 갖다 놓기로 했다. 그 일을 하는 사람들은 누구에게도 이 사실을 절대 외부에 알리지 않기로 약속했다.

그곳 사람들은 아침에 일어나 보니 방문 앞에 쌀 한 포대가 놓여 있어 의아하게 생각을 했다. 처음엔 어떻게 하는 것이 좋을지 몰라 망설였다. 모든 집에 똑같은 일이 일어나고 있다는 것을 곧 알았다. 포대 위에 '적지만 맛있게 잡수십시오. 다시 힘차게 일어나시기 바랍니다' 라는 종이쪽지가 붙어 있었다. 누군가 좋은 일을 한 것으로 이해하게 되었다. 거의 정기적으로 매월 같은 일이 반복되었다. 그 일이 일어나는 날에는 아무도 바깥으로 얼씬거리지 않는 것을 예의로 받아들였다.

이 일을 더 확대하기로 했다. 산 할아버지, 정 박사, 이교수도 적극적으로 참여했다. 곳곳에 있는 달동네를 찾아 어려운 사람들을 돕기로 하되 외부에 알려지지 않도록 신중하게 움직였다. 이 일을 숨겨진 사랑(HIDDEN LOVE)이라 불렀다. 그와 동료들은 사업장에서 돈 버는 것보다 숨겨진 사랑(HIDDEN LOVE)에 더 적극적이었다.

그러던 어느 날 협회에서 주관한 동남아 순회 작품전을 위해 그와 몇몇 작가들이 출국했다. 동남아 여러 국가에서 순회전을 계획대로 진행하고 홍콩을 거쳐 대만에 왔을 때 서울에 전화를 했다. (그 당시는 스마트폰이 없었다.) 산 할아버지가 받았다. 기다렸다는 듯 전해오는 내용은 아주 심각했다. 사기원 씨가 며칠간 보이지 않는다. 어디에 갔는지 연락도 안 된다. 금고에 있던 추모관 증서가 하나도 보이지 않는다. 없어진 증서는 1만 구좌가 넘을 거다.

그 말을 듣는 순간 머릿속이 뒤죽박죽 엉키면서 조각조각 부서지는 듯 어지러웠다. 수많은 생각이 빛보다 빠른 속도로 왔다 갔다 하며 갈피를 못 잡고 허둥대고 있었다. 등줄기에서는 벌레가 스멀대며 오르내리는 기분이었다. 사기원과 자주 다투던 일들이 떠올랐다. 얼른 정리가 되지 않았다.

남은 전시일정을 일행들에게 맡기고 급히 서울로 돌아왔다. 그와 사기원 외에 열 수 없게 되어 있던 금고는 활짝 열려 있었다. 이해하기 어려운 화학 공식에 정면으로 맞닥뜨린 것처럼 뒷골이 쑤셨다. 증서를 액수로 계산하면 몇십억 원 정도였다. 누군가 등 뒤에서 잔등이에 얼음조각을 쑤셔 넣은 듯 몸이 부르르 떨렸다.

그와 동료들은 백방으로 사기원의 행방을 수소문했다. 사기원은 이미 국내에 없었다. 동남아 순회 전시 기간에 미국으로 출국했다는 걸 알았다. 없어진 추모관 증서는 다른 사업체에 있었다. 증서는 정식 절차를 밟아 매매가 이루어져 다시 되돌리는 건 불가능했다.

발급할 증서가 없어지자 파급은 곧바로 나타났다. 여기저기에서 환급 요청이 쇄도했다. 조금도 기다려 주지 않았다. 사람들은 난동을 부리기 시작했다. 소동은 매일 일어났다. 사무실 의자와 책상을 뒤엎었다.

그는 증서를 받지 못했고, 환불을 원하는 사람들을 모아 놓고 일주일 내로 전액 환급해 주기로 약속을 했다. 급히 아파트를 처분하고 통장에 있는 돈을 전액 인출하여 사태를 수습하려 노력했다. 수십억 원에 달하는 환급금은 그가 소유한 재산을 전부 투입해도 해결되지 않았다.

바이널리라는 게 바로 피라미드식인 걸 일찍 눈치챘더라면 우리는 그렇게 쉽게 빠져들지 않았을 거다. 동료들과 나는 이런 면에서는 전혀 문외한이었던 것이 이렇게 큰 결과를 가져오고 말았다. 사기원이라는 사람을 너무 쉽게 믿어버린 것이 잘못이었다. 산을 좋아하고 가식 없이 단순했던 것이 이렇게 큰 일을 만나게 될 줄 몰랐다. 본인들이 깨끗하니 다른 사람들이 하는 행동들도 모두 깨끗한 것으로 받아들였던 게 잘못이었다.

사업이 실패하고 내가 끝이 보이지 않는 곤경에 빠진 후 정 박사가 알아보니 우리가 했던 게 바로 피라미드식이라는 거다. 알았을 때는 이미 너무 늦었다.

정상적인 다단계는 지금도 인정받고 있는 판매 방식인데 우리는 그때까지 판매에 대해 정통한 사람이 하나도 없었기 때문에 그걸 모르고 있었던 거다. 모든 게 죽은 자식 불알 만지기.

여하튼 나는 그 일로 인해 정말 죽음 문턱까지 갔다.

할 수 있는 모든 방법을 동원해 사업자들 환급금을 해결하기 위해 노력했다. 신용카드로 돌려막기를 해가며 우선 필요한 것을 메우려 했다. 그림으로 대신해보려 해도 환급 원하는 사람들에겐 현금 아니면 얘기가 되지 않았다. 그는 태어난 이래 처음 겪어보는 난관을 혼자 수습하기가 정말 어려웠다. 다른 사람들이 화를 당하게 될까 노심초사하다 보니 정말 힘들었다. 서울에서 하루하루 지내는 것 자체가 힘에 겨웠다.

아침에 눈을 뜨는 게 정말 무서웠다. 하루라도 서울을 벗어나고 싶었다. 외삼촌을 들먹였다. 외삼촌은 경상도에 거주하고 있었다. 도움을 청하러 갔다 오겠다는 말로 간신히 서울을 벗어날 수 있었다. 서울을 벗어나긴 했지만 외삼촌은 이십 년이 다되도록 한 번도 만난 적이 없었다. 별안간 만나서 무슨 말을 어떻게 한단 말인가!

나는 그때 삶에 대한 의욕이 완전히 상실되었다. 앞에는 깜깜한 어둠만 보였다. 주위에는 아무도 나를 환영하는 사람이 없어 보였다. 마누라가 이혼을 요구했을 때 반대할 수 없었다. 아이들은 집에 충실치 못하는 아빠를 별로 달가워하지 않았다.

　그때는 화실에 앉아 있는 것 자체가 어려웠고 그림은 아예 그릴 생각조차 못 했다.

　사무실에 나가면 언제나 두 눈 부릅뜨고 증서와 환불을 요구하는 사람들이 기다렸다. 내가 마음 놓고 쉴 곳은 이 세상 어느 곳에도 없다는 생각까지 들었다.

　신용카드로 돌려막는 것도 한계에 이르렀다. 어디로 가야 할지 길이 전혀 보이지 않았고 막막했다.

　이럴 때는 생각조차 제대로 하기 어렵다는 걸 그때 알았다.

그때, 그는 죽었다.

그는 이미 죽었다.

그를 죽음에서 끄집어낸 건 그녀였다.

　두 사람은 그녀가 근무하는 잡지사에서 첫 대면을 했다. 그녀가 맡은 일은 월간잡지의 표지를 구성하는 일이었다. 일러스트로 표현할 가능성을 열어 두고 한동안 고민하다 어느 정도 이름이 알려진 화가의 그림을 선택하는 것이 좋겠다는 결론을 내렸다. 친근하고 천진스러움이 잘 표현되면 좋고, 누구에게나 쉽게 공감받을 수 있는 내용을 찾기로 했다.

　많은 그림을 검토하다가 그의 그림으로 결정하고 1년 계약을 했다. 그림을 주고받기 위해 둘은 매월 한 번씩 만났다. 표지그림 반응은 좋았다. 계약을 일 년 더 연장했다. 그림을 받아 가기 위해 그녀가 화실을 방문하기 시작했다. 차를 마시며 얘기 나누던 중 그의 취미가 등산이라는 걸 알았다. 그녀도 등산을 좋아했지만 혼자 산에 다닐 정도로 용감하지는 않았다. 취미를 제대로 살리고 싶었다. 휴일을 이용해 함께 가기로 약속했다.

그녀는 이미 결혼할 나이가 지나 있었다. 주말마다 함께 등산하던 중 그는 그녀에게 왜 아직 결혼하지 않느냐고 지나치듯이 가볍게 물었다. 그녀는 웃음으로 대답을 대신했다. 가볍게 물어보았지만 매주 함께 산에 가게 되면서 똑같은 질문이 반복되었다. 여러 번 같은 질문이 되풀이되자 체념한 듯 그녀는 누구에게도 털어놓지 않았던 트라우마를 들려주었다. 오래도록 가슴에 묻어두었던 것을 담담한 어조로 속삭이듯 얘기했다.

그녀는 고등학교 때 겪었던 일로 남자에 대한 보이지 않는 거부 증세가 있었다. 연애도 했었다. 상대방과 밤을 보내며 가벼운 애무와 함께 관계를 시도해 보기도 했다. 상대가 자신의 중요한 부분을 애무하면 콕콕 쏘는 듯하고 따끔따끔해 도저히 견딜 수 없었다. 둘은 하나가 되지 못했다. 외형상으로 둘에게는 아무런 하자가 없었다. 같은 일이 몇 번 반복되자 서먹서먹한 관계가 되었다. 자신도 이유를 몰랐다. 만남이 뜸해졌다. 만났던 걸 후회하게 되었다. 상처만 남았다. 마음에 생긴 상처는 쉽게 메워지지 않았다.

고등학교 1학년 때였다. 세상에 대해 아무것도 모르고 오직 학교와 공부 이외의 다른 건 생각조차 하지 못했던 시절이었다. 유난히 눈망울이 크고 하얀 피부를 가졌던 그녀는 어느 곳에 가든지 눈에 띄는 예쁜 모습이었다. 버스 타고 광화문에 있는 책방에 가는 길이었다.

후리후리한 키에 매력적이면서 어색한 듯한 젊은이가 말을 걸어왔다.

"저, 광화문에 있는 ○○대사관이 어디쯤 있습니까?"

흔들리는 버스 안에서 자연스레 물어오는 젊은이에게 호감도 갔지만 자신도 광화문에서 내릴 예정이었으므로 나중에 저와 함께 내리시면 되는데요. 간단히 말해준 게 계기가 되어 같이 버스에서 내렸다. 길을 가르쳐 주고 연락처를 교환하면서 다음에 다시 만나기로 약속을 했다.

며칠 후 다시 만나서 가게 된 곳은 명륜동에 있는 그의 집이었다. 그 사람은 해외 유학생으로 고국 부모님께 잠시 들렸는데 광화문 지리를 잘 몰랐었다는 거다. 서울지리를 잘 몰라 본인 집으로 가자는 그의 말에 아무 의심을 하지 않았다. 그날 그 사람이 타준 음료수가 무엇인지 모르지만 건네준 음료수를 마신 후 얼마 지나지 않아 몽롱한 정신과 함께 몸을 추스르기가 어려웠다. 잠시 후 침대에 쓰러져 있는 자신이 어렴풋이 기억되었다. 조금 후 어떻게 했는지 하체가 찢어지는 것보다 더 아팠다. 그곳을 나와 집에 온 다음에도 피가 계속 흐르며 열이 나고 머리가 쑤시는 바람에 며칠간 학교를 결석할 수밖에 없었다.

그때 그 고통은 한동안 악몽같이 그녀를 괴롭혔다. 꿈 많고 생각 많았던 그녀를 우울하게 만들었다. 오랜 세월 지나 성인이 된 다음에도 어느 순간 그 아픔이 떠올려지며 그 순간이 연상되곤 했다. 똑같은 아픔을 가져왔다. 그 아픔은 그녀를 참을 수 없게 만들었다. 그러한 경험은 그녀를 혼자 지내게끔 만든 계기가 되었다. 결혼은 생각조차 하지 않았다. 일에 몰두하는 생활만이 모든 걸 잊게 했다. 그녀는 마치 다른 사람 이야기를 하는 듯했다. 그녀의 목과 입술을 거쳐 사근사근 속삭이듯 나오는 소리는 아무런 감정도 실려 있지 않았다. 가끔 입가에 씁

쓸한 미소가 바람 스치듯 살짝 비쳤을 뿐이다.

처음에는 깊이 있게 생각하지 않았다. 시간이 지나면서 남자를 거부하게 되는 자체가 그녀에게 하나의 불행일 수 있겠다는 생각이 들었다.

그 일이 있게 된 건 계획에 의한 것이 아니었다. 무리하게 시도했던 것도 아니었다. 아름다운 'SECRET LOVE'를 발견하고 난 후 자연스럽게 이루어졌다.

국내에서 먼 곳에 가고 싶을 때는 금요일 퇴근 후 서둘러 출발하면 웬만큼 멀다고 생각되는 곳도 충분히 다녀올 수 있었다. 주말 교통혼잡을 피하려면 금요일 야간산행을 하는 게 좋았다. 오붓하고 기분 좋은 산행을 할 수 있었다. 야간산행을 하고 난 후 토요일 저녁 서울로 돌아올 때도 상쾌한 기분을 유지할 수 있어서 좋았다.

그녀는 금요일 일과가 끝나자 급히 집으로 가서 가벼운 등산복으로 갈아입은 후 배낭을 메고 근처에서 기다리고 있던 그의 차에 올랐다.

초저녁 서울에서 출발한 차는 한밤중 동해안에 도착했다. 숙소인 콘도에서 샤워한 후 가볍게 식사하고 배낭에 기대어 잠깐 눈을 붙였다. 해가 뜨기 전에 일어나서 급히 움직여 목적지인 오색 약수터 근처에 도착했다. 오색 약수터에서 산행을 시작해 점봉산 정상, 용소폭포, 주전골을 거쳐 다시 오색 약수터로 돌아오게 된 건 오후 3시 전후였다. 녹초가 된 몸으로 숙소인 콘도로 돌아와 간단히 씻고 곧바로 곯아떨어졌다.

세 시간쯤 자고 나니 저절로 눈이 떠졌다. 기분이 상쾌했다. 머리도 맑아졌다. 개운해진 상태로 눈을 뜬 두 사람은 서울과 다른 맑은 공기, 청명한 하늘, 탁 트인 시원함에 마음이 가벼웠다. 가벼운 옷으로 갈아

입고 콘도 주위의 시골길을 산책하기로 했다.

모든 움직임이 멈추어 버린 듯한 그곳 풍경은 두 사람을 위해 만들어 놓은 아름다운 그림 같았다. 가벼운 마음으로 한발 한발 걸음을 옮겼다. 맑은 공기가 코를 자극했다. 탁 트인 초원은 아스라하게 넓고 함치르르하게 밝았다. 멀리 해가 서산 위로 거우름 하게 몸을 걸쳐 놓고 두 사람을 향해 환영인사를 하는 것처럼 보였다. 편안한 분위기가 넓은 대지 위에 가득했다. 마음이 홀가분했다. 가볍게 발걸음을 옮기던 그들 앞에 맑은 시냇물이 나타났다. 바닥의 모래알이 전부 보일 정도로 투명하고 깨끗했다. 예쁜 조약돌들이 가지런히 누워 조그마한 소리로 아카펠라 노래를 부르고 있었다. '졸 졸졸 졸라 졸 까르륵 까륵 좌알 잘' 누가 더 깨끗한 소리를 내는지 내기하는 것처럼 들렸다.

"우리 조금 더 걸어요."

해가 설핏하게 뉘엿뉘엿 기울면서 서산 너머로 아스라이 몸을 감추기 시작했지만 사위는 맑고 투명한 빛으로 두 사람을 기다리고 있었다. 초여름 저녁 들판은 상큼했다. 땅 위로 넓게 자리 잡은 식물들은 강한 생명력이 넘쳐났다. 싱그러웠다. 한겨울 혹독한 고통을 이겨낸 작은 생명들이 어깨를 활짝 펴고 있었다. 넓은 들판에 퍼져 있는 식물들은 연약한 연둣빛을 벗어버리고 좀더 짙은 성숙한 연둣빛으로 한여름을 맞이할 준비를 하고 있었다.

그때,

두 사람의 눈길을 붙드는 게 있었다.

"어머, 예뻐라."

그녀가 멈칫 말했다.

"야, 정말 예쁘네. 이 꽃 이름이 궁금하네."

연두색 줄기 옆에 더욱 연한 연두색 이파리가 하늘거렸다. 그 속에 노랗게 고개를 내민 꽃. 황혼빛이 온 누리를 덮어오는 시간, 이름 모를 요정 같은 샛노란 꽃들이 두 사람을 반겨 주었다. 아름다움에 두 사람은 한동안 입이 붙어버린 듯 할 말을 잃었다. 맑고 깨끗한 공기 속에 투명한 듯 밝게 빛을 발하고 있는 샛노란 꽃들은 두 사람의 발길을 못 박힌 듯 만들어 놓았다. 저녁노을에 하늘은 붉은빛으로 변해가고 있었다.

"우리 이 꽃 이름을 'SECRET LOVE'라 지어요."

마음을 빼앗긴 듯 조용히 있던 그녀가 누가 들으면 안 되는 양 소곤거렸다.

"그거 괜찮은데!"

그곳에 펼쳐진 장면을 우두망찰 바라보고 있던 두 사람은 너무도 맑고 깨끗한 분위기에 풍덩 빠졌다.

두 사람은 어스름이 툭툭 떨어져 오기 시작하자 숙소를 향해 발걸음을 옮겼다.

SECRET LOVE

누구를 마중 나온 듯,
외로이 서 있는
가녀린 꽃
길가에 하늘하늘 쓰러지고
곧 떨어질 것 같은데

노란 맑은 빛, 투명하게 마음을
흔들어 놓는구나

황혼빛이 곧 세상을 물들어 놓을 듯
보이는데

넌, 빛깔 더욱 애잔하게
누구를 기다리는가?

너, 그곳에 있어 내 발길 붙들어 놓고
난, 너를 떠날 수 없어
서 있는데

꾀꼬리 꾀꼴꾀꼴 노래 불러
사랑의 마음
한결 투명하게 퍼져가고

고개 숙여 네 잎 클로버 찾아
행운을 빌어본다.

두 사람은 잠시 전 맞닥뜨린 풍경에 서로의 생각을 도란도란 시로 잇
다 보니 어느새 팔짱을 끼고 있었다. 숙소로 돌아오는 그들의 발걸음
은 가벼웠다. 상쾌한 분위기가 온몸을 휘감아 오며 'SECRET LOVE'

의 생각에 마음이 따뜻했다. 이 세상에 존재하지 않는 곳을 헤매는 듯한 기분에 젖어들었다. 말없이 걷는 동안 멀리 서쪽에서 해넘이가 끝나가고 있었다. 들판 너머 물감처럼 뚝뚝 떨어지던 황금빛 노을도 지고 땅거미가 슬금슬금 기어들었다. 사위는 흐린 먹물 퍼지듯 어스름이 덮여왔다.

그녀는 스스로 알몸이 되었다. 'SECRET LOVE'는 순결했다. 바로 그녀에게 고스란히 옮겨온 것 같았다. 비너스의 환생인 듯 잘 익은 복숭아 빛깔의 여인이 실오라기 하나 걸치지 않고 누워있는 매초롬한 모습은 황홀, 바로 황홀함 그 자체였다. 한 입 깨어 물면 툭 터져 달착지근한 물이라도 흘러버리게 될까 조심스러이 입술로, 혀로 다독거렸다. 터져버리지 않도록 조심스러이 머리끝에서부터 발끝까지 어루만지며 황홀의 세계로 몰입해 들어갔다.

천지는 개벽하고 있었다. 뒤집히고 있었다.
요동치며 새로운 세계가 탄생하고 있었다.
하늘은 뒤집어졌다.
졸졸 흐르던 시냇물은 소리 지르며 커다란 폭포수로 바뀌었다.
천지는 신음했다.
땅과 하늘은 자리 바꾸어 가며 뒤틀렸다.
기쁨이 솟아올랐다.
서로 떨어져서는 안 되는 소중한 존재로 느껴졌다.

*

터널의 조명은 사물이 보이지 않을 정도는 아니었다. 긴 터널 중간지점에 양방향을 서로 통하는 비상길이 뚫려 있었다. 시속 150km 정도로 달리다 비상 길 앞에서 재빨리 핸들을 꺾으면 비상 길 한쪽 모서리와 충돌한다. 충돌하는 순간 모든 게 끝난다. 가능하면 속도를 더 빨리 내는 게 좋겠다.

아침부터 영동고속도로 오가며 장소를 물색했다. 운동선수가 연상 게임 하는 듯 실행 방법을 상상했다. 터널은 길었고 시설은 산뜻했다. 007 영화에서나 보았던 것 같은 현대적인 분위기와 구조였다.

순식간에 모든 게 끝나야 한다. 한 번으로 끝나게 하려면 어느 정도에서 핸들을 꺾어야 할지 정확한 계산이 필요했다. 며칠간 양방향을 왔다 갔다 하며 거리를 측정했다. 생각이 정리되고 확신이 생겼을 때, 그는 거사 일을 확정했다. 마음을 정하고 나니 오히려 모든 게 안정되었다.

숙소까지 가는 동안 애면글면 몸부림쳤던 지나간 세월의 여러 장면이 순차적으로 영화필름 돌아가듯 빠른 속도로 스쳐 갔다. 이제 모든 것은 잊어야 한다. 미련 없이 가야 한다. 깊은숨 들이켜며 걸음을 옮겼다. 편의점에 가서 소주와 간단한 저녁 식사 대용품을 샀다. 비장한 결의를 품은 채 이승에서 마지막 밤을 보낼 숙소로 다가갔다.

어떤 방법으로 이 세상을 떠날 것인가 고민하며 머물렀던 숙소는 아파트 A동에 있었다. B동 모서리를 돌아서면 곧 나타난다. 아파트는 동해안 바다가 훤히 보이는 곳에 있었다. 창문을 열고 바라보면 짙고 푸른 먼 파도가 흰 이빨 드러내며 해변으로 달려드는 모습이 한눈에 들어온다. 햇빛이 비치기라도 하면 흰 모래가 작은 유리 구슬처럼 반짝이며 소곤소곤 사랑 이야기를 나누는 곳이다. 파도 소리에 휩쓸려 소곤거리는 소리가 바람을 타고 들려온다.

풀어놓지 못한 많은 일들이 번개 치듯 스쳐 갔다. 서울 생활은 허우적거리면 허우적거릴수록 더 깊이 빠져들어 가는 수렁 같았다. 매듭은 풀리지 않았고 더욱더 어려운 길로 빠져들었다. 몸부림치고 방법을 찾으려 해도 길은 보이지 않았다. 뚫어 보려 했지만 나갈 수 없었다.

환경단체 활동을 하면서 서울과 강원도 인제군 북면을 자주 오가다 보니 며칠씩 잠을 자고 갈 장소가 필요했다. 찾은 곳이 간성 근처 임대주택으로 지은 아파트였다. 계약하고 잔금이 완납되지 않았으나 관리비가 밀리지 않으면 독촉은 하지 않았다. 사용하는 데 별 불편은 없었다. 계약금을 지불할 때 관리실에서는 열쇠 두 개를 주었다. 그중 하나는 그가 가지고 있었다. 다른 하나는 만일을 대비해 그녀에게 보관해 달라고 맡겨 두었다.

주머니에 있는 돈을 계산해 보니 이틀을 넘기기가 어려웠다. 더 기다릴 필요가 없었다. 행동에 옮기기로 했다. 아파트 B동을 돌아섰다. 주차공간은 넓었다. 주차장을 덮고 있는 달빛도 슬픔을 가득 담은 채 비치고 있는 것처럼 느껴졌다. 마지막 이승의 밤을 보내려는 그의 마음을 알아차렸는지 차마 보기가 안타깝다는 듯 달은 구름으로 얼굴을 가리고 있었다.

A동 앞에 차를 세우고 숙소를 향해 엘리베이터에 올랐다. 아무 생각 없이 열쇠를 돌렸다.

문을 열었다.

702호는 어둠에 싸여 있어야 했다. 그런데!

702호는 환한 빛으로 그를 기다리고 있었다.

매콤하고 깊은 맛이 연상되는 김치찌개 냄새가 자극적으로 새어 나오고 있었다.

그녀가 거기 있었다.

*

서울을 떠나 있는 며칠 사이 산 할아버지, 정 박사, 이 교수는 그가 혼자 고민하던 것을 모두 해결해 놓았다. 증서와 환불 요구하는 사람들을 한 자리에 모아 놓고 담판을 벌였다. 요구사항을 점검한 후 산 할아버지, 정 박사, 이 교수는 자신들이 추모관 사업하며 발생했던 수입금 전부를 내놓은 다음 모든 일을 정리해 놓았다.

그와 동료들은 한자리에 모여 단체를 해체하기로 하고 각자 자기 자리로 돌아가 본연의 일에 충실하기로 했다. 그는 갈 곳이 없었다. 수중에 가지고 있는 돈이 없다는 것을 그녀는 알고 있었다. 자신의 주머니를 털어 변두리 산밑 허름한 건물 지하에 함께 기거할 수 있는 방을 얻었다. 그가 삶을 끝내려던 것을 두 눈으로 확인했던 그녀는 계속 곁을 지켰다. 그가 다시 삶을 포기하지 않도록 신경을 썼다. 그녀는 아주 헌신적이었다.

기분을 회복시켜 주기 위한 그녀의 노력은 눈물겨웠다. 그는 그녀가 모든 것을 희생해가며 자신을 보살펴 주는 것이 정말 고마웠다. 미안했다. 자기를 버리고 가버리라는 말을 몇 번 했다. 그때마다 우리는 불멸의 사랑을 하고 있는 거라며 그를 위로했다. 그에게 용기를 불어넣어 주었다. 그의 생명 줄은 그녀의 헌신에 의해 강하게 붙들려 있었다. 희생적인 그녀의 헌신은 그를 차츰 삶에 대한 의욕으로 가득 차게 만들었다. 둘은 다시 등산하기 시작했다. 함께 여행을 가기도 했다. 그녀는 풍족하지는 않았지만 부족하지도 않게 살림을 꾸려 나갔다.

그가 어느 정도 기운을 회복한 듯하자 그녀는 적당한 작업실을 마련했다. 다시 그림을 그릴 수 있도록 여건을 갖추어 놓았다. 그는 작업실에서 시간을 보내며 서서히 작품에 대한 구상을 하기 시작했다. 화판을 앞에 놓고 작업을 하는 듯하자 그녀는 다시 취업했다. 그는 작업실에서 그림 그리는 일에 집중적으로 힘을 쏟았다.

몇 년의 시간이 흐르자 완성된 그림이 여러 점 쌓였다. 작품전을 열어도 됨직하게 쌓이자 그의 그림을 취급했던 화랑에 찾아가 작품에 관해 얘기했다. 화랑에서는 초대전을 열겠다고 약속했다. 몇 년 동안 여러 차례 초대전을 치렀다. 경제적으로 어느 정도 여유가 생기기 시작했다. 모든 것이 정상으로 되돌아왔다.

지난 일들을 생각하면 정말 가슴이 아프다.

어머니로 인해 생겼던 아픔은 시간이 지나며 모두 잊게 되었지만 어른이 되고 결혼생활을 하다 보니 자식과의 갈등이 또 나를 괴롭혔다. 지금 이 글을 쓰는 시간까지도 아픔이 남아 있다.

내가 추모관 사업을 하다 곤경에 처했을 때는 말로 표현하기 어려울 만큼 괴로웠다. 통장의 돈은 전부 바닥났고, 카드로 돌려막기를 해가며 눈앞에

닥친 일들을 처리하다 보니 잠시 이성을 잃었던 모양이다. 아이들의 신용카드로 은행에서 대출받아 우선 급한 불을 끄려 했던 게 잘못이었다. 아이들 카드를 이용해도 급한 불을 끌 수는 없었다. 오히려 또 다른 위험을 낳고 결국 나는 신용불량까지 되고 말았다. 아이들 이름으로 대출받은 걸 갚지 못하면 아이들까지 신용불량이 될 수밖에 없었다. 집사람이 얼른 융통해 갚지 않았다면 아이들도 많은 고통을 당할 뻔했다. 그렇게 만든 건 전적으로 내 잘못이다. 무슨 말을 해도 내 잘못을 변명할 수는 없다. 그랬던 것은 결국 집사람과 이혼하게 된 원인이 되었다.

진 실장으로 인해 다시 힘을 얻고 가족들과 관계를 정상화하려 해보았으나 나는 완전히 열외 사람이 되고 말았다. 아이들은 자기를 신용불량으로 만들려 했던 아빠를 용서해 주지 않았다.

지금은 진 실장이 다시 제기할 수 있도록 힘을 북돋워 주어서 나는 신용불량에서 벗어날 수 있었다. 신용카드도 새로 발급받았다.

굳이 변명은 하지 않겠다. 그래도 할 말은 하고 싶다. 죽음 앞둔 시점에 모든 것을 털어놓는 게 좋다고 생각한다.

어머니로 인해 당한 고통에 버금가는 일이 그 이후에 있었다. 이혼하고 서로 떨어져 살기는 했지만, 설날 같은 명절이나 누구 생일날이 되면 내가 아이들이 있는 곳으로 찾아가곤 했다. 진 실장이 마련한 반지하 방에서 생활하고 있던 때라 내가 있는 곳에 누구를 오라고 할 수 없는 형편이었다.

집에 가면 나는 완전히 찬 밥 신세가 되었다. 내가 올 걸 알면서 밥을 다 먹고 그 먹던 상에 내 밥그릇과 수저만 달랑 얹어 놓고 먹으라고 했다. 아무 소리 안 하고 먹기는 했지만 처량하고 마음이 아팠다. 내가 괜히 이곳에 왔구나 하는 생각이 들기도 했다. 아이들에 대한 미안함은 가득했지만 자식들을 보고 싶은 마음은 억누르기 어려웠다. 아이들과 집사람을 욕하고 싶어 이 글을 쓰는 건 아니다. 얼마 남지 않은 이승의 생활을 정리하는 의미로 내 마음을 털어놓는다.

그 후로 그저 밥 한 그릇 얻어먹으러 온 놈에 지나지 않는, 그런 별 볼 일 없는 놈이 되고 말았다. 가슴이 아프고 정말 화가 났지만 나는 모든 걸 꾹 참고 허허 웃으며 밥을 먹었다. 화를 내고 싶은 마음이 들기도 했지만 며느리와 사위가 빤히 보고 있는데 화를 내면 안 된다는 생각을 하며 끝까지 참았다.

그래도 아이들이 대학을 졸업하고 결혼할 때까지 부족하나마 아버지로 자리를 지켜 주었다. 딸아이가 고등학교 졸업하고 대학에 처음 합격한 곳은 간호대학이었다. 반년을 다녀 보더니 본인 체력으로는 도저히 견디어 내기 어렵다고 했다. 일 학기를 다니다 재수를 했다. 간호대학에 들어갈 때 내가 입학금과 등록금을 내주었다. 다시 입시학원에 다닐 때도 학원비를 전부 내주었다. 아침마다 내가 차로 학원에 데려다 주었고, 저녁에 독서실에서 공부하고 밤 열두 시가 넘어 집에 돌아올 때 독서실 앞에서 기다리다 데리고 왔다. 다시 서대문구에 있는 대학에 입학했을 때 아버지로서 자식에게 당연히 해야 할 일이라 생각하고 입학금과 등록금도 내가 내주었다. 졸업할 때까지 등록금도 전부 내가 내주었다. 말을 하다 보면 항상 잘못했던 것만 끄집어내서 얘기하니 싸울 수도 없고 마음만 아팠다. 결혼한 다음에도 계속 지원을 해 주는 사람이 많이 있긴 하지만 보편적으로 볼 때 다른 사람들 평균치는 했던 것 아닌가 싶다.

인생유전

아들 녀석은 명문대학 작곡과를 졸업했다. 작곡과라는 곳이 학교 공부 외에 별도로 해야 되는 게 참 많았다. 피아노는 당연히 잘 쳐야 했다. 그 외 청음, 화성학 같은 걸 따로 레슨을 받지 않으면 도저히 작곡과에 들어갈 수 없었다. 처음엔 레슨비를 제 엄마가 꼬박꼬박 잘 챙겨주었다. (우린 부부간에 재산관리를 각각 했다.)

어느 날 갑자기 본인은 도저히 감당하기 어렵다며 레슨비를 못 주겠다고 했다. 뒷감당할 수 없다며 아주 강하게 말을 했다. 내가 그림을 그려서 그런지 아들을 예술 분야인 작곡과에 꼭 보내고 싶었다. 중도에 그만두게 하기 싫었다. 내가 레슨비를 계속 주었다. 결국 명문대학 작곡과를 졸업할 수 있었다.

나는 아들이 음악에 소질이 있다는 것을 일찍 알았다. 다섯 여섯 살 때 녹음테이프로 모차르트나 베토벤의 음악이 나오면 어느새 옆에 와서 듣고 아무도 없을 때 혼자 녹음기를 조작해 음악 감상하는 걸 보았다. 언젠가는 라디오 가게(그 당시는 라디오 가게에서 각종 녹음테이프를 직접 팔았다. CD는 아직 세상에 등장하지 않았던 때다.)에 가서 베토벤이나 쇼팽의 테이프를 혼자 사 가지고 오기도 했다. 어느 날 라디오 가게주인이 아드님 음악 수준이 대단하다고 말해 주는 걸 듣고 알았다. 그때 얘가 정말 음악을 좋아한다는 것을 알았다. 가르쳐 주지 않았는데 다섯 여섯 살 때 혼자 베토벤과 모차르트, 브람스 등 유명 작곡가들을 구별하는 걸 보고 이 녀석은 음악을 해야 될 놈이라는 걸 느꼈다. 그런 행동을 하는 것이 정말 대견스러웠다. 최대한 지원해 주겠다는 마음을 먹었다. 대학교 졸업하고 대학원 졸업한 후 사회활동 할 때까지 내가 계속 지원해 주지 못한 것이 지금 무척 가슴 아프다.

이렇게 쓰긴 했지만 역시 섭섭한 건 어쩔 수 없다. 엄마 아니었으면 신용 불량으로 지금쯤 무척 고통받았을 거라는 것 때문에 그 후로 제 엄마와는 아주 잘 지냈다. 나와는 뚜렷한 선을 그은 상태가 되었다. 모든 게 내 잘못이라 생각하고 참았다. 이렇게 쓰게 되는 것이 애들에게 어떤 결과를 가져오게 될지 모른다. 그러나 이승을 떠나기 전 모든 걸 숨김 없이 털어놓는 것이 좋다고 생각한다.

내가 저승으로 떠나기 전에 아이들이 한마디라도 해주면 나는 모든 걸 풀어버릴 수 있을 것 같다. 모든 부모가 자식을 사랑하는 마음은 변함없을 걸로 알고 나도 역시 부모이기에 어쩔 수 없다. 이제 시간이 없다.

죽음을 앞에 두니 자식들 생각이 더 많이 난다.

별로 해 준 건 없지만 그래도 보고 싶은 건 어쩔 수 없다.

인생유전

사랑

그녀가 붙들고 있던 헌신의 끈은 아주 단단했다. 생명 줄은 헌신의 끈이 두 겹 세 겹 겹쳐지며 더욱 고정되었다. 그녀는 곧잘 우리의 사랑은 영원하다고 속삭였다. 한동안 그에게 닥쳐왔던 무거운 고통을 잊기 위해 두 사람은 평소보다 서로에게 더 집착하고 몰두했다. 주말이면 누가 먼저 말하기도 전에 당연히 해야 될 일이라는 듯 배낭을 챙겼다. 무조건 서울을 떠났다. 병아리가 알에서 깨어나듯 지나간 모든 일을 잊고 새로운 삶을 만들어 갔다.

금요일 저녁 서울을 떠나 영동고속도로를 달리다 보니 날이 저물었다. 배가 고팠다. 오대산 초입 진부에 한식으로 유명한 밥집이 있다. 싱싱한 산채 나물로 차리는데 향긋하게 입맛을 돋워주어서 많은 사람이 붐비는 집이었다. 손님들 대다수는 그곳 사람들이 아니고 다른 지방에서 찾아온다고 했다. 그곳에서 밥을 먹기로 했다.

식사 후 새로 지은 모텔이 있어 숙소로 정했다. 잠자기 전 가벼운 드라이브라도 하자는 말에 홀가분한 옷차림으로 그를 따라나섰다. 차 방향을 오대산 쪽으로 꺾어 밤길을 달렸다. 방아다리 약수터라는 이정표가 보이자 그쪽으로 핸들을 돌렸다. 한밤중 어두운 시골길을 달리는 건 드문 일이다. 밥도 맛있게 먹었고 소화도 시킬 겸 나왔지만 길은 정말 낯설었다. 계방산을 향해 가는 길 쪽으로 차량 도로를 만들기 위해 새로 공사를 하고 있다는 걸 알았다. 도로 옆에는 아직 가로등이 설치되어 있지 않았다. 오고 가는 차량이 보이지 않았다. 그가 운전하는 차량만이 어두운 공간을 향해 질주하고 있었다. 전조등을 끄면 새까만 먹물 같은 어둠이 사방을 감쌌다. 차는 어둠을 뚫고 미지의 세계를 향해 달렸다. 길은 끝이 없을 것처럼 보였다. 한 번 들어섰으니 어디까지 갈 수 있을지 가 보자는 생각에 계속 페달을 밟았다.

한참 달리다 보니 팽팽하던 줄을 가위로 잘라낸 듯 길이 끊겼다. 공사하다 중단한 모습 그대로였다. 전조등 불빛 비추는 곳은 흙더미와 커다란 돌덩이들이 무질서하게 나뒹굴었다. 흙더미와 돌덩이 뒤로 울창한 숲이 새까만 먹물 같은 어둠을 뒤집어쓰고 있었다. 도시에서는 전혀 경험하지 못했던 생경함과 무거움이 온몸을 짓눌렀다. 생각이 어디로 증발해 버렸는지 머릿속이 하얗게 빈 공간 같았다. 잠시 후 고요 속에 파묻혀 있는 자신을 발견했다. 하늘과 땅 모든 시간이 멈추어 버린 듯했다. 우주 공간 속에 홀로 떠 있는 기분이었다. 꼴깍, 침을 삼키기만 해도 소리가 사방으로 퍼질 듯 정적이 무겁게 자리 잡았다. 불현듯 새로운 세계에 대한 낯 설음이 몸을 긴장시켰다. 아랫도리가 꼭꼭 조여왔다. 오금이 오그라들었다. 소변도 마려웠다. 그녀는 다리를 꼬고 오금 졸여가며 소변을 참아보려 했으나 정말 힘들었다. 한계점에 도달했다.

"나, 화장실 가고 싶은데요…."

작은 소리로 웅얼거렸다. 차에서 내려 그가 지켜보는 가운데 해결했다. 마치 오랫동안 참았던 것을 일시에 쏟아내듯 소리는 어두운 공간을 마구 흔들었다. 조용하고 어둠이 짙게 깔려있는 곳에 그녀의 용무 보는 소리가 크게 울렸다. 우주 같은 까만 공간으로 퍼져 나갔다. 어둠 속으로 빨려 들어갔다. 정적을 깨뜨렸다. 어둠은 그 소리에 화답하듯 더 크게 공명했다. 표현키 어려운 묘한 기분이었다. 그녀는 용무를 마치고 차 안으로 살짝 들어와 앉았다. 스스럼없이 행동해 주는 게 귀엽고 고마웠다. 어깨를 살그머니 끌어당기며 입술을 포갰다.

"음"

소리 내며 입이 살짝 열리고 입술과 혓바닥을 받아들였다.

소변을 해결하고 난 시원함에 이어 부드럽게 감싸주는 손길과 부드러운 입술이 맞닿는 순간 들쭉날쭉하던 숨이 멈추었다. 꿀을 섞어 놓은 것처럼 달콤한 것이 입안으로 흘러 들었다. 꿀맛 같은 침을 하나도 흘리지 않으려는 듯 가볍고 부드럽게 빨아들였다. 아뜩하게 들리는 듯하던 그녀의 신음 소리가 사그라들 듯하다가 더 크게 새어 나왔다.

계속 더 강하게 탐하며 몰입해 갔다. 어떻게 시간이 흘렀는지 가늠이 되지 않았다. 정신을 차린 건 멀리서 자동차 헤드라이트가 이쪽을 향해 달려오고 있는 게 보였기 때문이다.

차 방향을 돌리며 둘이 조그맣게 속삭인 건

"사랑해."

"사랑해요." 뿐이었다.

지하 차고에 차를 세웠다. 그녀가 나오기를 기다린 후, 함께 엘리베이터를 탔다. 7층 방으로 들어왔다. 뒤따라 들어온 그녀를 살그머니 껴안으며 입술을 겹쳤다. 달콤한 혀가 입안을 가득 채우자 그녀의 입에서 가벼운 신음 소리가 흘러나왔다. 가벼이 끌어당기며 은밀한 곳을 애무하기 시작했다. 그녀의 입에서는 조금 전보다 더 큰 신음 소리가 새어 나왔다. 소중한 보물을 다루듯 조심스럽게 침대로 향했다. 침대 가까이 오자 숲 속 어둠을 뒤흔들어 놓았던 소리의 근원 찾아 슬그머니 손을 움직였다. 팬티는 이미 촉촉하게 젖어 있었다. 조심스레 온몸을 가볍게 압박하며 서서히 긴장을 풀도록 입술과 혀로 민감한 부분을 자극했다.

흑! 숨넘어가는 소리가 들렸다. 그러나 멈추지 않았다. 깊은 곳에 고이 숨겨져 있던 맑은 샘물이 터져 넘쳤다. 용광로같이… 용광로같이… 지구를 태워 버리고도 남을 것처럼 열이 나며 불덩이로 변해갔다.

뭉근한 불덩이는 하늘을 꿰뚫을 듯 솟구쳤다. 달아오른 뭉근한 불덩이가 맑은 샘물 밑바닥을 향해 깊숙이 휘저어 갔다. 순간 아무 형상 없는 존재가 되어버린 듯 허공을 떠돌며 공간 속을 오르락내리락했다. 뜨거움 속에 파묻혀 버렸다. 꼴깍 숨넘어가는 소리가 조그맣게 들리는 듯하다가 별안간 그녀의 몸이 그대로 까라지고 말았다.

순간 긴장했다. 그녀의 몸을 흔들었다. 침묵이 흘렀다. 그리고 잠시후 욱 하는 숨소리와 함께 코를 골기 시작했다. 같이 잤을 때도 코를 골지 않던 그녀였다.

차는 동해안을 향해 달렸다.

"어제 일 생각나?"

"네, 무슨 일이요?"

"코를 골고 자 버리던데…."

"무슨 말씀을 하시는 거예요? 제가요?"

중간에 숨이 멈추었던 것도, 코를 골고 잠들어 버린 것도 그녀는 모르고 있었다.

*

주말에 산에 가지 않을 때는 도시의 때 묻지 않은 곳을 찾아 근교로 차를 몰고 나서기도 했다. 거대도시 서울과 가까운 곳에 있지만 조용하면서도 시골의 향기를 간직하고 있는 곳이 몇 군데 있다.

"우리 밤 개 울음소리 들리는 곳 찾아볼까?"

그녀는 밤에 보는 개라면 어쩐지 무서운 생각이 드는 게 보통이지만 그가 말하는 밤 개 울음소리는 낭만을 느끼게 해준다며 좋아한다.

"좋아요."

차가 많이 다니는 곳은 무조건 제외다. 차가 잘 다니지 않는 오솔길을 찾아간다. 지방을 여행하다 보면 그런 곳이 많이 있는데, 서울 근교에서는 쉽게 찾기 어렵다.

"우리 온릉 근처에 가봐요."

온릉은 연산군이 사냥터로 이용했던 곳으로 알려졌다.

"아, 그래. 그 근처 조용한 곳이 몇 군데 있어."

차를 돌려 한참 달렸다. 큰 도로 옆 오솔길로 들어섰다. 조용해지며 갑자기 시골 향기가 풍겨왔다. 전조등 불빛 비추는 곳만 환할 뿐 사면은 먹물 같은 어둠으로 쌓여 있다. 그가 이젤을 옆구리에 끼고 와서 그림 그리다 물고기 잡아 매운탕 끓여 먹고 어두워지면 포장되지 않은 길을 걸어 돌아오곤 했던 곳이다. 몇 번 왔었기 때문에 둘은 이곳이 익숙했다. 올 때마다 언제나 조용하고 포근해서 마음이 편안했다.

전조등 불빛이 멀리 비추었다. 멀리서 밤 개의 울음소리가 어두운 공간을 뚫고 들려온다. 라이트를 끄고 조용히 밤 개 울음소리에 집중했다. 허공을 가르고 밤하늘에 퍼지는 울림이 어떨 땐 애타게 님을 그리는 소리로 들렸다. 어떤 때는 너무나도 깜깜하고 어두운 공간의 무거움에서 벗어나려 몸부림치는 소리로 들렸다. 어떨 때는 먼 길을 찾아오는 내 님의 발길이 어려울까 길 안내하는 소리 같기도 했다. 또 어떤 때는 한없는 절규로도 들렸다.

"아! 지금 좋은 곳에 두 분이 오셨으니 아름다운 추억 하나 만들어 가세요, 라는 외침이야."

장난스러운 그의 말에 그녀는 살짝 미소 짓는다. 살며시 입술을 열었다. 혀를 밀어 넣었다. 부드러운 혀 감촉이 온몸 구석구석을 파고든다. 그녀의 침은 시큼하고 달짝지근한 과일즙 같다. 비릿한 향기가 상큼하게 풍겼다. 이빨 사이로 넘나드는 혓바닥은 서로 엉켜서 맴돌며 떨어지기를 싫어했다.

황홀하다. 달콤하다. 맛있다. 정신없이 서로를 탐했다. 살짝 차창 밖을 내다보았다. 빗방울이 떨어졌다. 언젠가 이 길을 지날 때 커다란 자라 한 마리가 알을 낳고 다시 개울로 돌아가는 게 보였다. 걸음걸이가 어기적어기적 힘들어 보여 번쩍 들어 개울가로 옮겨준 적이 있다. 비 오는 봄날이면 개구리들의 노랫소리가 신명나게 와글거렸다. 맹꽁이들도 한 녀석이 맹하면 다른 녀석이 꽁하며 맹맹 꽁꽁 짝 찾는 합창 소리가 요란하게 울려 퍼지기도 했다.

밤 개의 울음소리 때문이었을까? 랜턴 불빛 같은 게 멀리서 반짝였다.

저기
별빛 같은 것이 보였어

근데
아냐, 불빛이었지

지금
비가 내리고 있거든

어둠 속에 보이는 건
빗줄기인데
무슨 별빛?

맞아
개울물 소리에 휩쓸려 오는

봄 소리에 묻혀
별빛 같이 느껴졌나 봐

아니 아직 얼음이 다 녹지도 않았는데
무슨 봄의 소리?

얼레
우린 빗소리도 듣고 별빛 같은 불빛도 보았고

아직 녹지 않은 얼음도 보았지

봄의 소리도 들려왔어

깜깜한 어둠이 있는 곳
개울이 있고, 시골스런 나무들이 있고
조그만 오솔길도 있는 곳
우린
사랑을 어떻게 하는지
얘기하고 싶었지

깜깜한 어둠이 깔려 있는 곳
고즈넉한 밤 개의 울음소리가 적막을 깨는 곳

손전등을 든 사람이었지!

우리를 향해

그래, 우리가 있는 곳을 향해
걸어왔어

우린
잘못한 게 없어도
도망?

아니 피한 거야

빗줄기 가볍게 떨어지고
언젠가 맹꽁이, 개구리 소리 들리던
그 길 따라
또 갔지
살찐 자라가 길 걷느라 어기적어기적 힘들어하는걸
들어 올려 개울가로 옮겨주던 곳

거기, 우리의 보금자리, 아지트
뽀뽀도 하던 곳
서로의 입술을 맛나게 맛보던 곳

나, 사랑해?
죽도록 사랑할 수 있을까?
지금 별빛은 없어도
불빛은 있는 곳

그렇지만
비가 오지 않을 땐 별들도
인사를 했지

우린 후회하지 않을 거야
열심히 사랑할 거야

후회 없이 사랑할 거야

사랑이었다. 한동안 나와 그녀는 서로를 탐하고 절대 떨어질 수 없는 관계로 진행되었다. 지금 말하지만 내가 밤 개 울음소리 듣자고 한 건 낭만적인 분위기를 만들려는 것도 있었지만 둘이서 은밀히 즐길 수 있는 장소로 가자는 말이었다. 우리는 서로 그걸 알고 있었다. 그런 곳에서는 정말 특별한 맛을 느끼게 해 주었다. 좁은 차 안에서 부자연스러운 자세로 최대한 더 가까이 붙어 하나가 되는 건 침대 위에서 와는 많이 달랐다. 지금 생각해도 아주 특별한 경험이었다. 이렇게 둘만의 시간을 보낼 때는 시간이 깊은 웅덩이에 빠져서 나오지 말고 그대로 있으면 좋겠다는 생각이 들기도 했다.

모든 게 정상적으로 되돌아오자 그녀는 그에게 다시 환경단체를 부활시키고 새로운 NGO 단체를 운영하라며 적극적으로 권유했다. 얼른 결정하기가 쉽지 않았다. 어떤 단체를 다시 시작할 것인지 나중에 결정하기로 하고, 그는 다시 여행을 시작했다.

그녀는 사기원 때문에 중단하게 된 NGO 활동을 다시 시작해야 한다고 했다. 결코 중단되어서는 안 된다며 강력하게 말했다. 오히려 나보다 그녀가 더 적극적이었다. 조용히 생각할 시간을 갖고 싶었다. 다시 단체를 부활시키기 전에 마음도 정리할 겸 가벼운 마음으로 여행을 떠나기로 했다.
몸과 마음을 비우고 다시 돌아와 만들게 된 게 NGO 단체 '한생명운동연대'다.

아소 다로

일본인 아소 다로 와는 아주 특별한 인연이 있다. 아소 다로를 만나게 된 건 몽골의 수도 울란바토르에서 80km 떨어진 펠즈(지역 이름)의 게르(몽골족 이동식 집) 근처였다. 몽골 특유의 고유의상과 그들이 거주하는 게르는 넓은 들판에서 생활하는데 편리하게 보였다. 그는 더기 한쪽에 덩그러니 앉아 이젤을 고정시키고 풀 뜯고 있는 가축과 몽골인들 모델로 그림을 그리고 있었다. 좋은 소재였다. 몽골이 아닌 다른 곳에서는 볼 수 없는 풍경이었다. 돋보기를 통과해 초점 만드는 햇빛같이 집중해서 작업에 몰두했다.

가까운 곳에서 차 소리가 난 듯했으나 자신과 관계없는 일이라 관심조차 갖지 않았다. 차에서 누군가 내리는 소리가 들렸다. 옆으로 다가왔다. 조금 있더니 그에게 말을 걸어왔다. 일본말로 어느 지방에서 오셨습니까? 낯선 남자가 하는 말 정도는 알아들을 수 있었다. 대꾸해주면 그림 그리는 데 방해가 되어 들그러울 거 같았다. 아예 무시해 버렸다. 그 남자는 일본말로 다시 한 번 물어 왔다. 그를 일본사람으로 착각한 듯했다. 귀찮은 생각이 들었다.

그는 I'm from Korea. I can't speak Japanese. (나는 한국에서 왔고, 일본말을 못 하오.)라고 짧게 영어로 대답했다. 사나이는 비웃적거리며 영어로 한국사람이 일본말을 못하다니 이상한 일이군. 한국은 전에 일본의 지배를 받은 적이 있을 텐데 라며 뇌까리는 게 아닌가!

그는 뭐 이런 자식이 있나 싶었다. 뜨거운 열이 울컥 솟아오르며 갑자기 온몸의 피가 한쪽으로 쏠리는 걸 느꼈다. 가슴 속에서 적개심이 부글부글 끓어올랐지만 곧 마음을 진정시켰다. 이봐요, 제대로 알고 말을 하시오 라며 차분하게 대꾸해 주었다. 그 친구는 더 의기양양하게 한국의 발전은 일본의 덕이며 일본이 한국을 지배한 건 커다란 은혜를 베푼 것이라며 계속 지껄였다. 정말 화가 나기 시작했다. 최대한 자신을 다스리며 좀 더 큰 소리로 말했다. 입 닥치시오. 함부로 말하지 마시오. 말은 했지만, 마음 다스리는 게 한계에 도달하고 있음을 알았다. 그래도 솟구치는 분을 속으로 삭이며 한 번 더 참았다. 그 친구는 아니꼽다는 듯이 조선사람과는 대화가 잘 안 돼. 과거 공로를 전혀 모르고 있어. 독도도 우리나라 땅인데 강제로 점거하고 있단 말이야 라며 조롱조로 계속 씨부렁대는 게 아닌가!

그 소리를 듣는 순간 자신도 모르게 몸을 벌떡 일으켰다. 뭐라고? 우리나라가 너희 때문에 잘살게 되었다고? 독도가 너희 나라 땅이라고? 야 임마, 너는 왜 한국말을 못하냐? 우리나라가 언제 너희 나라 속국이었냐? 그것이 우리가 스스로 택한 거냐? 라는 말과 함께 주먹으로 녀석의 얼굴을 향해 강한 펀치를 한 방 날렸다.

순식간이었다. 화가 났고 몇 번 참으며 벼르던 터라 평소보다 훨씬 더 강한 힘이 주먹에 실렸다. 녀석의 키가 작아 휘두른 주먹이 정통으로 이마 한가운데 꽂혔다.

불의의 일격으로 녀석은 그 자리에 나자빠졌다. 정신을 못 차리고 있는 게 보였지만 계속 얼굴에 펀치를 날렸다. 이마와 코에서 붉은 피가

아소 다로

흘러내렸다. 피 칠갑 되어서 버르적거리는 게 보였다. 얼굴이 순식간에 피범벅이 되어가는 것이 언뜻 눈에 들어왔지만 화가 난 그는 쓰러진 놈을 계속 때리고 발로 뭉개고 짓밟아 버렸다. 상처는 예상 못 할 정도로 크게 번졌다. 손에 끼고 있던 반지가 흉기 역할을 했다. 얼굴과 옷이며 주위가 온통 피로 뒤덮였다. 주위에 있던 안내인과 몇 사람이 말리지 않았다면 그 녀석을 죽여버리지 않았을까 싶었다.

녀석은 정신을 잃었다. 이마와 코, 입에서는 계속 피가 흘렀다. 얼마나 때리고 짓밟았던지 발에 밟혔던 녀석의 왼쪽 팔이 부러져 있었다. 일본인들이 자신들 잘못을 인정하지 않고 정당화하려는 게 생각나 순간적으로 감정이 활화산 폭발하듯 터져 버린 것이다. 안내인은 모잽이로 쓰러져 있는 녀석을 들쳐 업고 부랴부랴 차에 태워 어디론가 사라졌다.

그런 일이 있고 난 뒤 몇 년이 지나갔다. 세계 최고의 미술대회로 알려진 ㅇㅇㅇ그랑팔레 대회가 프랑스에서 3년에 한 번씩 열린다. 그 대회는 세계 제일의 권위를 자랑하고 전 세계가 인정했다. 대상 받은 수상자가 출품하는 작품전은 전 세계인들이 많은 관심을 갖는다. 작품은 전시되기 무섭게 애호가들이 앞다투어 가져갔다.

작품을 출품했던 그는 최고의 대상이라는 소식을 주최측으로부터 들었다. 축하 메시지와 함께 초청을 받고 프랑스에 도착해서 알았다. 대상은 공동 수상이었다. 공동 수상자는 몽골에서 그에게 얻어터진 바로 그 일본인이었다. 이름은 아소 다로였다.

시상식이 끝난 후 두 사람은 카페에 앉아 차를 마셨다. 아소 다로는 몽골에서 생겼던 일에 대해 입을 열었다. 자신도 그림을 그리는 사람으로 그냥 지나칠 수 없었다. 언뜻 보았을 때 그가 그리고 있던 그림의 색감이 정말 좋게 보였다. 자신도 모르게 말을 걸었다. 그때는 본인이 과거 역사에 대해 너무 피상적으로만 알고 있었다. 자신이 잘못 알고 있었던 게 원인이었고 모든 게 자신의 잘못이었다. 일본인 특유의 고개 숙이는 자세로 매달리다시피 사죄를 했다. 무릎이라도 꿇을 듯했다. 대답하지 않으면 쉽게 자리가 끝날 것 같지 않은 분위기였다. 진심 어린 표정도 보였다. 그는 녀석의 말을 받아들였다. 감정이 눅실눅실해졌고 보드라워지며 눈이 녹아버린 듯 스르르 사라졌다. 아소 다로는 가까이 지내고 싶다는 말도 했다. 사죄의 의미로 그를 형님으로 모시겠다, 자주 연락하겠다고 덧붙였다.

새로운 교류가 시작되었다. 시간이 흐르며 둘의 관계는 깊은 우정으로 발전했다. 매년 서로를 방문해 우정을 나누었다. 둘은 형, 동생 하며 누구보다 더 가까운 사이로 탈바꿈했다.

*

그와 그녀는 환경단체 '자연과함께'를 부활시키고 새로운 NGO 운동을 하기로 계획을 세웠다. 실행에 옮기지 못했던 일들을 다시 진행하기로 하고 산 할아버지와 정 박사, 이 교수에게 연락했다. 그들은 기꺼이 다시 참여했다. 그녀도 다니던 회사에 사직서를 제출하고 본격적으로 NGO 활동에 뛰어들었다. 단체 일에 집중하기 위해서 화실과 단체 사무실이 같이 있는 건 좋지 않다고 생각했다. 종로구 인사동에 적당한 사무실이 있었다. 그곳으로 단체 사무실을 옮겼다.

아소 다로

제일 먼저 환경단체 '자연과함께' 자매단체로 '한생명운동연대'라는 새로운 단체를 발족시켰다. 그녀는 단체 조직 및 구성을 새로 기안하여 내용을 설명했다. 단체 대표는 상임대표제로 한다. 대표 호칭은 회장이라 부른다. 상임대표는 대내외적으로 단체를 대표하고 단체 업무 전반을 총괄하며 최종 인사권과 최종 결재권을 갖도록 한다. 대표 임기는 가톨릭 신자인 정 박사의 제안을 채택했다. 초기에 단체 기반을 확고히 하기 위해 대표가 자주 바뀌면 자리 잡기가 어렵다. 한 사람의 대표가 단체를 완전히 자리 잡게 한 후에 차기 대표가 선출되도록 해야 한다. 교황청 교황 임기와 비슷한 방식이다.

모든 사항은 운영위원회의를 거쳐야 하며 운영위원장은 상임대표가 맡는다. 운영위원회의가 시간적으로나 기타 여건이 허락하지 않을 때는 집행부에서 먼저 처리하고 다음 운영위원회의 때 보고하고 승인을 받도록 한다. 집행부는 상임대표, 사무총장 및 상임위원으로 구성한다. 운영위원은 그와 그녀, 산 할아버지, 정 박사, 이 교수로 시작하고 추후 단체의 취지에 부합하는 인물이 있을 때 추가 영입하기로 하며 운영위원 만장일치 찬성이 있을 때 이루어지도록 했다. 집행부는 우선 산악분과위원회, 전문분과위원회를 두고 산악분과위원장에 산 할아버지, 전문분과위원장엔 정 박사가 맡아서 하기로 한다. 새로운 전문 분야는 회원이 많아졌을 때 추가로 만들기로 한다. 그녀는 사무총장과 비서실장을 겸임한다. 가장 중요한 재정은 단체가 완전히 자립할 때까지 상임대표가 공급한다. 필요한 사항이 발생할 때는 운영위원회의 결의에 따라 움직이는 것을 원칙으로 하고, 별도 사업국장을 두어 단체 재정 자립을 위해 수익사업을 전개하도록 하였다. 당분간 사업국장 역할도 그녀가 맡기로 했다.

사무총장은 단체 운영 전반에 대한 실무책임을 맡으며 사무처 구성 및 인선을 주관하고, 상임대표와 함께 단체를 이끌어 나가도록 한다. 사회 저명인사 중에 '한생명운동연대' 취지에 찬성하며 동참을 희망하는 인사에 대해서는 공동대표 혹은 각자 대표로 추대하므로 각계각층의 많은 인사들이 함께 참여할 수 있는 길을 열어 놓는다.

그녀의 긴 설명이 끝났다. 운영위원들은 모든 사항을 통과시켰다.

핵심운영진이 정해지자 기본 정신을 만들기 시작했다. 우선 한 생명의 소중함을 일깨우고 한 생명이 뭉침으로 커다란 터전을 마련할 수 있고, 그 터전에서 생명들이 새로운 활력을 찾아 생활한다는 취지 아래 한 생명을 한 방울의 물방울에 비유하여 전문을 만들었다.

[전문]

- 한 생명의 소중함은 누구나 알고 있다. 한 생명이 얼마나 크나큰 힘을 발휘하게 되는가 망각하고 살아가는 사람들이 많다. 우리는 한 생명의 소중함을 모든 사람들이 한 번 더 마음속으로 깊이 느끼며 새로운 세계를 만들기 위해 힘을 모으고자 한다. 말하는 것보다 실천하는 일이 이 시대 가장 중요한 일이다. 실천해가며 살아가는 표본을 만들고자 한다.

한 방울의 물은 모여 샘을 이루고, 하천을 이루며, 강을 이루고, 결국 크나큰 바다를 이룬다. 바다는 각자 고유의 특성을 지닌 많은 생명체를 품고 있다.

한 방울의 물은 곧 한 생명과 비유된다. 물은 언제나 수평(평등)을 이룬다. 아무리 많이 모인다 해도 수평을 이루는 것이 물의 속성이다. 바람이 불어와 파도를 일으킨다 해도 물은 외부 자극만 없으면 다시 수평을 유지한다. 모든 생명은 언제나 같은 수준의 권리가 있다는 것을 보여준다. 특히 인간은 누구나 똑같은 권리를 누릴 수 있어야 한다. 우리는 이러한 내용을 온 세계에 공표하는 바이다. 한 생명 운동은 모여서 수평을 이루고 그 안에 많은 생명체들이 활발하게 활동하도록 힘을 쏟을 것이다.

물은 겸손하다. 언제나 아래로 흘러가며 높은 곳을 탐하지 않는다. 한 방울의 물은 뭉쳐 공동체를 이룬다. 한 생명 운동은 겸손히 아래를 향하지만 많은 생명체들을 살리고 함께 하므로 인류평화를 추구할 것이다.

한 생명은 뭉쳐야 한다. 뭉친 그 속에 생명이 깃들게 하여 새로운 세계를 만들어 나가도록 해야 한다. 그 속에는 이념도 없으며 이론과 학식도 필요 없다. 오로지 소중한 한 생명이 있을 뿐이다. 뭉침으로 새로운 생명이 살아나가는 곳, 바로 새로운 세계의 실현이다.

우리는 평화와 자유를 사랑하며 모든 형태의 폭력과 전쟁에 반대한다. 서로 존중하며 사랑하는 새로운 운동을 펼치고자 한다. 새로운 생명을 탄생시키는 세계가 전개되지 않고는 인류평화를 기대하기 어려운 실정이다.

우리는 서로 연대하여 새로운 세계를 이루기 위해 '한생명운동연대'를 생명이 깃드는 터전으로 만들고자 한다. 모든 이들이 뭉쳐 한 생명운동을 전개하므로 새로운 세계를 창출 하는데 일조해 주기를 간구하는 바이다. -

전문을 만들고 보니 '한생명운동연대'의 범위가 상상하기 어려울 정도로 광범위하다는 점에 새삼 놀랐다. 계속해서 [강령], [수칙전문] 등을 만들었다.

[강령]

- 생명존중 -

1. '한생명운동연대'는 모든 삶의 가치를 존중하며 한 생명의 소중함을 인정하되 인간의 생명을 최 우선한다.
2. '한생명운동연대'는 모든 이념을 초월하고 이론과 학식의 중요함보다 한 생명의 소중함이 더욱 가치가 있다는 것을 알게 한다.
3. '한생명운동연대'는 새로운 생명의 탄생을 위해 힘쓰고 욕망을 절제하며 육체, 정신, 영의 건강을 되찾는다.
4. '한생명운동연대'는 생명윤리를 바로 세우는 일에 힘쓰며 생명 질서의 보존과 회복을 위해 노력한다.
5. '한생명운동연대'는 생명의 권리를 인정하고 삶의 질을 높이고 안

전을 위해 활동한다.

- 비폭력 평화 실현 -

'한생명운동연대'는 모든 종류의 폭력을 거부하고 차별을 없애는 데 힘쓴다.

'한생명운동연대'는 생명을 위협하는 핵무기 등 살상무기 폐기, 전쟁의 위협을 촉구하는 군비 경쟁과 군수산업 중단을 위해 최선의 노력을 기울인다.

'한생명운동연대'는 남북이 함께 공존할 수 있는 한반도 평화 통일을 위해 적극 노력하며 인류의 평화를 위해 정성을 다해 노력한다.

'한생명운동연대'는 용서하고 열려 있는 마음으로 서로를 인정하고 귀를 기울여 대화함으로 평화롭고 아름다운 문화를 발전시키기 위해 노력한다.

[수칙전문]

1. 모든 생명을 존중하되 그 중에도 인간의 생명을 더욱 중요시한다. (생명존중 1항과 동일)
2. 서로 섬기고, 나누며, 아껴주고, 보살핌을 실천한다.

3. 서로 뭉치고, 그 가운데 나를 없애므로 새로운 생명의 활동력을 촉진시킨다.

4. 인류평화를 위해 기도하며 공헌하는 길을 마련한다.

5. 마음과 육체에 상처 입은 사람을 도와주고, 실패한 사람을 짓밟지 아니하며, 올바른 일에 몸과 마음을 바친다.

6. 정직, 희생, 봉사의 정신을 앞세우고 국제사회의 헌신적인 친구가 되도록 노력한다.

계속 필요하다고 생각되는 것은 수시로 추가하기로 했다. 그리고 '한생명운동연대'를 법인화하기로 했다. NGO 단체 '한생명운동연대'를 발족했으나 단체를 운영하자면 많은 자금이 필요했다. 당분간 단체 회장인 그 자신이 자금을 충당해야 한다는 게 마음에 걸렸다. 몇 년 동안 작품전을 열면서 발생한 수입만으로는 단체를 운영하기가 힘들다고 생각했다. 며칠을 고민하다 아소 다로가 생각났다. 단체 발족에 대해 설명하는 서신을 띄웠다. 단체 운영을 위해 많은 자금이 필요하다며 협조해 주기를 부탁했다.

며칠 후 아소 다로에게서 답장이 왔다. 동경에서 2인전을 개최하자는 의견이었다. 모든 건 자신이 책임지고 진행시키겠다. 2인전에서 발생하는 수익금 전액은 그가 마음대로 쓸 수 있도록 조치하겠다는 내용이었다.

독도는 우리 땅

일본 도쿄 긴자 거리. 프랑스 세계 최고 미술대회에서 공동으로 대상을 수상한 두 사람 작품전 개막식이다. 독도와 위안부 문제, 일본 정치 지도자들의 신사참배 등 두 나라 관계가 복잡하게 얽혀 국민감정이 좋지 않게 진행되는 시점이다. 한국과 일본 두 나라 세계 최고 예술인 2인전이 열리자 전 세계의 관심이 집중되었다.

간단한 기자회견 자리가 마련되었다.

먼저 팔초하게 생긴 일본 E신문 아베 기자가 항의성이 담긴 질문으로 깝신거리며 시작했다. 아주 좀살맞게 보였다.

"윤 화백님, 몇 년 전 몽골에서 아소 다로 씨를 정신을 잃을 정도로 구타하셨다는데 그 이유가 무엇이었습니까?"

일본 특유의 살살거리는 분위기로 턱을 앞으로 쭉 빼고 깝죽거리는 것이 비아냥거리는 모습으로 보였다. 목소리도 가볍게 느껴져서 바람이 불면 어디로 날아가 버릴 듯 아슬아슬했다. 거만스러운 것이 아주 뇌꼴스러웠다. 그는 분위기에 구애됨 없이 일본 기자의 질문에 침착하게 대답했다.

"대한민국은 엄연한 독립 국가이며 완전한 주권 국가입니다. 우리나라를 무시하는 발언을 듣게 되어 국민의 한 사람으로 일순간 화를 참지 못했습니다. 잠시 시간을 주시면 일본에 대한 제 견해를 말씀드리고 싶은데 괜찮겠습니까?"

"예, 말씀하시죠."

"오래전 일본은 우리나라로부터 많은 문물과 문화를 전수해 왔습니다. 이런 것들은 출토된 유물에 의해 증명되고 있습니다. 그런데도 일본은 이러한 사실을 숨기기 위해 갖은 방법을 동원해가며 왜곡 보도하고 있습니다. 우리나라가 고구려, 신라, 백제 삼국으로 분할 통치되던 서기 512년 신라 이사부 장군이 우산국으로 불리던 울릉도를 정벌하여 신라 국토가 되었습니다. 그때 울릉도 옆에 있는 독도도 신라 국토로 편입했습니다. 독도는 민간인이 거주하기 어려웠기에 나라에서는 별로 중요시하지 않았을 뿐입니다. 우리나라의 국토가 아니라고 내버린 것은 아닙니다. 독도가 우리나라 땅이라는 것은 역사적인 사실로도 증거가 확실합니다. 일본이 1905년 시마네현에 독도를 강제 편입하기 이미 5년 전에 고종황제가 '대한제국 칙령 41조'를 통해 독도가 대한제국 영토임을 전 세계에 선포했다는 것으로도 독도는 대한민국의 땅이라는 것이 증명됩니다.

또한, 대마도는 이씨 조선 시대에 우리나라 국민들이 거주하던 곳이었습니다. 오래전부터 경상도 계림에 소속되어 있었습니다. 고려사에서부터 우리 땅이라 기술돼 있는 것은 역사가 증명하고 있습니다. 실록 기록도 이와 다르지 않습니다. 이씨 조선 건국 초기엔 태조가 우정승 김사형을 시켜 대마도를 정벌한 적도 있습니다. 세종 때 징벌군을 대마도 두지포에 상륙시켜 도주의 항복을 받아내면서 확실히 조선 영토로 귀속된 것을 세상에 천명하기도 했습니다. 더 나아가 대마도 도주 정무 보고를 경상도 관찰사가 받도록 문서로 예시까지 했습니다.

도주에게 종일품 판중추부사 겸 주도절제사라는 벼슬을 내리고 이에 합당한 녹을 책정해 신하의 도리를 다하도록 한 것은 세조 때 일입니다. (이씨 조선이라는 말을 쓰는 것에 대해 어떤 이는 일본이 우리나라를 폄하하기 위해 만든 말이라 조선국이라 써야 한다고 주장한다. 다른 한편에서는 고조선, 기자조선, 위만조선 등 조선이라는 말을 써야 할 곳이 여러 군데 있어 이를 구별하기 위해 이씨 조선이라 쓰는 것은 전혀 이상하지 않다고 말하기도 한다. 그는 후자를 택했다.)

　역사적 근거가 이처럼 확실한데 일본은 대마도를 자국 영토인 양 자국민들을 상주시키고 있습니다. 그때 대마도는 어떠한 곳이었습니까? 일본 내에서는 수많은 토호들이 세력싸움으로 피비린내가 진동하던 시절이었습니다. 그때 세력싸움에 밀린 자들이 몸을 피할 곳이 없어지니 이곳으로 피신해 생활해 왔던 곳이었습니다. 그 당시 일본인들의 모습이 어땠는지 알고 있습니까? 남자들은 성기 부분만 살짝 가린 훈도시란 걸 걸치고 야만인들의 모습으로 우리 국민들 앞에 나타나 거리를 활개치며 다니곤 했습니다. 중앙의 행정력과 통치력이 제대로 미치지 못한다는 것을 알고 일본인들은 부녀자들을 겁탈하고 서민들의 재산을 빼앗아 갔습니다. 포악한 행동을 서슴지 않아서 그곳에 거주하던 우리 국민들이 견뎌내기 어려웠던 겁니다. 점차 대마도를 떠나 본토로 돌아와 살기 시작하니 결국 당신들 선조인 야만인들 세상이 되었던 것이지요. 그리고 지금까지 당신들 나라 땅 인양 알고 있습니다. 19세기에 작성된 우리나라 경상도 지도에 대마도가 조선 땅으로 표시된 것만 보아도 확실한 우리나라 땅이라는 것이 증명되고 있습니다. 그런데도 일본의 위정자들은 독도와 대마도를 일본 땅이라 주장하며 국민감정을 나쁘게 유도하고 있습니다.

또한 우리나라 애국가 가사는 동해물과 백두산으로 시작됩니다. 이것만 보더라도 동해라는 것은 오래전부터 우리나라에서 불러왔던 고유한 명칭입니다. 이런 동해를 당신들은 일본해라 칭하며 우리나라 국민들의 마음을 농락하고 있습니다. 마치 남의 집 마당을 자신의 이름으로 호칭하려는 것과 무엇이 다릅니까?

우리나라가 이씨 조선 시대에 외국에 대해 문을 닫아 버렸을 때 일본은 개방정책으로 새로운 문화를 일찍 받아들였습니다. 그 여파는 크게 작용했습니다. 뒤늦게 우리나라의 고종황제는 전통문화를 지키면서 동시에 앞선 서양 과학기술을 받아들여 자주적 근대문화를 추구했습니다. 그러나 일본은 조선의 자주적 발전을 방해하면서 마침내 조선을 식민지로 강점하는 만행을 저지르게 됩니다. 우리나라는 일시적으로 일본에게 나라를 점령당하고 36년이라는 긴 세월 동안 주권을 빼앗긴 상태로 수모를 당했습니다. 그때 우리나라 사람들은 인권유린이라는 말 자체가 무색할 정도의 탄압을 받았습니다. 일일이 다 열거하기가 어렵습니다. 일본은 경제와 군사 면에서는 조선을 앞질렀습니다만 정치적으로는 한국보다 한층 뒤진 후진국을 벗어나지 못한 상태였습니다.

일본은 조선처럼 세련된 문민정치를 해본 일이 없습니다. 일부 무사 가문이 세습적으로 권력을 쥐고 위협적으로 평민을 지배하며 근대화를 이루어 왔습니다. 평민들은 자신의 꿈을 정치적 출세보다는 자기 직업적 성공에 쏟을 수밖에 없었습니다. 살기 위해 무사들에게 고분고분한 복종 태도가 몸에 배 친절하고 예의 바르다는 인상을 주게 된 것입니다. 일본은 조선처럼 시험으로 벼슬아치를 선발하는 과거제도 자체가 없었던 것이 원인입니다. 칼을 잘 휘두르는 자만이 통치자 자리에 설 수 있게 되는 구조를 갖추게 되면서 일반인들은 고개를 숙이고 굽실거리지 않으면 죽음을 면하기 어려웠습니다. 굽실거려야 생명을 부지할 수 있었습니다. 그러한 습관이 다른 나라 사람들에게는 예의가 바른 것으로 보이게 되었을 뿐입니다. 강자에게는 간을 빼 줄 듯 아부와 아첨을 합니다. 약자에게는 무자비하고 가혹하게 행동하는 가장 교활하고 비겁하며 야비한 근성의 국민성으로 탈바꿈하고 있는 겁니다. 일본 지도자들이 다른 나라를 침략하여 많은 나라 국민들에게 고통을 안겨준 A급 전쟁범죄자들 유해를 안치하고 있는 야스쿠니 신사를 참배하는 것만 보아도 알 수 있습니다. 이런 행태는 아직 일본이 침략근성을 그대로 간직하고 있다는 것을 전 세계 모든 국가에게 보여주는 것입니다. 이제 어느 정도 경제적으로 잘 살 수 있는 기틀이 이루어지니 다시 침략근성을 서서히 나타내는 증거이기도 합니다. 이런 근성이 완전히 근절되지 않으면 일본의 장래가 절대 밝지 않다고 생각합니다.

우리나라가 일본으로 인해 암울한 세월을 보내는 동안 1904년 한반도와 만주에 대한 지배권을 둘러싸고 당신들은 러시아와 전쟁을 일으키게 됩니다. 1905년에 미국 루스벨트 대통령 중재로 포츠머스에서 강화조약을 체결했는데, 그때 일본은 우리나라에 대한 지배권을 묵인받고 요동반도를 차지하여 대륙침략 발판을 마련하게 되었습니다. 그러나 그 후 제2차 세계대전 중 연합국은 전후 처리에 대한 구체적인 수뇌회담을 열게 되었는데 그것이 바로 이집트 카이로에서 열린 회담이었습니다. 1943년 11월 22 ~ 26일 열린 이 회담은 미국 대통령 F.D 루스벨트, 영국 총리 W.L.S 처칠, 중국 총통 장개석이 참석하여 대 일본전쟁 수행 협력과 전후 영토에 대해 의논하여 1943년 11월 27일 '카이로 선언'을 발표하게 됩니다. 카이로 선언은 일본에게 반환받고 일본을 축출해야 하는 지역으로 1914년 제1차 세계대전 발발 이후 일본이 장악 또는 점령한 태평양 안에 있는 모든 섬, 1894 ~ 1895년 년 청·일 전쟁 이후 중국에게 절취한 만주, 대만 팽호도 등 일본이 폭력과 탐욕에 의하여 약취한 모든 다른 지역 등이었습니다.

더욱이 36년간 본의 아니게 당신들 통치를 받게 된 우리나라에서 정신대라는 이름으로 젊은 처녀와 아녀자들을 강제로 붙잡아 노역을 시켰고, 심지어는 몸까지 빼앗은 후 위안부로 만들어 놓고 자진해서 지원했다는 식으로 얘기합니다. 이러한 것을 정당화시키려 하므로 더욱더 당신들에 대한 국민감정을 악화시켜가고 있습니다. 그것이 본의든 아니든 간에 당신들의 기본 잣대가 결코 올바르지 못하다는 걸 전혀 인정하려 들지 않습니다.

최근 우리나라에서 위안부 소녀상을 철거하라며 압력을 가하고 있는 당신들 행동은 자신들 잘못을 정치적으로 덮어버리려는 비겁한 행동일 뿐입니다. 이해하기 어렵습니다. 절대 잘하는 짓이 아닙니다. 사람의 아픈 마음을 돈 몇 푼으로 풀겠다는 자체가 잘못된 것입니다. 마음에 새겨진 상처를 돈으로 풀겠다고 생각하는 기본자세가 문제입니다. 마음에 생긴 아픈 상처는 오직 마음으로만 풀 수 있다는 것을 당신들은 모르고 있습니다. 쉽게 말해 때린 사람과 맞은 사람을 비교하면 곧 알 수 있습니다. 때린 사람은 아픔을 느끼지 못하지만 맞은 사람은 그 아픔이 오랫동안 남아 있을 겁니다. 돈 몇 푼 집어주고 강제로 아픔을 잊으라고 하는 자체가 잘못된 선택입니다. 일본의 지도자들과 국민들은 무엇이 올바른 길인가를 잊고 있습니다.

당신들이 벌였던 나쁜 짓들을 회개하고 계속 용서를 빌어도 우리 국민들 마음속에 쌓인 감정을 쉽게 없애기 어렵다는 것도 알아야 합니다. 수치스러워 신고하지 않고 살았던 많은 할머니들이 한두 명이 아니라는 것을 알아야 합니다. 그나마 현재 부끄러움 무릅쓰고 위안부였다는 것을 고백한 할머니들도 이제 몇 명 살아있지 않습니다. 양심이 조금이라도 있다면 그 할머니들이 살아있을 동안에 진심 어린 사과를 하는 것이 올바른 길입니다. 돈 몇 푼으로 모든 것이 씻겨질 것으로 생각하는 당신들의 기본 인식은 아무리 생각해도 좋게 봐주기 어렵습니다. 살아있는 할머니들이 이 세상을 다 떠난다 해도 우리 국민들의 마음속에 새겨진 아픔은 쉽게 씻겨지지 않을 겁니다. 그나마 살아 계신 할머니들이 몇 분이라도 남아 있을 때 진심으로 사죄하는 모습을 보여준다면 그래도 어느 정도 국민들의 울분을 닦아줄 수는 있을 겁니다.

더욱이 최근에 독도가 일본 땅이라고 초·중등학교 교과서에 실어가며 잘못된 인식을 아이들에게 가르치고 있는 건 또 무슨 짓입니까? 무엇이 모자라서 이렇게 행동하고 있는 건지 이해하기 어렵습니다.

지난 일을 되돌려 봐도 일본이 잘한 건 별로 없다는 생각입니다. 36년 동안 생각조차 하기 싫은 암울한 시기에 우리나라 젊은이들을 강제동원하여 당신들의 총알받이로 쓰지 않았습니까? 당신들은 선민정책이라는 허울 좋은 정책으로 우리나라 사람들을 당신들 심부름꾼으로 부려먹지 않았습니까? 그동안 우리 국민들이 당신들 나라에 당한 고통과 서러움을 일백 분의 일이라도 알고 있는 겁니까?

최근에 와서는 더욱 당신들이 우리나라에 공을 세웠다는 식으로 얘기들을 하고 있으니 당신들로 인해 너무 많은 고통을 당한 우리나라 사람들의 심정을 알고 있는지 궁금합니다. 언제쯤 당신 나라 사람들은 제대로 된 사고를 갖게 될지 가슴이 답답할 뿐입니다.

진주만 사건만 해도 전 세계인들이 다 알고 있는 사실대로 일본이 먼저 침략해서 일어난 전쟁입니다. 그런데 이 나라에서는 오히려 자신들이 피해국인 양 몰상식한 행동을 서슴지 않고 있습니다. 침략과 지배 역사를 정당화하고 또다시 패권주의를 관철시키려는 의도를 노골적으로 나타내고 있습니다. 그동안 일본이 행한 모든 건 우리 후손들에게는 치욕적인 일입니다. 우리가 보았을 때 왜구였던 당신 나라 선조들은 다만 하나의 야만인이었을 뿐입니다.

왜, 우리가 일본 말을 해야 합니까? 우리나라 글은 세계 제일의 글자임이 과학적으로 증명되고 있습니다. 지금 유네스코 세계기록문화유산으로 등록된 것 중 글자를 만들고 그것을 해석한 내용을 기록하여 등록된 건, 전 세계에서 우리나라 '훈민정음해례' 밖에 없습니다. 점령당했던 나라이기 때문에 당연히 당신네들 말을 해야 한다는 건 내 개인적으로나 국가적으로도 참지 못할 일이었습니다.

나 개인적으로는 아소 다로 씨에게 전혀 나쁜 감정이 없습니다. 그렇지만 한국사람 전체를 모독했던 그 말은 절대 참을 수 없었습니다. 독도를 계속 당신들 땅이라 우기는 것은 우리에게는 제2의 침략으로 간주 됩니다. 두 번 다시 당신들 침략에 희생되지 않겠다는 우리 국민들의 각오를 알아야 합니다.

1919년 3월 1일 우리나라가 일본의 속국이 아니라 독립국이며 자주민족임을 전 세계에 선언한 3·1 운동을 알고 있을 줄 압니다. 우리는

독도는 우리 땅

생명을 걸고 당신들과 싸울 마음의 준비가 항상 되어있다는 것을 잊지 말기 바랍니다. 당신들의 주장은 우리나라를 다시 빼앗겠다는 말로 들린다는 것도 알아야 할 겁니다. 두 번 다시 그런 일은 일어날 수 없으며 그런 생각조차 하지 말아야 합니다. 계속 침략성을 버리지 않는다면 두 나라 관계는 절대 좋아질 수 없다는 것도 꼭 알아야 합니다. 일본이 한국을 힘으로 강점하는 데는 성공했지만, 문화가 앞선 한국인 자존심을 꺾지는 못했다는 것을 기억해 주시기 바랍니다.

끝으로 말씀드리고 싶은 것은 일본과 한국은 가장 가깝게 위치한 이웃 나라로서 제일 친하게 지내야 할 관계입니다. 지난 어두운 과거 때문에 반목의 시간을 보내야 한다는 것은 서로에게 정말 좋지 않은 일입니다. 우리 세대에서는 두 번 다시 이러한 어둠의 시간이 만들어져서는 안 될 겁니다. 지난 잘못은 과감히 인정하고 용서를 구하는 것이 온전한 관계를 이루는데 가장 필요한 일입니다. 그것을 정당화하려는 것은 다시 과거의 시간으로 되돌아가려는 것과 같습니다. 모든 것을 더 어렵게 만드는 일입니다. 또다시 이러한 일이 생기지 않도록 위정자들의 올바른 인식이 필요합니다."

가까운 이웃이면서 계속 반목하고 있는 것은 바람직하지 않다는 생각이 그를 이끌었다. 덩두렷한 기나긴 설명에 잠시 침묵이 흘렀다. 불리함을 느꼈는지 질문을 했던 일본인 아베 기자가 다시 아소 다로에게 물었다.

"아소 다로 씨, 몽골에서 윤 화백에게 무자비하게 구타를 당한 그 당시 상황에 대해 어떻게 생각하십니까?"

"그 당시는 정말 몰랐습니다. 팔이 부러지고, 이마가 깨졌고, 정신을 잃은 상태로 안내인에 의해 병원에 실려 왔습니다. 본국으로 후송된 후 왜 이런 일이 일어났을까 곰곰이 생각해 보았습니다. 처음에는 내가 왜 이런 일을 당해야 하는지 몰랐습니다. 반대로 한 번 생각해 보았습니다. 입장을 바꿔 놓고 생각해보니 우리나라에선 무언가 잘못하고 있다는 걸 깨닫게 되었습니다. 우선 교육제도 자체가 솔직하지 못하다는 것을 알았습니다. 우리나라 선배들은 너무나 많은 나라에 죄를 지었습니다. 그 많은 죄를 용서받지 않고는 절대 떳떳할 수 없다는 것도 알았습니다. 그런데도 과거 모든 잘못을 정당화하려는 위정자들의 행동은 계속 국가의 미래를 어둡게 하고 있습니다. 패권주의를 지향하는 국민들의 지지 성향도 반드시 고쳐져야 할 사항이라는 걸 깊이 느끼게 되었습니다.

나는 윤 화백님을 다시 만나게 된다면 진심으로 사죄하려고 생각하고 있었습니다. 그러던 차에 세계 최고 미술대회에서 함께 대상을 받게 될 줄은 몰랐습니다. 윤 화백님을 다시 만난 건 너무나도 크나큰 행운이었습니다. 나는 내가 할 수 있는 모든 힘을 쏟아 윤 화백님을 도울 생각입니다. 그 길이 예술인의 양심으로, 또 나 자신을 위해서도 올바른 길을 가는 거라 믿습니다. 더 크게는 국가가 나아갈 방향이라고 생각합니다."

프랑스 파리 신문 기자,

"윤 화백님, 환경운동을 한다고 들었습니다. 환경운동 하는 이유를 묻고 싶습니다."

"이 시대를 살고 있는 사람이라면 당연히 환경에 관심을 가져야 될 것으로 알고 있습니다. 자연환경이 파괴되는 것은 바로 우리 인류의 미래가 불안전하게 진행된다는 걸 말하는 겁니다. 올바른 문화인이자 양식을 가진 사람이라면 당연히 환경운동을 해야 한다고 생각합니다. 지구는 온난화로 인해 몸살을 앓고 있습니다. 많은 기상이변이 속출하고 있는 이때 우리는 힘을 모아 지구환경변화에 대처해야 한다고 봅니다. 이러한 상태를 계속 방치하게 되면 끝내는 지구의 멸망을 가져오게 된다는 것을 모든 지구인들에게 알려야 합니다."

미국의 WS TV기자,

"윤 화백님, 당신 작품을 보면 마치 자연과 함께 하고 있다는 기분을 느끼게 됩니다. 특별한 이유라도 있는 겁니까?"

"그것은 언제나 제가 자연과 함께 하고 싶기 때문일 겁니다. 자연은 우리 친구입니다. 자연이 바로 있을 때 우리도 바로 설 수 있기 때문입니다. 이런 마음이 있으므로 작품 속에 저절로 나타나게 되는 것이라 생각합니다. 또한 제가 운영하는 환경단체 이름이 '자연과함께'가 된 이유이기도 합니다."

한국의 ㅇㅇ신문기자,

"윤 화백님과 같은 한국인으로 감사의 말씀을 드립니다. 여러모로 건투하시기 바랍니다. 다음 작품전 계획에 대해 듣고 싶습니다."

"나의 마지막 작품은 사람의 마음속에 그리게 될 겁니다. 이 세상에서 가장 중요한 것은 사람입니다. 우리의 마음 여하에 따라 희로애락이 생길 수 있고, 생기지 않을 수도 있다고 봅니다. 사람이 사람을 생각하고 사랑할 수 있는 동기를 만드는 작업이야말로 가장 중요하고 소중한 작품일 거라 봅니다. 이해하기 어렵겠지만 서로 사랑하게 만드는 작업이야말로 최고의 작품이라 생각하기에 지금부터 그 일에 매진할 생각입니다. 그 일 하는 틈틈이 화판에 그림을 그릴 겁니다. 그림이 쌓이는 대로 다시 작은 전시회를 갖게 되겠지요."

전 세계인의 시선이 집중된 가운데 다음 작품전에 대한 기대를 갖게 하며 도쿄 2인전은 성황리에 끝났다. 그 내용은 매스컴을 통해 대한민국 구석구석까지 뜨르르하게 퍼져 나갔다. 더구나 일본인 기자의 질문에 정확한 근거를 제시하며 답변했던 내용은 전 국민에게 깊은 감동을 주었다. 그에 대한 국민의 신뢰가 높아지는 계기가 되었다.

2인전으로 아소 다로와의 우정은 더욱더 찐덥게 되었다. 비 온 뒤 땅이 더 굳어진다는 말이 있듯 서로는 동료애 같은 친밀한 감정이 생겼다.

'한생명운동연대'의 기본 틀과 인원 구성, 자금이 어느 정도 갖추어지면서 발족기념 사업으로 백혈병 어린이 돕기 운동을 벌였다. 어릴 때부터 고생하고 있는 이희성 어린이 돕는 행사를 주관했다. 이희성 어린이에게 치료비, 학비 및 독립하기까지 일체의 생활경비를 지원해 주기로 했다. 치료를 위한 첫 번째 행동으로 골수이식 제공자 찾는 일에 나섰다.

그가 먼저 시작하여 그녀, 산 할아버지, 정 박사, 이 교수, 그 외 회원들이 검사를 시작했다. 여러 TV 방송사에 연락하여 뉴스 시간에 집중보도 하도록 부탁했다. 어떤 TV 방송사에서는 지속적으로 골수 검사 과정을 방영해 주었다. 전 국민이 관심을 갖고 호응할 수 있도록 분위기가 조성되었다. 각 신문사에서도 '한생명운동연대'의 기본 정신과 방향에 대해 집중보도 해주었다. 많은 국민들이 적극 호응해 주므로 이희성 어린이와 골수가 맞는 사람을 일찍 찾았다. '한생명운동연대' 1차 기념사업은 깔끔하게 마무리되었다.

누드모델

인사동으로 사무실을 옮겼더니 해야 할 일들이 많았다. 그녀는 업무에 집중하기 위해 따로 방을 얻었다. 둘만의 오붓한 시간을 즐기려면 새로운 일을 만들어야 했다. 누드화를 그리기로 했다.

산이나 자연에 대한 소재가 많고 탄생에 대한 작품이 있었지만 좀 더 다양하게 제작해보고 싶은 마음이 있던 참이다. 비구상으로 작품구성을 하기로 했다. 모델을 쓰면 작업하기가 훨씬 수월하다. 그녀가 모델을 해도 반대하지 않을 거로 생각했다. 모델 얘기를 꺼내자 펄쩍 뛰었다. 강하게 거절해서 당황스러웠다. 알몸을 사람들에게 보여주는 거 같아 싫다고 했다.

"작업할 때 모델이 필요한데 다른 사람을 찾아봐야겠네."

중얼거리는 소리를 듣고 조건을 붙였다. 얼굴이 정확히 표현되지 않으면 할 수 있다고 했다. 비구상으로 작품을 할 거라고 설명하자 살짝 미소 지으며 손가락으로 동그라미를 만들었다.

매주 한 번 금요일 저녁 시간을 이용하기로 했다. 사랑하는 여인의 누드를 그리는 건 새로운 기쁨이다. 감미로운 시간을 오붓하게 보낼 수 있다. 그녀는 다른 사람이 부탁했다면 절대 허락하지 않았을 거라며 속삭였다.

어렸을 때 겪었던 트라우마로 인해 그녀는 남자에 대한 강한 거부반응이 있었지만 지금은 완전히 달라졌다. 우연히 발굴하게 된 아름답고 귀한 소리 나는 악기처럼 변했다. 관계할 때마다 언제나 놀란다. 살아 있는 명품악기가 따로 없다. 숨이 넘어갈 듯 신음 소리를 내는가 하면 온몸을 파르르 떨기도 한다. 입에서는 쉬지 않고 숨넘어가는 소리가 터져 나오고 자신이 몸을 떠는 것과 소리 내는 걸 모른다.

화실은 조용했다. 문은 이중으로 되어 있어 안에서 무슨 일이 일어나는지 밖에선 모른다. 조명을 맞추고 자리를 지정했다. 옷을 벗은 후 그가 원하는 대로 자세를 잡았다.

"나, 어색해요."

"괜찮아. 그렇게 자연스러운 게 더 좋아. 응, 그렇게 하면 돼, OK."

그가 가르쳐주는 대로 자세를 잡았다. 침묵 속에 열심히 붓 놀리는 그의 모습만 보인다. 다정다감하고 활동적이던 모습과는 아주 다른 분위기다. 화판 위로 무언가 집중적으로 쏟아붓고 있다. 평소와는 전혀 다른 사람같이 보이는 그가 자신의 벗은 몸을 열심히 바라보며 손을 놀린다. 간혹 붓을 들어 거리와 선을 맞추며 정신없이 작업에 몰두하고 있다.

기침만 해도 메아리칠 것 같은 정적이 공간을 가득 채웠다. 시계 초침 소리와 붓 놀리는 소리만 들렸다. 같은 자세로 오래 있으니 힘이 들었다. 아무것도 걸치지 않은 자신의 몸 구석구석을 바라보고 있는 눈길이 뜨겁게 느껴졌다. 순간 심장에 불이 붙은 듯 온몸이 홧홧해졌다. 뜨거운 불꽃의 씨앗이 화르륵 불을 댕겼다. 몸 안 어디에선지 타오르던 불꽃이 점점 커지더니 주체하기가 어려웠다. 뜨거운 열기가 온몸을 휘감았다. 눈을 꼭 감고 그 자리에 누웠다. 시계 초침이 대여섯 번 원을 그렸을 즈음, 살짝 눈을 떴을 때 바로 위에서 내려다보며 조용히 입술을 포개 오는 그의 모습이 보였다.

"사랑해."

"사랑해요."

그녀의 누드를 그리는 건 어느새 습관이 되었다. 생활이 되었다.

그녀를 모델로 그리는 누드 그림과 언제나 포함된 자연과 탄생 소재는 작품 중 중요한 포인트였다. 탄생에 대한 소재로 그리다 보면 모든 것은 탄생으로 인해 새로움이 시작된다는 느낌이 들었다. 탄생은 새로운 세계의 등장을 의미했다. 탄생은 고통을 수반했다. 탄생은 대가를 요구했다. 탄생은 신비로움을 지녔다. 모든 새로움은 바로 탄생과 연결된다. 작업하다 보면 줄지어 기다리고 있는 형체들이 줄을 잇는다. 기다림은 또 하나의 고통이었다. 기다림은 마치 봄을 갈구하는 새싹의 바람(desire)과도 같은 아픔이었다.

한겨울 추위로 꽉 막힌 공간, 딱딱한 벽 같은 껍질의 우듬지와 졸가리. 꽁꽁 얼어붙은 땅, 틈도 보이지 않던 환경이 해토머리를 맞으며 움츠렸던 몸 움직이고 시나브로 새로운 호흡을 시작한다. 소소리 바람에 몸서리치면서도 나뭇가지에는 열푸른 새잎들이 나풋나풋 솟아난다. 파릇한 생명이 여기저기 움터 나오는 건 바로 위대한 탄생이다. 생명의 신비였다.

봄을 기다리는 마음과 하나씩 작품을 완성하면서 느꼈던 감정은 비슷했다. 글로 적어본다.

봄을 기다린다

한겨울
꽁꽁 얼어붙었던 땅, 하늘, 마음

기다림의 시간 가슴 저리며
숨 쉬는 것도 힘겨운 듯
순간순간이 흘러가길
몸부림치며
아픔을 삭여 간다

창밖에 흐르는
맑은 공기의 흐름 찾아 눈길을 향하는 순간

터지지 않을 것 같던 딱딱한 껍질을 뚫고
연약한 새 살이 공간을 향해 고개 내어밀 때

탄생 소리가 허공 속에 메아리쳐 온다

포기하면 안 돼
그만두면 안 돼

나뭇가지 속으로 들려오는 외침은

누드모델

허공에 흐르는 봄의 소리 전하며
깊은숨 몰아쉬고
겨우내 쌓여 있던 아픔을 토해 낸다

붓을 빠르게 움직여 가며 작업에 몰두했다. 언제나 그렇지만 집중해
서 작업하다 보면 어느 순간 졸음이 밀려올 때가 있다. 밀려오는 잠을
참다가 그리던 그림 속으로 빠져들었다. 그림은 또 하나의 세계다. 꿈
속을 헤맨다.

그녀는 금요일만 되면 몸 안 어디에서 스르르 피어나는 불꽃이 온몸
을 감싸오는 걸 느꼈다. 그의 앞에서 자신의 알몸을 숨김없이 드러내다
보면 어느 순간 몸 안 깊은 곳에서 뜨거운 불길이 타올랐다. 온몸을 휘
덮어 왔다. 어디에서 시작한 건지 모르는 열기를 스스로 다스리기 어려
워졌을 때 불길 다스려 주는 따뜻한 손길이 있다. 금요일이면 그 시간
이 기다려졌다.

이제 생활의 일부가 되었다. '찰칵' 문을 열고 화실로 들어섰다. 조용
했다. 작업실을 살펴보니 그는 모델 포즈를 취하는 자리에 누워 단잠
에 빠져 있다. 화판 위에는 자신에게 들려주던 소재, 새로운 세계를 향
해 경쟁하듯 날아가고 있는 군상들로 가득 채워져 있다. 그는 작업에
몰두하다 보면 어느새 자신이 작품 속에 들어가 있다고 했다. 한동안
작품 속에서 헤매다 어느 순간 현실로 돌아와 있다는 얘기를 종종 해
주었다. 그는 지금도 작품 속에서 헤매고 있는 것 같다. 평화로운 모습
이다. 달콤한 잠을 훼방하고 싶지 않다. 잠에서 깨어나면 그가 쉽게 작

업할 수 있도록 속옷만 걸치고 옆에 누웠다.

얼마의 시간이 흘렀을까! 많은 군상들과 함께 새로운 세계를 향해 날아갔다. 날개가 없는데도 몸은 자유로이 공간을 비행했다. 새 세계가 나타났다. 꿈꾸어 왔던 아름다운 마을이다. 약육강식의 세계가 아닌 그곳은 짐승들이 서로 어우러져 평화로운 생활을 하고 있다. 호랑이도 있고, 코끼리도 있고, 사슴도 있고, 기린도 있고, 코뿔소도 있고, 예쁜 토끼도 있고, 어린이도 있고, 노인도 있고, 원숭이도 있고, 두루미도 있고, 독수리도 있고, 참새도 있고, 앵무새도 있고, 아름다운 야자나무도 있다. 모든 동식물들이 함께 즐거운 시간을 보내고 있다. 이리가 어린 양과 살며 표범이 어린 염소와 놀고 있다. 사자와 살찐 짐승이 있는데 어린아이가 그들을 이끌고 있다. 암소와 곰이 풀을 뜯고 그 새끼들이 같이 뒹굴며 소처럼 짚을 먹고 있다. 젖먹이가 독사의 구멍 곁에서 장난하고 어린아이가 뱀의 굴에 손을 집어넣고 장난치고 있다.

아, 이곳이 내가 그렇게 만들고 싶어 하던 꿈의 마을이구나.

모두 하나가 된 곳, 꿈의 마을이 바로 여기구나.

평소 꿈꾸던 세계가 바로 눈앞에 전개되고 있다.

별안간 발이 떨어지지 않는다. 움직일 수 없다.

가까운 곳에서 숨소리가 들려왔다. 누군가 잠을 자고 있나 보다.

몸을 일으켜 옆을 내려다보았다. 그녀였다. 언제 이곳에 왔지?

아차, 여긴 화실이었지. 비로소 꿈속을 헤매고 있었다는 걸 알았다.

평화로운 모습이다. 살며시 입술을 포갠다.

아, 달콤하다. 아이스크림처럼.

입맞춤에 눈이 떠진 그녀는 그의 목을 끌어안았다.

몸속으로 파고 드는 그를 위해 온몸의 세포를 연다

얼마 전 지금은 고인이 된 최인호 선생의 『길』이라는 책을 읽고 죽음과 연관된 좋은 말들이 있어 따로 메모했는데 여기에 적어본다.

우리의 생은 죽음과 맞닿아 있다. - p312

죽음은 공포와 허무와 불안과 논리와 과학으로도 설명할 수 없는 신비한 세계 속으로 뻗어 나아가 있다. - p313

죽음이란 살아있는 동안 간직하였던 문의 열쇠를 돌려주는 일 일지도 모른다. - p314

우리의 육신은 흙에서 왔으므로 흙으로 돌아가야 마땅하지만 우리의 영혼은 어디서 와서 어디로 가는 것일까 - p323

우리는 끊임없이 생과 사의 문턱을 넘나들면서 호흡하고 있는 것이다. - p325

붓다의 경전에서 "사람의 목숨은 정해져 있지 않아 얼마를 사는지 알 수가 없다. 사람의 목숨이란 비참하게 짧으며 고뇌로 엉켜 있다. 태어나면 죽음을 피할 길 없으며 늙으면 죽음이 온다." - p374

죽음을 앞둔 사람에게 죽음에 대한 정의를 내리라면 무어라 말을 할까?
정말 죽어보지 않고는 모르겠지!

죽음 앞두고 이렇게 죽음에 대해 탐구(?)하고 있다 보니 지금 내 기분을
정말 글로 쓰기 어렵다. 죽음과 탄생. 완전 대비되는 말이다.

미국의 대통령이었던 존·F·케네디는 아이들에게 될 수 있는 대로 일찍 죽
음을 보여주라고 했던 것이 기억난다. 삶과 죽음을 일찍 느끼고 생각해 보
라는 거다. 탄생 자체가 고통을 이겨내고 새로움 향해 태어난 거라면 그리
고 그것이 희망이고 시작이라면, 죽음은 그것과 반대되는 어둠이고 끝을
보여주는 거라고….

삶과 죽음은 별개의 것이 아니다. 언제나 하나로 붙어 다니는 동전의 양
면처럼 삶을 이야기하려면 죽음을 얘기하지 않을 수 없다. 새로운 희망으
로 부푼 사람을 죽음이라는 어둠으로 기 꺾는다고 나무라는 사람도 있었
다. 모든 생명은 끝이 있다는 것을 일찍 알게 하는 것이 좋은 건지 나쁜 건
지 나는 모른다. 자라면서 각자 나름대로 받아들이는 방법에 따라 많은 차
이는 있겠지!

아! 간호사가 들어온다. 영양제와 진통제를 넣어줄 모양이다.

누드모델

서울에서 만난 장성택

"네, 화실입니다."

"윤효근 화백입니까?"

"네, 그렇습니다."

"반갑습니다."

"?"

언뜻 듣기에 북한 사람이 표준말을 한다는 느낌이 강했다. 말은 표준말이지만 억양은 완전히 평양 악센트였다. 발음을 조심한다는 느낌이었다.

"이번에 북한경제사절단으로 서울에 온 사람입니다."

"아! 네, 그런데요?"

"한 번 만날 수 있을까 해서 전화했습니다."

"네, 그런데 누구신지요? 무슨 일로?"

"자세한 건 만나서 얘기하기로 하고 잠깐 시간 좀 내주시면 고맙겠습니다. 누구에게 절대 말하면 안 됩니다. 비밀로 해 주셔야 합니다. 아무도 모르게 나갈 테니 윤 화백께서도 비밀로 해 주셔야 합니다."

몇 번 다짐했다.

강남에 있는 ㅇㅇㅇ호텔 커피샵. 모자를 푹 눌러쓴 두 사람의 사내가 맞은 편으로 와서 앉는다. 모자를 쓰고 마스크까지 끼고 있으니 알아보기가 어렵다. 그중 한 사람이 주머니에서 쪽지를 꺼내더니 김일성 수령의 사위 장성택입니다 라고 쓴 종이를 보여주더니 다시 회수해 갔다. 깜짝 놀랐다. 아니 왜 이런 사람이 나를 만나고 싶어 했을까? 뒤통수를 한 대 얻어맞은 기분이다. 잘 살펴보니 TV 뉴스에서 보았던 모습이 조금 나타났다. 평범한 남한 사람 같이 옷을 입어 처음에는 잘 알아보지 못했다.

- 여러 매체에 장성택에 관한 글들이 실렸는데 김정일 여동생 김경희 남편으로 조선노동당 조직의 실질적인 2인자라고 소개한 글이 주류를 이뤘다. 이러한 흐름을 보아 장성택이 실제 북한에서 얼마만큼의 위치에 있다는 것을 알 수 있었다. 장성택은 강원도 천내군(남한은 함경남도 문천군)에서 태어나 김일성 대학 정치경제학부를 졸업했다. 1969년 모스크바에서 공부했다. 김경희와 대학 동급생으로 만나 사귀었으며 1972년 결혼했다. 놀기 좋아한다는 이유로 김일성에게 미움을 사서 일시적으로 강원도 원산 경제대학에 좌천된 적도 있었다. 김정일 중재로 복귀해 김정일 측근이 됐다. 유학 직후 조선노동당 중앙위원회 조직지도부 지도원을 시작으로 전문 당료 생활을 시작했다.

1973년 12월 국기훈장 1급, 1976년 말 국기훈장 2급을 받았으며, 1965년 7월 노동당 중앙위원회 청년사업부 제1부부장으로 발탁되었다. 1986년 11월 최고인민회의 제8기 대의원에 선출된 이래 9기, 10기 대의원에도 선출되었다. 1989년 4월 노동당 청년 및 3대 혁명소조 부장을 역임했는데 당시 평양 광복거리와 오일경기장을 건설한 공로로 노력영웅 칭호를 받았다. 그해 9월 노동당 중앙위원회 후보위원, 1992년 12월 중앙위원에 선출됨으로 당내 기반을 마련했다. 1992년 4월 북한 최고 훈장인 김일성 훈장을 받았으며 1994년 9월 노동당 조직과 인사를 총괄하는 조직지도부 제1부부장에 임명됨으로써 실질적으로 당을 장악했다. 2000년 6월 남북정상회담 당시 고별 오찬 행사에 참석하는 등 김정일 주요 현지 지도에 빠짐없이 동행했다. 김정일 체제를 구축하고 유지하는 데 중요한 역할을 하는 인물로 평가되었다. 2002년 10월에 북한경제시찰단의 단원으로 서울을 방문했다. 이때 짜인 일정에서 벗어나 자유로이 행동했다. -

장소를 노래방으로 옮기자고 했다. 노래방이 가장 비밀을 지킬 수 있는 곳이라고 생각한 듯했다.

북한에서는 남한의 모든 상황을 거의 실시간 파악하고 있다. 뛰어난 예술 활동을 하고 있으며 순수한 NGO 활동을 하고 있는 그를 은밀히 꼭 한번 만나고 싶었다. 그의 그림을 정말 좋아한다. 프랑스에서 열리는 ㅇㅇㅇ그랑팔레에서 최고 대상 받은 것을 뉴스를 통해 알고 있다. 특히 전 세계인들에게 일본인들의 올바르지 못한 기본 인식을 바르게 설명해준 동경 2인전에 깊은 관심을 갖게 되었다. 그가 설립한 환경단체와 '한생명운동연대'에 대해서 자세히 알고 있다. 전문과 강령에 나오는 내용이 정말 마음에 들었다. 단체의 기본 정신이 온 세계가 나가야 할 방향을 제시하는 듯해서 깊은 감명을 받았다. 특히 한반도의 평화통일을 지지하는 내용이 마음에 들었다. 조용히 대화를 나누고 싶었다. 이 단체를 만든 사람이 윤 화백임을 알고 이번 기회를 놓치지 않으려 했다.

아무도 모르게 전화해서 만나려 했던 이유를 짧게 끊어가며 설명했다. 본인을 별도로 만난 것을 어느 곳에도 알리지 말고 누구에게도 말하지 말기를 바란다는 말을 여러 번 되풀이했다. 그는 혹시 누가 알고서 물어본다 해도 절대 말하면 안될 것 같았다.

"노래방에 왔으니 노래나 하나 부르고 갑시다."

호방했다. 거침이 없었다. 노래도 잘 불렀다. 장현이라는 가수가 부른 〈나는 너를〉이라는 노래를 찾아내더니 일어나 멋지게 불렀다. 이 사람이 북한 사람 진짜 맞는가 싶었다. 몇 곡을 신나게 불렀다. 말의 억양만 다르지 남한 사람이라 해도 잘 구분하기 어려울 정도로 행동이나 태도가 자유로웠다.

람보

장성택을 만나고 나니 모든 게 제대로 정리되지 않았다. 왜 나를 만나려고 했을까? 내 그림을 언제 보았을까? 많이 혼란스러웠다. 만났던 사실을 누구에게도 말하지 말아 달라고 강조하듯 부탁한 것이 마음을 짓눌렀다. 다른 사람에게 말한다 해도 뒷감당하기가 쉽지 않다고 생각했다. 평소 혼자 등산하던 습관대로 마음도 가다듬을 겸 산에 다녀오고 싶었다.

간단한 간식과 음료수를 배낭에 챙겨 넣고 조용히 화실을 나섰다. 구기동 쪽 북한산 보현봉으로 방향을 잡았다. 이쪽 길은 특색이 없다. 사람들이 잘 다니지 않지만 혼자 산 즐기기에는 좋은 곳이다. 마음 가라앉히기에 좋은 길이다. 등산로 옆으로 오래된 소나무들이 폼을 잡고 있다. 나무들이 뿜어내는 송진 냄새와 맑은 공기가 몸과 마음을 깨끗하게 씻어준다. 무념(無念)의 상태로 걸음을 옮겼다. 얼마를 걷다 보니 바위너설과 커다란 바위가 앞길을 우뚝 가로막는다. 옆으로 돌아가는 길이 있지만 바위너설과 커다란 바위 쪽으로 방향을 잡았다. 바위 타기를 어느 정도 즐길 줄 아는 사람만이 다니는 길이다. 우람한 바위를 오르다 보면 아찔한 고도감을 느낀다. 큰 바위라도 자세히 살펴보면 어딘가 붙잡고 오를 수 있는 바위옹두라지 같은 곳이 있다. 잘 확보하면 절대 위험하지 않다. 손가락, 발가락 끝에 힘을 집중해 움직이다 보면 온몸의 근육이 긴장된다.

산 할아버지에게 바위 타는 법을 다양하게 배워서 평소에도 이쪽 길은 가벼이 다녔다. 큰 바위 오를 때는 자일을 이용해 오르지만 작은 바위는 맨손으로 오르내린다. 커다란 바위는 몇 사람이 한 팀이 되어 선두와 후미를 능력에 따라 정한 후 자일을 확보해 가며 올라간다. 그러나 릿지 산행을 즐기는 산 꾼들은 작은 바위는 맨손으로 오르내린다. 맨손으로 오르내릴 때는 몸을 확보해 주는 줄이 없어서 한번 실수하면 그대로 위험한 일이 생길 수 있다. 바위 꼭대기에 올랐을 때 느끼는 기분은 해냈다는 만족감과 함께 무엇이든 할 수 있다는 자신감도 생긴다. 이러한 성취감은 일상생활에 그대로 적용된다. 얼마 동안은 자신감을 가지고 활기차게 생활할 수 있다. 이렇게 하는 산행은 체력을 강하게 만드는 효과도 있다. 그걸 느껴본 사람은 위험하긴 해도 이런 스릴을 즐긴다. (최근에는 장비 없이 릿지 등반하는 사람들을 단속하고 있다. 낙상사고가 자주 발생하기 때문에 이를 방지하기 위함이다.)

구기동에서 보현봉으로 가는 바위길 중간에는 아무도 도와주지 못하는 곳이 한군데 있다. 여럿이 함께 등반할 때는 앞에서 잡아주고 뒤에서 밀어주며 웬만한 초보자라도 같이 다닐 수 있지만 간혹 아무도 도와줄 수 없는 곳이 나타나기도 한다. 그럴 때는 다른 사람이 자일을 내려 주든지 혼자 힘으로 위기를 벗어나야 한다. 그런 곳은 되돌아 내려오기가 더 어렵다. 보현봉 바위길 중간 위험한 곳에 지금 두 사람이 매달려 있는 게 보였다. 누군가 매달려 있는 사람들에게 자일을 내려 주고 있다. 가까이 가서 보니 두 사람은 오르지도, 내려가지도 못하고 쩔쩔매고 있다.

"자일 잡고 무서우면 허리에 자일을 꼭 묶으세요."

위에 있는 사람의 말소리가 들리는 거리까지 다가갔다. 어디서 본 듯했다. 모자를 푹 눌러썼지만 아주 낯이 익다. 자세히 보니 도봉산에서 람보라는 별명으로 알려진 청년이었다. 람보는 산 할아버지로 인해 이미 안면이 익숙한 터였다. 람보가 그를 보았다.

"아, 윤 화백님. 그 사람들 좀 도와주세요."

"람보. 어떻게 여기를 다 왔네."

"혼자 저쪽으로 지나가고 있는데 사람들이 매달려 있다고 해서 달려왔습니다."

람보와 함께 매달려 있는 사람들이 위험에서 벗어나도록 도와주었다. 두 사람을 보낸 후 둘만 남았다.

"도봉산 람보가 이곳까지 오셨네."

"윤 화백님을 이곳에서 뵙게 되는군요. 그러지 않아도 윤 화백님을 따로 한번 뵙고 싶었습니다."

"어! 무슨 일로?"

"실은 윤 화백님 하시는 일을 저도 같이하고 싶습니다."

뜻밖의 소리였다.

"그래요? 반가운 말이네. 일을 만들어 봅시다. 장소가 이러니 나중에 산 할아버지를 통해 연락하면 되겠군."

"지금 도봉산에서는 윤 화백님 얘기를 많이 합니다. 산꾼 중에 윤 화백님 모르면 간첩이라는 말까지 나오고 있습니다."

"내가 어떤 식으로 알려져 있을까?"

"바위를 잘 타시고, 그림도 잘 그리시고, 좋은 일 많이 하시고, 특히 윤 화백님 하시는 NGO 운동에 동참하고 싶어 하는 사람들이 많이 있습니다."

"와! 정말? 감사한 일이네."

그는 바위를 타러 갈 때 산 할아버지, 정 박사, 이 교수와 함께 한 팀이 되어 행동해 왔다. 산 할아버지와 정 박사가 교대로 선두와 후미를 맡고 이 교수와 그가 중간에 따라가곤 했다. 산 할아버지가 워낙 도봉산에서 유명했기 때문에 산을 즐기는 산 꾼들은 산 할아버지를 통해 그에 대해 어느 정도 알고 있는 거로 보였다. 대남문에 오자 람보는 우이동 쪽으로 가고, 그는 문수봉 쪽으로 방향을 잡고 서로 헤어졌다.

문수봉, 삿갓봉(사모바위), 비봉을 지나 향로봉에 이르렀다. 서서히 서쪽으로 해가 넘어가려 한다. 멀리 서해가 보였다. 해거름이 시작되기 직전, 북한산 향로봉에서 바라보는 석양은 이곳이 서울인가 싶을 정도로 아름답고 낭만이 어렸다. 빨갛게 물들어 있는 해와 구름 그리고 멀리 보이는 서해를 바라보다 문득 그녀 얼굴이 겹쳐지는 걸 느끼며 얼른 써보았다.

원초스런 바위와 자연

시골스런 땅과 물

잘 생긴 산이

보이면

떠오르는 모습

그대가 그립다.

분명 지금 내 옆에 있어야 할
당연히 있어야 할
그대가 그립다.

다음 날 산 할아버지에게 보현봉에서 람보 만난 얘기를 해 주었다. 산 할아버지는 람보와 함께 산악분과를 이끌어가면 여러모로 단체에 도움이 될 거라며 람보를 등반 대장으로 임명하자고 했다.

*

그는 잠깐 시간을 내어 서울 사무실을 둘러보았다. 막 사무실로 들어서자 산 할아버지가 기다렸다는 듯 한마디 한다.

"윤 화백, 서울 전 직원 단합 대회 겸 등반대장 환영대회를 한번 열어줍시다. 서로 서먹서먹한 걸 해소시켜 주는 게 좋을 것 같아서…."

"할아버지, 좋은 생각이시네요. 어디 계획하고 계신 게 있으신가요?"

"윤 화백이 평소 가보고 싶었던 곳이 있었다면 이 기회에 한 번 가보는 것도 좋겠고."

"아, 그렇다면 제가 시간 내서 가보고 싶었던 곳이 있는데요. 귀때기청 봉을 가보는 건 어떨까요?"

작품을 구상하기 위해 이곳저곳 돌아다닐 때 바라보았던 그곳의 일출 광경이 생각났다. 다시 보고 싶었다. 그곳의 일출 장면을 담아 오고 싶었다.

주말에 한계령에서 출발해 대청봉을 거쳐 오색약수터 쪽으로 하산하기로 했다. 그 코스로 가면 귀때기청봉을 갈 수 있다. 일출 장면을 보려면 야간산행을 해야 한다. 카메라와 필름을 충분히 준비하고 간단히 스케치할 수 있는 도구도 챙겨 넣었다. (그때는 스마트폰과 디카가 없었다.)

버스가 한계령 정상에 도착한 건 새벽 04:00 시 경이었다. 한계령 사위는 까만 먹물보다도 더 짙은 어둠 속에 잠겨 있다. 차량에서 비추는 헤드라이트 빛과 별빛이 아니면 1m 앞도 제대로 파악하기가 어렵다. 차량의 전조등을 켜 놓고 장거리 산행하는 데 필요한 것들을 꼼꼼히 챙겼다. 긴 시간 산행에 지치지 않도록 배도 채웠다. 40분간 준비시간을 갖고 04:40분에 출발했다. 장거리 야간산행이다. 전 직원이 함께 캄캄한 어둠을 뚫고 움직였다. 모두 한마음으로 움직여야 원활한 산행이 될 수 있다. 한계령 출발지에는 108계단이 있다. 층계를 지나 본격적인 등반을 시작했다. 산 할아버지가 선두에서 무전기로 연락하며 움직였다. 후미는 람보가 맡았다.

출발한 지 30분쯤 지나 한계령 500m 지점을 지났다. 다시 25분 후에 한계령 1km 지점을 통과했다. 여기까지 급경사다. 먹물 속같이 어두운 깊은 산속에서 손에 든 랜턴과 헤드 랜턴 불빛이 한 줄로 길게 이어져 움직였다. 불빛들은 아름다운 장면을 연출했다. 야간산행을 할 때만 볼 수 있는 광경이다. 힘들다는 생각은 들지 않았다. 한 시간여를 걸었을 즈음 사위의 형체들이 조금씩 보이기 시작했다. 귀때기청봉에 도달할 때가 되자 서서히 동쪽에 먹물 같은 어둠이 우련하게 변해갔다. 박명이 시작되었다.

어슴새벽 희뿌연 빛깔이 어둠을 조금씩 밀어내면서 시나브로 그 밝음을 더해갔다. 동녘 하늘이 서서히 열렸다. 보고 싶었던 장면이 슬금슬금 모습을 보이기 시작한다. 이 장면 하나 보기 위해 왔다 해도 지나친 말이 아니다. 몇 년 전 여기서 보았던 장면은 전 세계 곳곳에서 보았던 일출보다 훨씬 더 감동적이었다. 언제 다시 한 번 꼭 보고 싶다는 생각을 하고 있었는데 지금 그 장면이 전개되고 있다.

동쪽은 지평선과 거의 평행으로 선이 희미하게 만들어졌다. 희미한 몇 개의 선은 각각 다른 색으로 구분되었다. 우리나라 지형에 어울리는 아름다움으로 자태를 드러냈다. 조금 있다가 불그름한 둥근 원이 머리를 내밀었다. 서서히 커다란 얼굴을 보이기 시작했다. 벌겋게 불이 붙은 것처럼 투명하고 커다란 잘 익은 홍시 같은 해가 떠올랐다. 슬금슬금 떠오를 때마다 각 층의 색도 달라졌다. 맑은 핏빛 같은 색이 보이는가 하면 아이리스 꽃잎 같은 보랏빛도 있고 검붉은 자줏빛도 보였다. 어둠을 뚫고 하나씩 나타나는 색들이 물감을 풀어놓은 듯 하늘을 채웠다. 밝게 변해가는 모습은 누군가 커다란 화판 위에 순간순간 색을 입혀 가고 있다는 느낌을 갖게 했다. 색의 아름다움은 황홀하다는 말로는 표현이 부족했다. 신비함에 정신을 빼앗기고 있는 동안 어둠을 뚫고 슬금슬금 떠오르는 태양의 모습은 또 다른 새로운 탄생이었다. 한 세계를 창조하려는 창조자의 모습을 보는 듯했다.

타오르는 불덩이처럼 형태를 보이기 시작한 태양을 보면서 손이 재빨리 움직이기 시작했다. 행여나 순간의 장면을 놓치지 않으려는 듯 부지런히 카메라 셔터를 눌러 대면서 빠르게 스케치북에 그려 나갔다. 집중하느라 주위에 사람들이 둘러서 있는 것도 느끼지 못했다.

많은 사람들이 주위에 둘러서서 정신없이 움직이는 그의 손놀림에 매료(?)된 듯 숨죽이며 구경했다.

탄생, 또 하나의 탄생이 시작되고 있다. 어둠을 뚫고, 깨지지 않을 것 같은 틀을 깨면서 찬란한 새로운 세계를 만들어 갔다. 얼마의 시간이 흐른 다음 휴우 하고 한숨을 크게 쉬며 연필을 놓았을 때, 주위에 둘러 섰던 사람들은 누가 시킨 것도 아닌데 박수를 치고 있었다.

귀때기청봉은 육산(돌이 없는 산)이기에 바위산도 아닌 것이 바위산 인 설악산에 끼어 있다고 다른 봉우리로부터 귀때기를 맞았다 해서 지 어진 이름이 귀때기청봉이다. 또 다른 말은 한 겨울에 귀가 떨어져 나 갈 정도로 바람이 거세다고 해서 귀떼기청봉이라는 말도 있다. 귀때기 청봉은 1,578m의 고산이다. 설악 고봉 중에서는 육산이라 그런지 산 악인들에게 비교적 푸대접받는 명산이다. 사방을 둘러보면 멀리 화채 능선, 공룡능선, 용아장성이 한눈에 조망되고 오른쪽 멀리는 중청과 대청이 보인다. 고개 돌리면 남설악의 점봉산이 보이는가 하면 봉정암, 백담사, 가리산, 주걱봉, 북설악의 신선대까지 그야말로 장관이다. 너 덜지대로 소문난 귀때기청봉 등산로는 철쭉 계절이 되면 만개한 철쭉 과 진달래로 눈을 즐겁게 해주는 곳이다.

그곳을 뒤로하고 다시 걷기 시작하여 09:10분 경에 중청산장에 도착 했다.

중청산장 지나 대청봉에 올랐다가 오색 매표소까지 목표했던 코스를 전부 마치고 보니 총 8시간 20분 정도가 소요됐다. 그녀는 시간대별로 꼼꼼하게 메모를 해 두었다.

04:40분- 한계령 출발

05:10분- 한계령 500m 지점 통과

05:35분- 한계령 1km 지점 통과, 여기까지 급경사

06:10분- 한계령 2.1km 통과

06:20분- 귀때기청봉, 중청갈림길(해발 1,380m)

　　　　　한계령 2.3km, 끝청 4.2km

08:05분- 한계령 5.6km, 끝청 2.6km

08:30분- 끝청(중청 1.2km)

09:05분- 중청

09:10분- 중청산장

10:30분- 중청산장 출발

10:50분- 대청봉

10:55분- 대청봉출발

11:15분- 제2 쉼터

11:42분- 철다리

11:49분- 설악폭포 표지판

12:00분- 출발

12:27분- 제1 쉼터

13:00분- 오색매표소

　　　　　식사 후 서울로 향함.

　무박 2일의 야간산행을 하고 나니 람보와 직원들은 자연스럽게 하나
가 되어 있었다.

특집보도

그녀는 주민센터에 문의해서 생활보호대상자 명단을 받아 두었다. 시간 날 때마다 직접 찾아다녔다. 새로운 사실을 알았다. 명단에 올라 있지 않으면서 일상생활을 꾸려 가기 어려운 사람들이 있었다. 그들은 외형상 아무 이상이 없어 보였다. 어느 순간 스스로 목숨을 끊어버리는 사람들이 이러한 상황에 처해 있던 경우였다. 쉽게 노출되지 않는 것이 문제였다. 이런 사람들은 세심한 관찰과 보호가 필요했다. 일이 벌어지기 전에 미리 파악해서 도움을 주어야 최악의 상황을 면할 수 있다.

정식으로 생활보호대상자 명단에 올라 있는 사람들은 적은 금액이라도 국가에서 보조를 받는다. 최저 생활이긴 해도 그나마 기초생활만큼은 유지할 수 있다. 더 시급한 것은 노출되어 있지 않은 사람들에게 실질적인 도움을 주는 일이었다. 심각한 건 복지 사각지대에 처해 있는 이들에 대한 체계적인 지원계획이 마련되어 있지 않다는 것이다. 외관상 이상이 보였을 때는 이미 늦은 경우였다.

그녀는 실태를 파악한 후 운영위원회의에 사실을 그대로 보고했다. 돌이킬 수 없는 일이 벌어지기 전에 최대한 지원하고 도움 주는 방법을 찾는 일이 중요하다는 걸 강조했다. 기금의 많은 부분을 이러한 사람들에게 사용해야 할 거라고 자세히 설명했다. 운영위원회에서는 기금 사용권한을 그녀의 뜻에 맞게 사용하도록 승인했다.

사무실에 나오면 언제나 처리할 일들이 쌓여 있다. 서류를 검토하고 있는데 전화벨이 울렸다.

"네, '한생명운동연대'입니다."

"여기 A-TV사인데요. 말씀 좀 여쭤 보겠습니다. 3년 전 '한생명운동연대'에서 누군가에게 4억 원을 지원해 준 적이 있습니까?"

얼른 생각나지 않았다.

"무슨 말씀이시지요?"

"3년 전 누군가에게 '한생명운동연대' 이름으로 4억 원을 지원해 준 적이 있느냐는 말입니다."

"제가 알아보고 연락 드리도록 하겠습니다. 어느 분께 연락하면 될까요?"

"네, 저는 보도국장입니다"

"확인하는 대로 연락 드리겠습니다."

"꼭 좀 부탁합니다."

A-TV사라면 우리나라에서 제일 큰 방송국이면서 '한생명운동연대' 일을 적극적으로 돕고 있는 곳이다. 4억 원의 돈이 지출됐다면 그녀가 모르고 있을 수 없다. '한생명운동연대' 이름으로 지출되는 것들은 여태껏 전부 그녀 손 거치지 않은 게 없다. 어디서 잘못된 걸까? 도무지 감이 잡히지 않았다. 가슴이 답답해졌다. 사방으로 높은 담벼락이 둘러쳐 있는 곳에 혼자 외로이 갇혀 있는 기분이었다.

A-TV사에 전화했다.

"보도국장님 부탁합니다."

"네, 보도국장입니다."

"'한생명운동연대'인데요. 저희 단체에서 4억 원을 지원받은 사람이 누구인가요?"

"GLOBAL-1234 김범식 회장입니다. 빨리 알아봐 주십시오. 계속 기다리겠습니다."

GLOBAL-1234라 하면 최근 모르는 사람이 없을 정도로 잘 알려진 회사다. 컴퓨터로 세계적인 갑부가 된 '마이크로소프트', '야후' 같은 IT사로서 최근 1, 2년 사이 전 세계에서 집중적으로 주목받고 있는 곳이다. 곧 우리나라에서 시가총액 50위권 진입을 눈앞에 두고 있다는 벤처회사. 그런 회사가 왜 '한생명운동연대'에서 4억 원의 돈을 얻어 쓴단 말인가? 도무지 이해가 되지 않았다. 얼마 전 5천 원의 주식이 최근 3백만 원을 호가하고 또 얼마나 더 오르게 될지 전혀 짐작이 가지 않는다는 기사를 읽은 적이 있다. 아무리 생각해도 전혀 감이 잡히지 않았다. 고민하다 그에게 전화했다.

"네, 화실입니다."

"전데요, 이상한 일이 생겼어요. A-TV사에서 전화가 왔는데요. '한생명운동연대'에서 3년 전에 4억 원을 GLOBAL-1234에 지원해 주었다는데 장부상 지출 기록이 없어요. 혹시 알고 계신가 해서요."

"3년 전? 그 사람 이름이 어떻게 되지?"

"GLOBAL-1234사 김범식 회장이요."

"맞아, 그 사람이야."

"어! 무슨 일이 있었어요?"

3년 전 어느 청년 벤처 기업 사장이 빚이 산더미 같이 쌓여 집도 팔고 가정이 파탄 일보 직전이었다. 자기가 하는 일은 반드시 성공할 거라며 정신없이 쫓아다니는 걸 보았다. 사람들이 도와주지 않고 미쳤다고 손가락질하며 조롱만 했다. 무슨 일인가 궁금해서 알아보았더니 아주 건실한 인물이었다. 규모가 큰 프로젝트를 진행 중이었는데 자금 문제로 곤경에 빠진 걸 알았다. 그 청년이 하고자 하는 일이 장래성이 있어 보였다. 돕겠다고 생각하고 '한생명운동연대' 이름으로 개인 돈 4억 원을 보내준 적이 있다. 이미 지난 일이고 대가를 바라고 도운 일이 아니었기에 모두 잊고 있었다는 거다.

"나, 화났어요."

"미안해, 물어보지 않았으면 끝까지 모른다고 했을 텐데."

그녀는 모든 내용을 A-TV 사 보도국장에게 얘기해 주었다.

A-TV사 스튜디오.

GLOBAL-1234 김범식 회장과 윤효근 화백 그리고 보도국장이 자리했다. 특집보도 준비 끝내고 카메라가 돌아가기 시작했다.

김범식 회장은,

"저에게는 생명의 은인입니다. 반드시 은혜를 갚으려 했습니다. 감사한 마음을 말로는 어떻게 표현할 방법이 없습니다. 부모 형제 이상으로 감사할 뿐 아니라 일평생 생명의 은인으로 모실 생각입니다."

"과분한 말씀입니다. 사실 저는 이곳에도 안 나오려고 했습니다. 기자들이 화실로 찾아오겠다고 해서 할 수 없이 나왔습니다. 김범식 회장의 말은 너무 과찬입니다. 이미 아시겠지만 저는 그림을 그리면서

NGO 운동을 하고 있습니다. 굳이 도움을 주시려거든 NGO 운동에 동참해 주시는 것만으로도 저에게는 큰 힘이 됩니다."

보도국장의 말,

"이미 특집보도를 하기 전에 화면상으로 윤효근 화백에 대한 내용과 김범식 회장의 이야기가 보도형식을 취해 전국에 방영되었습니다. 두 분이 하시는 일이나 두 분에 관한 사항은 모든 사람이 잘 알고 있습니다. 지금 여기서는 어떻게 될지도 모르는 사람에게 윤 화백께서 4억 원이라는 돈을 조건도 없이 넘겨주실 수 있었는가에 대한 사항입니다. 그 일에 대해 설명을 좀 해주시기 바랍니다."

"그 얘기를 하는 것은 별로 내키지 않습니다만 제가 느낀 것을 솔직히 말씀드리겠습니다. 제가 제일 좋게 느꼈던 것은 그 당시 김 회장이 겪었던 상황이 눈앞에 닥쳐왔을 때 보통 사람이라면 우선 기가 꺾였을 겁니다. 의욕이 떨어져 현실을 도피하려는 경향을 보였을 것으로 생각했습니다. 제가 본 김 회장의 모습은 전혀 그렇지 않았습니다. 현실적으로 본인 앞에 다가와 있는 고통을 이겨내겠다는 의욕에 불타고 있었습니다. 본인이 하려는 일에 대한 자신감이 넘쳐 흘렀습니다. 사업에 대한 설명을 TV 화면으로 대강 봤습니다. 제가 보기에는 충분히 장래성이 있다고 여겼습니다. 자금만 있으면 저 사람은 반드시 성공할 거라는 느낌이 들었습니다. 실패하지 않을 거라는 확신도 있었습니다. 저는 사람을 먼저 믿었다고 말하고 싶습니다. 그것이 기꺼이 도움을 드리고 싶은 마음이 생기게 된 동기입니다."

보도국장의 말,

"그러나 자신감만 가진 사람에게 아무 조건 없이 선뜻 4억 원이라는 돈을 쥐여 주기는 쉬운 일이 아닐 텐데요."

"그것이 바로 이 사회가 가지고 있는 가장 큰 문제라고 생각합니다. 자금이 필요한 사람이 그 자금을 회전하여 더 많은 이득을 올릴 수 있는 자신감과 의욕과 실현성이 있더라도 이 사회에서는 보증과 확실한 증거를 원합니다. 그렇게 하기 어려운 사람들이 많다는 걸 알고 있으면서도 계속 그것을 요구하고 있습니다. 힘이 없고 가난한 사람들은 계속해서 가난할 수밖에 없도록 되어 있는 겁니다. 설령 도움을 받은 사람이 실패하더라도 다시 이겨내겠다는 의욕이 있고 그 계획이 실현성이 있으며 반드시 이루겠다는 자신감을 보일 때는 끝까지 도와주어야 할 필요가 있다고 봅니다. 중도에 포기하는 것은 더욱 좋지 않다는 생각입니다. 나 혼자만이라도 그렇게 하지 말자고 생각했습니다. 또한 그것을 실천하고 싶었을 뿐입니다."

보도국장의 말,

"김 회장께서는 그 당시 은행이나 가까운 친지 또는 다른 큰 기업에 도움을 청해 보지 않으셨습니까?"

"그 당시 저로서는 할 수 있는 모든 방법은 다 실행해 보았습니다. 20억 원이 넘던 집도 팔아서 연구비로 사용했고, 일가친척과 학교 동창 그리고 아는 사람이면 전부 찾아가서 사정도 해 보았습니다. 대기업에 찾아갔을 때 그들은 마지막 생명줄 같은 기술상의 설계를 보여주기 원했습니다. 설계도는 내 마지막 생명줄이나 마찬가지인데 보여주고 난 후 확실한 보장이 없었습니다. 그것은 나의 마지노선과 같았습니다. 아무런 보장 없이 설계도를 보여준다는 것은 그동안 진행되었던 모든 일을 포기하는 것까지 염두에 두어야 했습니다. 제 자존심이 그것만은 허락하지 않았습니다. 윤 화백님에게 전화를 받았을 당시 저는 최악의 상태에 있었습니다. 이십만 원밖에 안 되는 월세도 못 내고 있었습니다. 깜깜하기만 해서 모든 것을 포기하려 했습니다. 고민 끝에 차라리 모든 걸 제로로 돌려 버리기로 마음먹었습니다. 이렇게 불신이 가득하고 더러운 세상을 더 살아야 할 필요가 없다는 생각이 들었습니다. 사는 것 자체를 끝내려 마음먹고 장소를 찾아 나섰습니다. 사업에 대한 자신감은 충만했지만 꽉 막혀 버린 현실 앞에서는 그것도 어쩔 수 없었습니다. 전화해 주신 분이 윤 화백님이라는 걸 지금 알았지만, 그때 전화를 받았을 때는 모든 서류를 싸 들고 어디 태워 버릴 장소를 찾던 중이었습니다. 다행히 휴대폰이 잘 터지는 곳이었던 게 저에게는 크나큰 행운이었습니다. 서류를 태워 버리기 위해 발아래 내려놓고 망연히 앉아 있는데 별안간 휴대폰이 울렸고 누군가 통장번호를 물었습니다. 처음에는 누군가 장난을 하는 걸로 생각했습니다. 전화를 끊으려 했습니다. 그러나 전화하는 사람의 목소리가 아주 침착했습니다. 말 속에 사려 깊은 진심이 담겨 있다고 느꼈습니다. 며칠만 기다려 보자고 마음먹었습니다. 다음 날 통장을 확인했는데 입금된 돈이 4억 원이어서 깜짝 놀랐습니다. 은행에서 사람들이 보고 있는데도 엉엉 소리 내어 울던 기억이 납니다. 그때의 감격은 제 인생에 두 번 다시 없을 거라는 생각입니다. 걸어가는데 계속 눈물이 흘러내렸습니다. 흐느끼게 되더군요. 그때 나를 보았던 사람들은 웬 미친놈이라고 생각했을 겁니다.

그후로 정신없이 뛰어다녔습니다. 4억 원이 헛되지 않도록 혼신을 다해 사업을 일으켰습니다. 사업을 성공시키는 것이 누구인지 모르는 분에 대한 진정한 보답이라는 생각을 한시라도 잊은 적이 없습니다. 이렇게 늦게 윤 화백님을 찾아뵙게 된 것이 오히려 송구스러울 뿐입니다."

보도국장의 말,

"참으로 우리는 지금 흔히 말하는 빛과 소금의 역할을 어떻게 해야 하는지 실제의 장면을 보고 있습니다. GLOBAL-1234는 이미 여러분들도 잘 알고 있으리라 믿습니다. 전 세계 벤처계에서 1, 2위를 달리는 '마이크로소프트', '야후' 두 회사와 어깨를 겨룰 수 있는 국내 유일의 벤처 회사로서 이미 전 세계에서 많이 애용하기 시작했습니다. 언제 두 회사를 추월하게 될지 시간 문제라는 말까지 나올 정도입니다. 그러한 회사가 여기 계신 윤효근 화백이 아니셨으면 세상에 빛도 못 보고 사라질 뻔했다는 걸 생각할 때 국가적으로 윤효근 화백께 진심으로 감사를 드려야 한다는 생각이 듭니다. 저는 대한민국 국민의 한 사람으로 이 자리에 계신 윤효근 화백께 진심으로 깊은 감사를 드립니다."

GLOBAL-1234로 인해 각 신문사에서 취재 요청이 쇄도해 왔다. 인사동 사무실은 온통 기자들로 북새통이 되었다. 이미 TV를 통해 보도된 내용이 되풀이되지 않도록 '자연과함께', '한생명운동연대' 활동에 포커스를 맞추기로 했다. D 신문사 기자 질문이다.

"이러한 일은 종교단체나 기타 자선단체에서 해야 되는 일 아닐까요?"

"그렇게 생각할 수 있습니다. 종교단체나 자선단체도 NGO 범주에 들어가 있으니까요. 중요한 것은 실천입니다. 실천하지 않는 NGO는 기능을 상실하고 있어서 실질적으로 NGO 범주에 넣기가 좀 애매합니다. NGO가 생활 수단으로 이용될 때 본래 역할에서 멀어지게 된다고 봅니다. 물론 기본적인 생활은 유지해야 합니다. 그러나 원본적인 문제를 떠나 생활하기 위한 수단으로만 활용되는 것은 문제가 있다고 생각합니다."

H 신문사 기자 질문이다.

"그렇다면 종교활동과 NGO는 어떻게 구별해 얘기할 수 있겠습니까?"

"모든 종교가 그렇다는 건 아닙니다. 근래에는 대다수의 종교가 집단이기주의 형태로 변해가고 있다는 느낌이 듭니다. 내 종교, 내 집단에 속한 사람들은 서로 돕고 서로 잘되어야 하고, 나와 상관없는 종교나 다른 집단은 생각할 필요가 없다는 행동과 움직임이 곳곳에서 보입니다. 곧 종교의 친목 단체화라고 표현하고 싶을 정도입니다. 실제로 그렇게 되어가고 있는 것도 사실입니다. 내 집단 우선주의화 되어간다는 것이지요. 사회는 병들어 있는데 내 집단, 내 공동체는 아무 일 없으니 상관없다는 태도 말입니다.

여기서 종교에 대한 제 생각을 잠깐 말하겠습니다. 참으로 올바른 종교라면 잘못된 것을 보고 그냥 가만히 있어서는 안 된다고 봅니다. 종교가 왜 종교입니까? 올바른 삶을 외면하는 게 종교는 아닐 겁니다. 피하기만 하고 내 혼자의 안일만 꾀하는 것이 참 구도의 길은 아니라고 봅니다. 굳이 종교 이론을 들출 필요도 없습니다.

예수님이나 석가가 왜 예수님이고 왜 석가이겠습니까? 지금의 종교 지도자들은 실천의 중요성을 망각하고 있습니다. 참다운 NGO라면 우선 실천하는 양심이 있어야 합니다. 종교활동과 NGO를 굳이 구별해서 말한다면 내 집단만은 서로 돕고 잘 살자는 집단이기주의와 내가속한 범위를 넘어 사랑을 실제로 실천하는 실천 위주 생활을 하자는 것으로 대신해서 말하고 싶습니다."

M 신문사 기자 질문이다.

"윤효근 화백께서 지금 하신 말씀은 어떻게 보면 종교 지도자나 종교 신봉자들이 들으면 많은 반발을 사게 될 우려가 있는데 그 점에 대해선 어떻게 생각하십니까?"

"저는 철학을 공부한 적이 있습니다. 많이 알지는 못하지만 그 점에 대해선 전혀 걱정하지 않습니다. 종교가 생활 도피수단으로 사용될 때 정말로 크나큰 위선자를 만들어 낸다는 게 저의 생각입니다. 행함이 없는 종교는 이미 죽은 종교이기 때문에 그러한 종교를 믿고 그러한 종교 지도자로 군림하는 사람들에 대해서는 전혀 걱정되지 않습니다. 그 자체가 이미 잘못된 것이기에 대화할 가치조차 없다고 봅니다. 산속에 들어가 일평생 생활하다 불쑥 도통했네 하고 본인 생각을 말과 문자로 한두 마디 하는 걸 가지고 무슨 굉장한 진리나 되는 양 받아들이고 시끄럽게 떠드는 사람들을 보면 걱정 차원을 넘어 한심하다는 생각이 들기도 합니다. 그럴 때마다 가슴이 아픕니다. 그러한 사람들이 최소한 할 수 있는 일 중에 신체적으로 고통받는 어려운 사람을 도와주는 차원에서 장기라도 기증하여 준다면 그나마 조그만 실천의 모범이 될 수 있지 않을까 하는 생각도 해 봅니다. 그러한 실천이 바로 올바른 종교인의 태도가 아닐까요? 산속에서 현실과 등진 채 맑은 공기, 자연과 더불어 좋은 시간 보내왔던 그들이 스스로 터득했다며 한두 마디 하는 말을 진리 운운하는 건 조금 지나치다는 생각이 듭니다. 바른 걸 바르게 보지 못하는 현실에 대한 책임은 많은 종교 지도자들에게 있다고 봅니다. 우리는 바른 것을 올바로 보는 시각이 필요합니다."

J 신문사 기자 질문이다.

"그동안 봐왔던 윤 화백님은 조용하게 실천하는 예술인으로 보였는데 오늘은 전혀 다른 분으로 보이십니다. 그 이유가 어디에 있습니까?"

"사실 저는 그동안 작품에 몰두해 왔다고 해도 틀리지 않습니다. NGO 운동 자체를 하나의 작품활동으로 생각했기 때문입니다. NGO 활동이라는 것이 실천도 해야 하지만 때로는 바른말도 꺼리지 말고 해야 한다고 봅니다. 세상에서 가장 좋은 일 혼자 다 하는 척 행동하는 많은 종교 지도자들을 볼 때마다 항상 마음이 편치 않았기에 얘기하는 걸로 생각하면 되겠지요. 우리 단체가 '한생명운동연대'라는 자매단체를 만들어 서로 나눔 운동을 전개하고 있는 것도 실천하고자 하는 일의 일부라고 보면 됩니다. 작은 실천이라도 말없이 행동에 옮기는 것이 필요하다고 봅니다. 아무쪼록 많은 분들이 함께 동참해 주셔서 조금이라도 이 사회에 도움 주시기를 바랍니다. 이러한 자리를 마련해 주셔서 감사드립니다."

김범식 회장

 TV, 신문사 기자들 취재가 끝나고 며칠 후 GLOBAL-1234 김범식 회장이 만나고 싶다는 전화가 왔다. GLOBAL-1234는 화실 가까운 곳에 있었다. 쉽게 건물을 찾았다. 회장실은 연구실처럼 단출하고 수수하게 꾸며져 있었다.

 "화실이 저희 회사와 아주 가까운 곳에 있군요. 등잔 밑이 어둡다더니 바로 제가 그 꼴이네요."

 "이렇게 가까운 줄 몰랐습니다."

 "저는 윤 화백님 덕분에 사업도 잘되고 모든 게 좋아졌습니다."

 조금 뜸을 들인 후 계속 말을 이어 갔다.

 "사실 이런 것도 윤 화백님 아니셨으면 생각조차 못 했던 일입니다. 윤 화백님께 무언가 꼭 도움이 되고 싶습니다. 무엇이든 도움 드릴 방법을 얘기해 주셨으면 합니다."

 "아니, 괜찮습니다. 안 그래도 됩니다. 저는 이미 다 잊었습니다."

 "윤 화백님, 그러지 마십시오. 제가 사정하는 겁니다. 무슨 말씀이라도 해 주십시오. 저는 일만 할 수 있으면 됩니다. 저는 제가 하고 싶은 일을 하게 된 것이 훨씬 더 기쁩니다. 구상했던 것을 현실화하는 데에 뜻이 있을 뿐입니다. 윤 화백님께서 재산 전부를 달라고 해도 다 드리겠습니다. 괜히 하는 말이 아닙니다. 저는 이미 죽은 몸입니다. 윤 화백님께서 괜찮으시다면 형님으로 모시고 싶습니다. 꼭 받아주십시오."

진지했다. 그냥 하는 말이 아니라는 걸 느꼈다. 분위기로 보아 그냥 넘어가기 어려웠다. 한동안 생각하다 말을 꺼냈다.

"뜻이 정 그러시다면 한 가지 제안해도 되겠습니까?"

"무슨 말씀이라도 해 주십시오."

"저는 기금이 어느 정도 모이면 북한 어린이 돕기 운동과 불우이웃돕기 운동을 해 보려 했습니다. 한두 푼 가지고는 엄두도 못 내는 일이기에 마음속으로 생각만 하고 있었습니다. 누구에게 말한 적도 없습니다. 김 회장께서 그 일을 할 수 있도록 기금을 내어 주신다면 저는 '한생명운동연대'를 통해 차분히 계획을 세워 실행하고 싶습니다."

"무슨 말씀을 그렇게 하십니까? 당연히 제가 기금을 내겠습니다. 처음부터 끝까지 모든 비용을 내겠습니다. 아무 걱정하지 마시고 마음 놓고 일을 추진하십시오. 내일 당장 '한생명운동연대' 통장으로 30억 원을 입금시키겠습니다. 그리고 매 분기마다 20억 원씩 넣어 드리겠습니다. 쓰시다 모자라면 더 말씀해 주십시오. 저도 무언가 보람된 일을 하고 싶었습니다. 이렇게 허심탄회하게 말씀해 주시니 드디어 해야 할 일의 일부분을 찾은 기분입니다. 이제 조금 마음이 놓입니다. 윤 화백님은 제 생명의 은인이시라는 의미가 있기도 하지만 진심으로 윤 화백님을 형님으로 모시고 싶습니다. 앞으로 형님으로 모셔도 괜찮다고 허락을 해 주십시오. 부탁드립니다. 싫어하시더라도 저는 형님으로 모시겠습니다."

"아니, 제가 무슨 자격이 있습니까?"

"왜 그러십니까? 절대 그렇지 않습니다. 받아 주신 걸로 생각하고 제가 예를 올리겠습니다. 형님, 절 받으십시오."

김 회장은 자리에서 벌떡 일어나 큰 절을 했다.

화실로 돌아온 그는 마음을 진정시키지 못했다. 이런 일이 생기기도 하는구나. 어떻게 정리해야 할까? 생각이 마비되어 버렸는지 그저 멍하기만 했다. 머리가 하얘진다는 말이 바로 이런 때를 얘기한다는 생각이 들었다.

다음날, 그녀는 평소같이 '한생명운동연대' 통장 잔고를 확인했다.

"아니, 이게 웬일이지? 이 큰 금액이 어떻게… 왜?"

어떻게 이 많은 돈이 입금되었는지 도무지 감이 잡히지 않았다. 전화를 했다.

"나중에 얘기해 줄게."

들려온 대답은 간단했다. 무슨 일일까? 하루 만에 30억 원이 입금되어 있다니! 도저히 그냥 있을 수 없었다. 이렇게 자신도 모르는 일들이 생기면 안 된다는 생각이 들었다. 통장을 들고 화실로 갔다.

그는 어떻게 설명해야 좋을지 방법을 찾지 못했다. 아무 말도 못 하고 멈칫거리기만 했다. 그냥 그림에만 집중했다. 그녀는 그림만 그리고 있는 그를 그냥 놓아두지 않았다.

"어떻게 된 거예요?"

거의 다그치다시피 옆으로 바짝 다가와 통장을 보여주며 물었다. 그는 붓을 내려놓고 천천히 일어나 그녀의 어깨를 껴안았다. 김회장과 있었던 일을 조용히 설명했다. 가슴 깊은 곳에서 울려 나오는 듯한 소리가 그녀 가슴 속으로 서서히 스며들었다.

"어머, 정말 믿기지 않아요. 세상에. 세상에."

그녀 입에서는 저절로 탄성이 터져 나왔다. 그는 그녀가 놀라고 기뻐하는 모습이 귀엽고 예쁘게 보였다. 부드럽게 그녀 입술에 키스를 해주었다.

"어머, 루즈."

그녀는 루즈가 뭉개지는 걸 걱정했다.

환한 기쁨으로 온몸이 채워졌다. 거금을 선뜻 보내준 김 회장도 고맙지만 사랑하는 사람이 사회로부터 이렇게 신뢰를 얻고 있다는 게 고맙고 감사했다.

이러한 사람을 사랑하게 된 것이 정말 감사했다.

"감사합니다. 감사합니다. 감사합니다."

그녀 입에서는 누구에게 하는 말인지 모르게 연속적으로 감사하다는 말이 새어 나왔다.

준비(1)

북한에 들어가려면 조선족이 많이 살고 있는 연길(옌지)에 연락사무실을 개설할 필요가 있었다. 서울에 있는 인원 중 당장 그곳에 가서 일할 사람은 없다. 근무할 사람이 필요했다.

신문에 모집 광고를 냈다. 사업계획을 요약해서 알기 쉽게 적어 넣었다.

김경우 선교사는 키가 껑충하게 크다. 외모는 너무 순한 순둥이같이 보였지만 태권도가 4단이고 합기도 유단자이기도 하다. 국내 격파대회에서 입상했던 경력도 있다. 무술에서는 결코 뒤지지 않는 실력의 소유자다.

자기소개서에 적혀 있는 내용 중 다른 사람들과 구별되는 것은 북한과 중국선교를 위해 일하고 싶다는 거였다. 그 일을 위해서는 어떤 일도 감내할 자신이 있다고 쓰여 있다.

최대 강점은 중국어를 유창하게 할 줄 아는 거다. 대화 중에 이번이야말로 절대 놓칠 수 없는 기회라 생각했다. 자기 인생의 모두를 여기에 걸겠다. 윤효근 화백에 대해서는 일찍부터 많은 것을 잘 알고 있다. 같이 일해 보고 싶었다. 여태껏 기회가 오기를 기다렸다. 이번에 꼭 자기를 뽑아 주기 바란다. 숨김없이 참따랗게 털어놓았다. 짧게 끊어서 얘기하면서 이미 본인으로 결정된 듯 말을 했다. 말하는 태도나 행동이 아주 핍진했다.

"김 선교사님, 우리 단체는 종교단체가 아닙니다. 선교 목적으로 북한 어린이 돕기 운동을 하려는 게 아닙니다. 헐벗고 굶주리는 어린이들을 그냥 내버려 둔다는 건 같은 민족으로 있을 수 없는 일이라 생각합니다. 이 일은 결코 쉬운 일이 아닙니다. 뚜렷한 목적의식과 사명의식 없이는 절대 수행하기 어렵습니다. 이와 같은 일을 수행하기 위해서는 확실한 신념이 필요합니다. 굳건한 신앙을 가지고 있는 분이 좋다고 생각했습니다."

"윤 화백님, 알고 있습니다. 윤 화백님께서 어떤 분이 신지는 이미 잘 알고 있습니다. 같은 종교가 아니더라도 윤 화백님께서 하시는 일은 우리 종교인들도 하기 쉬운 일이 아닙니다. 저는 저의 모든 것을 걸고 이 일을 하고 싶습니다. 정말 부탁입니다. 꼭 선발하여 주시기 바랍니다."

모든 걸 알고 왔으며 본인이 필요하다는 걸 알고 있다는 듯 자신 있게 얘기했다. 몇 마디 말을 주고받아 보았지만 더 할 말이 없었다. 실제로 이러한 사람이 필요한 건 사실이다. 그 자리에서 앞으로의 계획에 대해 몇 마디 물어보았다.

"우선 그곳 동포들과 완전히 하나가 되기 위해 모든 일을 솔선수범하여 행동으로 보여주겠습니다. 같이 아파하고 같이 울고 같이 즐거워하도록 하겠습니다. 서로 완전히 신뢰하게 될 때까지 모든 것을 희생하겠습니다."

대화 중에 김 선교사는 이미 연길의 지부장이 되어 있었다.

"감사합니다. 열심히 해 주시고 그곳 사람들에게 폐 끼치는 일이 없도록 해 주시기 바랍니다."

부탁하는 말로 대신했다.

김 선교사가 연길 지부장으로 내정되었으나 본부 직원들과 서로 얼굴을 익혀 둘 필요가 있었다. 떠나기 전까지 서울 사무실로 출근하도록 했다. 그가 사무실로 들어서자 산 할아버지가 산악부 일로 바쁘게 움직이다 기다렸다는 듯 한마디 한다.

"윤 화백, 김 선교사는 얼마 안 있으면 중국으로 갈 사람인데 전 직원 단합대회 겸 김 선교사 환영대회를 한번 열어줍시다. 등반대장 때도 그랬지만 의미 있는 산행을 하고 나면 모두 쉽게 가까워지고, 서먹서먹한 것도 없어지고, 동질감도 갖게 되니 분위기를 만들어 봅시다."

정말 좋은 의견이었다.

"할아버지가 맡아서 해 주시지요."

산 할아버지는 다음 주 금요일은 국공일이라 쉬고 토요일은 자동 휴무이니 목요일 하루 오전 근무만 하면 2박 3일 코스로 멋진 산행을 할 수 있다. 산행 후 주일 날은 쉬게 되니 충분히 몸도 풀 수 있다고 설명했다.

산행코스는 설악산 용아장성과 화채능선을 동시에 주파하는 길고 재미있는 코스이기 때문에 직원들이 함께 가게 되면 자연스럽게 서로 친해질 수 있다. 직원들도 산 할아버지와 함께 자주 산행을 해 왔기 때문에 뒤떨어지지 않고 보조 맞추는 건 어렵지 않다고 했다.

그는 그 코스를 아주 잘 알고 있었다. WALKING 코스의 마지막 관문으로 알려진 용아장성 코스는 멋진 암벽코스도 있다. 암벽만 있는 것이 아니라 하강하는 묘미가 일품인 곳도 있다. 준비 없이 갔다가는 어려움이 생길 수 있는 곳이기도 했다. 이러한 문제는 어떻게 하실 거냐고 물어보았다.

"윤 화백, 그런 건 전혀 걱정하지 않아도 돼요. 람보와 함께 가면 둘이 선두와 후미를 맡아 초행자라도 얼마든지 주파하도록 도와줄 수 있고, 람보도 이번 기회에 용아장성을 타게 되면 좋아할 거고."

산 할아버지 제안을 사무실 직원들에게 얘기해 주었더니 책상을 두드리며 '브라보'를 외치고 야단들이다. 분위기가 한소끔 달아올랐다. 그도 며칠간 그림 그리는 일을 쉬기로 했다.

오전 근무하고 점심 식사 끝낸 후 떠날 준비 하느라 서울 사무실은 시끄러웠다. 람보는 정말 좋아했다. 직원들과 용아장성에 간다고 하니 신바람이 나 있었다. 빠진 게 없나 이것저것 뒤적이며 살피고 있다. 가지고 가야 될 짐을 이 사람 저 사람에게 배분해 주면서 가장 바쁘게 움직였다.

산 할아버지는 인제 지부와 통화를 했다. 인제 지부에서 지부장과 몇 사람이 산행에 동행하기로 했다고 알려준다. 2박 3일의 산행 기간 중 중요한 먹거리는 인제 지부에서 준비해 가기로 했다. 수렴동계곡 산장 2층을 미리 예약해 놓았다는 말도 덧붙였다.

오후 1시, 서울에서 출발했다. 오후 5시쯤 용대리에 도착하자 기다리고 있던 지부장 일행이 합류했다. 다 같이 백담사를 향해 출발했다. 오후 8시경 백담사를 지나 수렴동계곡 산장에 도착하자 곧 짐을 풀고 저녁 식사 준비를 했다. 람보는 저녁 식사 준비가 끝나자 모두 한자리에 모이게 했다. 내일 새벽 5시쯤 출발하니 저녁 먹고 나면 일찍 잠을 자라면서 내일 기상 시간은 새벽 4시라고 일러주었다.

식사를 하고 난 후 정리는 모두 힘을 합해 마쳤다. 산 할아버지와 람보는 따로 장비를 점검했다. 60m 자일 두 동과 보조자일, 캐러비나, 벨트, 프렌드 등 하강할 때 필요한 하강기 등 장비점검을 끝내고 김 선교사에게도 짐 일부를 지고 가도록 분배해 주었다. 40여 분 정도 자유시간을 가진 후 취침에 들어갔다.

다음 날 새벽. 산 할아버지와 람보가 기상 소리를 외치자 모두 잠자리에서 일어났다. 아직 어둠이 희끄무레하게 사방에 깔려 있었다. 계곡에서 세수하고 모두 맡은 일을 찾아 부지런히 움직였다. 불 피우는 사람, 쌀 씻는 사람, 밥상을 돌판 위에 차려 놓는 사람들로 모두가 분주했다. 인제 지부 식구들은 부지런히 먹거리를 준비했다. 밥 짓는 사람들은 뜸 들이느라 코펠 위에 커다란 돌멩이 올려놓고 시간을 재고 있었다.

이런 일 처음 겪는 신입 여직원들은 모든 걸 재미있어 하는 눈치였다. 숟가락 들고 왔다 갔다 하며 이곳저곳을 기웃거렸다. 식사 마치고 설거지를 끝내자 람보가 큰소리로 외쳤다.

"출발 15분 전입니다. 각자 짐을 챙겨 주십시오."

5분 후 다시

"출발 10분 전입니다."

"출발 5분 전입니다."

"출발."

산 할아버지가 앞장섰다. 수렴동계곡 산장을 출발한 후 20분쯤 지나 땀 범벅되기 시작할 즈음 첫 바위 오름이 나타났다. 초보자들에게 조금 무섭게 보일 듯한데 가만히 살펴보면 홀드(HOLD)와 스탠스

(STANCE)가 좋아 초보자들도 쉽게 오를 수 있는 곳이다. 선두가 했던 대로 조심스레 홀드를 잡고 발을 옮겨 놓았다. 어렵지 않은 코스라 모두 재미있어 했다.

첫 바위 오름 올라 한참 가다 보니 오른쪽으로 간담이 서늘할 정도의 낭떠러지가 보였다. 뛰어 건너야 하는 뜀 바위였다. 밑을 내려다보면 까마득하게 보이는 곳이다. 한 번 굴렀다 하면 형체도 찾기 어려울 정도로 멀고 깊었다. 내려다보면 아찔했다. 양쪽 바위 사이가 한 뜀 정도 거리다. 침착하게 움직이면 어렵지 않게 건너뛸 수 있다. 걷기만 하던 사람들은 이런 곳을 접할 기회가 별로 없다. 두려움이 생기는 곳이었다. 담력이 필요했다. 몇 사람이 우물거리며 잠시 망설인다. 바위를 타 본 사람들은 가볍게 뛰어넘었다. 쉽게 뛰어넘는 것을 보고 신입 여직원들도 용기 내어 펄쩍 뛰었다. 모두들 통과했다.

이어 조금 후 나타난 곳은 일명 개구리 바위라 불리는 곳, 지돌이였다. 마치 북한산 만경대에 있는 피아노 바위를 연상하게 된다. 절벽이 있고 바위 모서리에 조그맣게 지날 수 있는 길이 있었다. 자칫 미끄러지기라도 하면 천야만야한 낭떠러지 밑으로 떨어지게 되는 곳이다. 람보의 바위 타는 기술이 위력을 발휘했다. 큰 바위에 등을 대고 조심조심 먼저 건너가더니 양쪽에 자일을 안전하게 확보해 놓고 한 사람 한 사람 줄을 잡고 건너도록 가르쳐 주었다. 산 할아버지와 람보가 자일을 잘 확보해 주므로 모두 아슬아슬한 낭떠러지를 밑으로 하고 무사히 건넜다. 여기까지 오는데도 협동이 필요했다. 서로 배려하는 마음이 저절로 생겼다. 서먹서먹했던 분위기는 어느새 싹 가셔 있었다. 김 선교사와는 오래전부터 함께 생활해 왔던 사람 같았다.

조금 있다 나타난 2m 정도 높이 턱 바위를 서로 도와주면서 끌어당기고 밀고 가뿐히 올라서자 모두들 희열에 찬 모습을 보이기 시작했다. 곧이어 제1봉 지나 제2봉인 전망대에서 보이는 귀때기청봉과 아래쪽으로 보이는 오세암이 그림처럼 전개되었다. 이곳까지 온 일행은 어려운 난관을 함께 이겨낸 것에 대한 동료애 같은 것이 생겨났다. 모두의 몸에서는 쉬지근한 땀 냄새가 풍기기 시작했다.

제4봉에 오자 창끝을 모아 놓은 듯한 용아장성의 수많은 침봉들이 하늘을 향해 솟아오를 듯 보였다. 좌측에는 웅장한 공룡능선의 1,275봉이, 우측으로는 부드럽게 연이은 서북주능선이 조화를 이루며 도열해 있었다. 마치 온 세상이 안겨 오는 듯한 느낌이다. 풍요로움이 가슴속을 꽉 채웠다. 바위 타고 올라가야 할 곳은 람보와 산 할아버지가 먼저 올라가 뒤에 오는 사람들의 몸에 자일을 묶고 위에서 끌어당겨 주었다. 하강할 때는 여럿이 서로 도와가며 힘을 합해 봉우리 하나하나를 넘어갔다. 계속 가다 보니 마지막 지점이라 할 수 있는 하강지점에 도착했다. 30m 하강지점에 도착해서는 줄을 타고 내려가는 하강의 맛을 즐겼다.

봉정암 거쳐 소청산장에 이르렀을 때는 모두 녹초가 되기 일보 직전이었다. 모두에게는 해냈다는 기쁨이 지친 마음보다 더 크게 마음속에 자리했다. 적은 인원이 행동했을 때 10시간 정도 소모되는 거리였다. 인원이 많아서인지 11시간이 걸렸다. 소청산장에 도착했을 때는 아직 해가 많이 남아 있었다.

간단히 식사 마치고 쌓인 피로 씻어내기 위한 휴식에 들어갔다. 내일 새로 시작하는 화채능선 산행을 위해 일찍 자리 잡고 누웠다. 화채능선을 타면 케이블카가 없었을 때는 걸어서 설악동으로 내려가야 했다. 지금은 케이블카가 설치되어 시간 절약이 가능하다.

일찍 잠자려고 누웠으나 아직 해가 많이 남아 있어서인지 모두들 이리저리 몸을 뒤척이기만 했다. 산 할아버지는 다들 잠을 못 자고 있다는 걸 알고 모두 밖으로 나오라고 큰 소리로 외쳤다. 소청산장에 왔으니 소청산장 막걸리를 한 사발 마시고 빈대떡도 먹으면 잠이 잘 올 거라고 가르쳐 준다. 여러 시간 산행을 한 후 마시는 소청산장의 막걸리와 빈대떡 맛은 입안에서 살살 녹아버린다는 말이 무색했다. 일류 요릿집의 음식들도 이 맛을 낼 수 있을까 싶었다.

예정에 없던 회식자리가 자연스레 마련되었다. 조촐한 파티가 열렸다. 모두들 말로만 들어왔던 용아장성을 직접 주파한 것과 아슬아슬했던 곳을 스릴 있게 헤쳐온 걸 화두 삼아 대화를 나누었다. 기쁨이 넘쳐 흘렀다. 맛보기 어려운 끈끈함과 화기애애함이 가득했다. 쉽게 만들기 어려운 단합 대회였다. 모두의 마음은 자연스럽게 하나가 되어 있었다.

다음 날, 급히 서두르지 않고 차분히 움직였다. 어제 수렴동 산장 떠날 때와 아주 다른 분위기다. 코스 자체가 편안한 곳이어서 다들 침착하게 움직였다. 람보는 "5분 후면 출발할 겁니다"라고 소리쳤다. 람보의 외치는 소리 듣고 모두 일어나 떠날 준비를 했다.

화채능선 길이는 1,708m이다. 화채능선은 봄에는 철쭉이나 진달래가 붉은 색을 사면으로 펼쳐 놓아 안구정화를 해준다. 여름에는 도토리나무와 자작나무 같은 활엽수가 짙푸른 녹음을 만들어 울창한 숲의 정기를 마음껏 느낄 수 있게 한다. 가을이면 단풍나무가 울긋불긋한 단풍

준비(1)

을 눈부시게 장식해 가을의 정취를 한껏 뽐낸다. 겨울이면 나뭇가지마다 눈꽃이 다른 곳보다 더욱더 아름다운 곳이었다. 그 아름다움이 짙고 푸르러 특별히 화채능선이라는 이름을 갖게 되었다.

소청산장 떠난 지 얼마 지나지 않아 설악산에서 제일 높다는 대청봉에 이르렀다. 기념사진을 찍고 곧 출발했다. 한 30분 정도 걷고 왼쪽 전망대 바위 위에 서서 위쪽을 바라보았다. 붉게 물든 단풍이 푸른 전나무, 잣나무와 어울려 아름다운 색채와 조화를 이루며 펼쳐져 있다. 밑으로는 아직 물들지 않은 단풍나무들이 푸른 빛을 발산했다. 서울 근교에서는 구경조차 하기 어려운 생경한 식물들이 건강을 뽐내고 있다. 푸릇푸릇 여기저기 고개를 쳐들고 일행을 환영했다. 사람들이 흔히 말하기를 우리나라의 단풍은 설악에서부터 라는 얘기를 했다. 이곳에서 보니 바로 이곳 화채능선에서부터 시작된다는 생각이 들 정도였다. 사면이 온통 단풍나무들로 둘러싸여 있다. 멀리 구름에 살짝 덮인 공룡능선과 만경대가 아름다운 자태를 드러내 놓고 있었다. 화채능선은 외설악에서 유일하게 부드러운 산새를 지니고 있다. 도토리나무를 비롯하여 수십 종의 활엽수와 전나무, 잣나무 등 침엽수가 원시적인 상태를 유지한 채 숲을 이룬다. 많은 야생화와 이름 모를 잡초까지 바닥을 장식해 화채능선을 더욱 아름답게 했다. 바닥은 도토리가 많이 밟히고 다람쥐들은 사람이 무섭지 않은지 바로 앞에서 도토리를 맛있게 까먹고 있다. 손 내밀면 바로 손바닥 위로 올라올 것 같이 보였다. 일행 중에 이런 걸 보지 못했던 몇몇 사람은 신기한 듯 평화로운 광경에 놀라워하며 감탄하고 있었다.

다람쥐들을 뒤로하고 조금 더 걷다 보니 전망 좋은 바위가 나타났다.

아래쪽으로 천불동 계곡에 조용히 자리한 양폭산장이 보였다. 옛날 불제자 일곱 형제가 선녀탕에서 목욕하는 선녀를 훔쳐보다 바위가 되었다는 전설의 칠형제봉 일곱 봉우리가 재미있게 보였다.

산에서 보는 아름다움은 일정한 거리를 두고 바라볼 때 그 진가가 더욱더 확실하게 나타난다. 화채능선 자리가 그러한 곳 중 하나였다. 화채능선이 더 아름답다고 느끼게 되는 건 예쁜 외설악 모습을 실감 나게 감상할 수 있도록 자리 잡고 있기 때문이다. 일행들은 주위의 아름다움에 취해 버린 듯 할 말을 잊고 있었다.

발길을 다시 옮겼다. 30m 정도 되는 절벽이 가로막는다. 화채봉(1,320m)이다. 옆으로 난 길 따라 돌아가니 운해에 뒤덮인 천태만상 기암과 거대한 암봉들이 다도해를 연상케 하는 광경으로 펼쳐진다. 대청봉과 중청봉, 소청봉이 아기자기한 설악 몸체 위에 중후한 모습으로 자리했다. 가만히 귀 기울이니 멀리서 가물가물 천불동 계곡물 소리가 들려왔다. 이곳에서 들리는 천불동 계곡물 소리는 친근하기도 하면서 은근하고 정겨운 노랫소리 같다. 시간이 어떻게 흐르는지 가늠하기 어려웠다. 얼른 자리를 옮겼다.

화채봉에서 걷기 시작한 지 한 시간 정도 지났을까 산세가 달라졌다. 그동안 지나온 곳과 달리 우뚝우뚝 솟은 암봉들이 연속으로 자리 잡고 있었다. 칠성봉(1,077m)이 여기에 자리했다. 불꽃처럼 치솟은 봉우리와 오랜 세월 견디어 온 소나무가 몸을 뒤틀며 용트림하는 아우라가 바로 하나의 그림이다. 그대로 지나치지 못하고 화가로서의 본능이 불쑥 솟아났다. 배낭에서 작은 스케치북을 꺼내 스케치를 시작했다. 모두들 주위에 둘러서서 그의 손 놀리는 모습을 숨죽여 보고 있다.

운해가 덮여 아스라하게 보이는 모습은 그냥 신선 세계처럼 보였다. 정신없이 몇 장 그렸다. 손 놓고 작업이 끝난 듯하자 그녀가 물을 한잔 건네주었다. 현실을 인식하기 시작한 듯 휴우 숨을 몰아쉬었다.

지켜보던 사람들과 함께 다시 짐을 챙겨 자리를 떴다. 소토왕골 계곡 건너 권금성으로 이어진 능선으로 올라섰다. 뒤돌아보면 880봉의 거대한 암봉과 암릉 아래 주목 군락이 대조를 이룬 멋진 풍경이 또 하나의 아름다움을 선사했다.

길은 다시 계곡 쪽으로 이어졌다. 내려왔다 다시 올라 갈려고 하니 힘이 들었다. 모두 허위허위 숨을 헐근거리며 허위 단심으로 힘들어했다. 간신히 능선에 오르니 멋진 전망을 볼 수 있었다. 멀리 금강굴이 있는 장군봉과 천불동 계곡 양쪽으로 펼쳐지는 아름다운 바위 군상들이 보였다. 언제 힘이 들었냐는 듯 표정들이 밝아졌다. 집선봉이 건너다 보이는 봉우리에서 성터를 발견했다. 바로 권금성 흔적이었다. 몽골군이 침입했을 때 권 씨와 김 씨 성을 가진 두 장군이 이곳에 성을 쌓았다. 백성들이 산성 암벽 위로 피난했다. 그 후로 이곳을 권금성이라 불렀다. 산 할아버지는 자세히 설명해주며 여기가 이번 산행 끝이라 했다. 산행 끝이라는 소리를 듣자 모두들 얼굴이 환 해졌다. 함께 고생한 동료들과 마음이 기쁨으로 차오르며 하나가 되었다. 서로에 대한 신뢰가 가슴속 깊이 새겨져 옴을 느꼈다.

모두 케이블카 정류장을 향해 걸음을 옮겼다. 2박 3일 용아장성, 화채 능선 산행은 몇 년 동안 사귀어 온 것보다 더한 친밀감과 동료애를 느끼게 해 주었다. 무슨 일을 하더라도 호흡이 척척 맞을 것 같은 분위기였다.

연길(옌지)

　어느 정도 국내 일들이 정리되었다. 개설키로 한 연락사무실을 추진하기 위해 연길에 가 보기로 했다. 연길지역은 200년간 거의 버려져 있던 땅이다. 조선 시대 말부터 함경도의 기근을 피해간 조선족들이 개척해서 정착한 곳으로 북간도라 불렸다. 동쪽으로 우수리강을 경계로 러시아와 조금 붙어 있다. 서쪽으로 길림성의 백산시, 길림시와 인접해 있다. 남쪽으로 두만강을 사이에 두고 북한과 붙어 있으며 북으로 흑룡강과 닿아 있다. 일제강점기에 항일독립운동 근거지로 중요한 위치를 차지했다. 청산리 항일 전승지, 봉오동 항일 전승지 등 독립운동 유적지가 많이 남아 있다. 1952년 9월 3일 중국 길림성 동남부에 있는 연변에 연변조선족자치구가 설립되었다. 1955년 12월에 연변조선자치주로 승격하여 중국에 유일한 조선족자치주가 되었다. 조선족 인구는 전 인구의 40% 정도를 차지한다. 기타 소수민족으로 만족, 회족, 몽골족 등이 있다. 1985년에 이르러 외국인들이 사전 허가 없이 자유로이 드나들 수 있는 갑급 개방지역으로 자리하게 된 곳이 연변지역이다. 연변에는 중국 다른 민족에게 없는 유일한 소수민족 자치방송국을 조선족 스스로 운영한다. 소수민족 자치방송국을 운영하는 조선족의 자부심은 대단하다. 연길은 연변 조선족 자치구 주 도시로서 본격적으로 개발되기 시작한 건 불과 100여 년 정도다.

인천공항에서 비행기를 타면 연길까지 2시간 20분 정도 걸린다. 인천공항에는 대한항공, 아시아나항공, 중국국제항공, 중국남방항공 등 여러 항공사 비행기가 있어 원하는 시간대 비행기를 골라 탈 수 있다. 그와 김 선교사는 아침나절에 출발했더니 한참 밝은 대낮에 마중 나와줄 사람 없는 연길(옌지)에 도착했다. 우선 짐을 풀어놓고 잠자리 정하는 것이 중요했다. 연길에 거주하는 사람들과 가까운 곳에서 직접 접하며 생활습관과 주변 풍습을 익힐 필요가 있었다. 호텔보다 여관 급 숙소가 서민들을 직접 접하기 좋을 거라는 생각에 우리나라 여관 급에 속하는 곳을 찾았다. 안민려사(安民旅社)라는 간판이 보이길래 찾아 들어갔다. 주인은 한족이었으나 서로 어렵지 않게 의사소통이 이루어졌다. 방 두 개를 계약했다.

우리나라의 여관 정도 시설로 보면 딱 맞는 곳이다. 짐을 풀어놓고 거리를 걸어 보기로 했다. 거리는 낯설지 않았다. 상점들 간판은 거의 한글과 한자를 함께 써 놓고 있어서 필요한 곳 찾기가 어렵지 않았다. 식당들이 여럿 눈에 띄었다. 거리를 걷고 있으니 귀에 익숙한 한국어가 낯설지 않게 들려왔다. 조금 걷다 보니 류경호텔이란 간판이 눈에 들어왔다. 건너편에는 횟집도 있었다. 횟집을 지나쳐 계속 걷다 보니 전주 설렁탕이라는 간판이 보였다. 설렁탕을 전문으로 하는 곳이다. 출출하기도 해서 문 열고 들어갔다. 구조가 우리나라 설렁탕 집 식당 구조와 흡사하다. 음식 시키고 맛을 보니 우리나라에서 먹던 설렁탕 맛과 비슷해 마음이 편안해지며 외국이란 느낌이 들지 않았다.

안민려사에서 하루 지내보니 서민적인 시설이 별로 낯설지 않았다. 방도 크고 TV, 온수기도 있었으나 온수는 다 써버리면 찬물이 나오게 되는 태양열 시설이었다. 덮고 자던 이불은 일 년 내내 한 번도 세탁하지 않은 듯 보였다. 낯선 외지에 나와 건강을 조심해야 한다는 생각에 숙소를 바꾸기로 했다. 돈이 들더라도 편안히 거처할 곳을 찾기로 했다. 안민려사를 나오기 전에 보아 두었던 호텔을 찾았다. 간판을 보니 세기호텔이라 쓰여 있다. 그곳으로 숙소를 바꾸었다.

연고가 있어 사람을 만나러 온 게 아닌지라 어디부터 일을 시작해야 할지 막연했다. 어느 정도 시간이 흐르면서 거리 상가에 게시된 한글 간판 때문에 마음속에 쌓였던 막연함이 조금씩 희석되어 갔다. 새로 정한 숙소도 안정적이다. 거리 모습도 점차 눈에 익어 낯섦이 사라지자 이곳저곳 좀 더 먼 곳을 다니면서 지리를 익히기 시작했다.

백두산을 가보기로 했다. 백두산은 북한 양강도 삼지연군과 중국 길림성에 걸쳐 있는 산으로 우리나라 사람이라면 설명하지 않아도 다 알고 있는 산이다. 다음날 새벽 다섯 시쯤 등산복 차림으로 숙소를 나섰다. 남한에 사는 사람이라면 한 번쯤 가보고 싶어 하는 곳, 백두산. 중국에서는 장백산이라고 불렀다. 백두산은 250년 전 화산활동이 멈춘 사화산이다. 최근에 백두산이 다시 폭발할 거라는 말이 심심찮게 나돌고 있다. 전체 면적 중 삼 분의 일은 중국 영토, 삼 분의 이는 북한 영토에 속한다.

사륜구동 지프차 타고 연길 떠난 지 4시간쯤 지나 백두산 초입에 이르렀다. 백두산 입구에 들어서니 한자로 장백산이란 글씨가 보였다. 백두산은 벌써 가을 분위기가 느껴졌다. 등산 목적이 아니었기에 그냥 지프차를 이용했다. 지프차로 아슬아슬하게 몇십 분 달리니 천지에서 30m 지점까지 갈 수 있었다. 백두산 높이는 대략 2,750m로 한국에서 제일 높은 산이다. 어떤 사람은 백두산 천지가 하루에 백두 번 변한다 하여 백두산이라 불렀다는 말을 했다. 하지만 그 말은 틀린 말이다. 백색 부석(浮石) 얹혀 있는 모습이 마치 흰 머리 같아 백두산이라 부르게 된 것이 맞는다고 했다. 예부터 한국의 모든 산은 백두산에서부터 뻗어 내렸다고 생각했다. 백두산에서 시작되어 지리산까지는 백두대간이라 한다. 고려 태조 왕건 때부터 본격적으로 민족 성산(聖山)으로 숭상되었다.

차에서 내린 후 30m 정도 걸어 올라가니 천지가 나타났다. 천지 평균 수심은 200m인데 가장 깊은 곳은 373m나 된다. 천지 둘레는 14km이다. 백두산은 6월 말까지 눈이 남아 있다고 했다. 9월에 첫눈이 내리는 추운 곳이다. 입산할 수 있는 기간은 6월 말부터 9월 초까지 약 2개월 정도다. 중국에서 가장 깊은 화구호(갈데라호)로 알려졌다. 연평균 기온은 섭씨 영하 7.3도이고 평균 수온은 섭씨 0.7℃에서 11℃ 정도다. 11월에 얼어붙었다가 6월이 되어 녹는다. 얼음 두께는 1.2m에 이른다. 천지 수질은 매우 깨끗해 먹을 수 있다. 주로 지하수와 강수량으로 채워진다. 날씨가 불규칙하여 거센 바람과 폭풍우가 자주 발생해 아름다운 광경 보게 되는 건 행운을 얻는 것과 같다고 했다. 백두산은 한 시간에도 몇 번씩 그 얼굴을 바꾸기 때문이다. 심지어 천지(天池)를 보러 왔다가 천지(天池)를 못 보고 왔다는 사람이 천지(天地)라는 우스갯말까지 있다.

그와 김 선교사는 행운이 함께 했는지 가벼운 등산복 차림으로 왔는데 아름다운 모습을 볼 수 있었다. 실제로 본 백두산 천지의 웅장한 모습에 감탄사가 절로 나왔다. 넓고 파란 호수 주변으로 500m 안팎 회백색 산봉우리들이 둥그렇게 둘러서서 호수를 지켜주는 듯했다. 높은 산꼭대기에 맑고 아름다움 간직한 크나큰 호수가 있다는 것 자체가 엄청난 경이로움으로 가슴을 꽉 채웠다. 날씨만 변하지 않는다면 얼마라도 그대로 있고 싶은 기분이었다. 오래 있고 싶었지만 속내를 알기 어려운 천지 날씨 때문에 급히 내려왔다.

아름답기도 하고, 웅장하기도 하며, 변화무쌍하기도 한 백두산 천지를 보고 깊은 감동이 채 사그라지기도 전에 용정으로 향했다. 용정은 중화인민공화국 길림(지린)성 연변 조선족자치주에 있는 도시다. 면적은 2,591㎢고 인구는 약 26만 명이다. 도시 가운데로 두만강 지류인 해란강이 흐른다. 용정에 민족시인으로 알려진 윤동주 시인 묘를 그냥 지나칠 수 없었다.

차를 세우고 주민을 찾아 물어보았다. 김 선교사가 중국어에 능통한 것이 많은 도움이 되었다. 조선족인 듯하면 한국말로, 한족인 듯하면 중국말로 소통했다. 그러나 이곳 어디서든 조선족들이 많이 있어 우리가 중국어로 말할 필요는 거의 없었다. 가곡 선구자로 알려진 정자 일송정이 있다. 일송정(一松亭)은 용정시를 내려다보고 있는 한 그루 소나무와 정자를 일컫는다. 그 이미지만큼 아프고 슬픈 상처와 역사를 간직하고 있다. 중국 길림성 연변 자치주 용정시에서 서남쪽으로 4km 정도 떨어진 비암산 정상에 우뚝 서 있다. 용정 일대 구국 청년들의 항일독립운동 요람이었다. 이곳에는 1938년도까지 수백 년 동안 온갖 풍상 견디어 온 아름드리 큰 소나무가 실제로 있었다고 했다. 성지로 주민 관심과 칭송이 높아지자 일제는 정자를 없애 버리고 옆에 있던 소나무도 베어버렸다는 것이다.

해방 이후 중국 용정시 정부는 1989년 한국인의 도움을 받아 다시 이곳에 정자를 세우고 소나무를 심었는데, 누군가 계속 잘라버리거나 말라 죽게 했다. 현재 서 있는 소나무도 2003년 9번째로 심은 것이라 했다.

하늘을 우러러
한 점 부끄럼이 없기를
잎새에 이는 바람에도
나는 괴로워했다

별을 노래하는 마음으로
모든 죽어가는 것을 사랑해야지
그리고 나에게 주어진 길을 걸어가야겠다
오늘도 별이 바람에 스치운다

이 서시는 우리나라 사람이면 거의 다 아는 민족시인 윤동주 작품이다. 연변에서는 이 서시 지은 사람을 중국 조선족 시인 윤동주라 일컬으며 교육하고 있다는 거다. 근래 복원 작업이 일부 완성된 윤동주 시인 생가 정문 바위에 '中國朝鮮族愛國詩人尹憧柱故居(중국조선족애국시인 윤동주고거)'라고 분명히 새겨져 있다. 조선족은 한민족이지만 국적은 중국이다. 여태껏 일제시대 한민족 혼을 일깨워 주었던 저항의 표상 민족시인 윤동주가 조선족 소수민족 중국인으로 표기되어 있다. 조선족이긴 하지만 중국사람이라는 거다. 왠지 배앗겼다는 느낌이 들었다.

내가 처음 백두산에 갔을 때는 길도 울퉁불퉁하고 포장도 거의 되어 있지 않았다. 사람도 별로 많지 않았다. 많은 시간 지난 후 다시 가보니 완전히 달라져 있었다. 사람들이 많이 왔다 갔다는 것을 금방 느낄 수 있었다. 올라가는 초입에는 새로운 관광시설이 많이 지어졌다. 사람들이 몰려와 북적거렸다. 단체로 온 듯 보이는 사람들은 백두산이 목표인 듯했다.

시간의 흐름은 많은 것을 변하게 한다는 생각이 저절로 들었다.

다음날 중국과 북한 경계지역인 도문대교를 가보기로 했다. 연길(옌지)에서 도문(투먼)까지는 50km쯤 되었다. 1933년 이전까지 회막동(灰幕洞)으로 불리던 도문은 인구가 약 15만으로 1965년 시로 승격되었다. 두만강을 경계로 함경북도 남양시와 마주하고 있으며 하얼빈, 단둥, 심양, 북경 등지로 출발하는 열차 시발점으로 철도 교통 중심지다.

도문에는 남 시장, 북 시장, 서 시장, 중앙시장, 건설시장 등 재래시장이 여러 곳 있었다. 15만 인구에 시장이 이렇게 많다니 놀랍다. 도문시장 입구에는 노점상 아저씨들이 처음 보는 과일과 이름 모를 약초, 잡곡 등을 쌓아 놓고 손님을 기다리고 있다. 오가는 사람을 구경만 할 뿐 호객행위는 하지 않았다. 그래도 시장은 활기가 넘쳤다. 소란스러우면서 질서가 있었다. 주로 조선족 동포들이 이용하는 듯했다. 조선 말기 만주로 건너가 사람 사는 곳이면 어디든 찾아가 난전을 펼쳐 생계 유지했다는 이주 1세대들 생활상을 보는 것 같았다. 강인한 조선족의 단면이 엿보였다.

산과 강이 도시를 둘러싸고 있어 공기가 맑았다. 어디선가 본 듯한 벽돌담과 유행에 뒤처져 보이는 행인들 옷차림, 어색한 한글 간판 등은

향수를 자아내면서 낯설지 않게 느껴졌다. 조금 부족하면서도 차분한 분위기가 마음을 평안하게 만들었다. 변경도시라 북한과 왕래가 잦은 이유였을 거다. 조선족이 말하는 억양은 북한 말 같았다. 북한에 와 있다는 느낌까지 들었다. TV에서 간혹 보이는 북한 서체와 구호를 외치는 듯한 글이 자주 보여서 더 그랬다. 다만 사람들이 TV에서 보던 북한 사람들보다는 여유가 있어 보였다.

중국 도문시와 북한 함경북도 남경시를 잇는 도문대교는 왕래가 가능하다. 북한과 중국 경계지역이며 다리 중간지점이 양국 경계선이다. 다리의 길이는 약 120m 정도다. 색깔은 빨강 파랑으로 구분했다. 두 색깔이 만나는 곳이 바로 경계였다. 다리 중간까지 가보았다. 다리는 많이 낡아서 만든 지 아주 오래 되었다는 것을 알 수 있었다.

도문은 여러 갈래 물줄기가 합쳐진다는 만주어로 일제 시대 때 붙여진 이름이다. 중국 쪽에는 관광객들도 보이고 활기가 있었지만, 북한 쪽 다리 근처는 관리직으로 보이는 사람 한두 명만 보였다. 앞에 있는 도시는 생각보다 깨끗하고 큰 건물들이 있었다. 전력난 때문인지 마치 사람이 살지 않는 것처럼 움직임이 없었다.

두만강 이미지는 넘쳐날 듯 많은 물이 소용돌이치며 흐를 것 같은 생각을 했는데 막상 눈앞에서 보니 한 여름에 비 온 뒤 물이 꽉 차 흐르던 시골동네 하천 모습과 비슷했다. 어릴 때 훌렁 벗고 뛰어들어가 물장구치던 생각이 났다.

두만강 푸른 물에 노 젓는 뱃사공

흘러간 그 옛날에 내 님을 싣고
떠나간 그 배는 어디로 갔소
그리운 내 님이여 그리운 내 님이여
언제나 오려나

북한이 고향인 사람들이 술자리에서 고향 그리워하며 부르던 고 김정
구 선생의 노래, 〈눈물 젖은 두만강〉이 생각났다. 머릿속으로 그려보았
던 뱃사공은 어디에도 보이지 않았다. 이곳이 상류라 그런지 강폭이 좁
고 물살도 빨라 보이지 않았다. 누구든 쉽게 헤엄쳐 건널 수 있을 것 같
았다.

김 선교사는 성경책을 옆구리에 끼고 주머니에 양손을 집어넣은 채
고개를 푹 숙이고 깊은 상념에 빠진 듯 걷고 있었다.

"무슨 생각을 그렇게 하고 있어요?"

심각하게 보이길래 슬쩍 물어보았다.

"회장님, 이곳에도 교회가 있을 것 같은데요. 교회에 가서 예배를 보
고 가면 어떨까요?"

"그렇게 합시다. 연길로 가서 교회를 찾아봅시다."

도문에도 교회가 있는 듯했지만 연길로 돌아왔다. 어디 가든 교회건
물은 쉽게 눈에 띄었다. 쉽게 찾을 수 있었다. 안으로 들어갔다. 평일이
라 교회 안에는 아무도 없었다. 김 선교사는 앞자리로 향하더니 자리를
잡고 앉는다. 그도 함께 들어갔지만 조금 떨어진 곳에 앉아 김 선교사가
하는 행동을 지켜보았다. 김 선교사는 조용한 교회에서 큰 소리로 기도
하기 시작했다. 그가 있든 말든 아랑곳하지 않고 목소리를 크게 했다.

"주여, 갈 길을 인도하여 주십시오. 북한 선교를 위해 이곳에 왔습니다만 막연합니다. 길을 인도하여 주십시오, 가르쳐 주십시오. 어떻게 시작해야 좋을지 방법을 찾지 못하겠습니다. 주님의 인도하심을 기다립니다. 가르쳐 주십시오. 반드시 인도하여 주실 줄 믿으며 예수 그리스도의 이름 받들어 기도합니다. 아멘."

평일에 텅 빈 교회 안에서 큰 소리로 기도하자 교회가 쩌렁쩌렁 울렸다. 삐쩍 마른 김 선교사가 어떻게 저런 큰 소리를 낼 수 있을까 싶다. 김 선교사는 간단히 기도를 끝내지 않았다. 큰 소리로 또다시 기도를 시작했다. 금방 끝날 것 같지 않다. 기도가 길어지자 그는 교회를 둘러보기로 했다. 일어서면서 한쪽을 바라보니 누군가 김 선교사 쪽을 쳐다보고 있는 것이 눈에 띄었다. 살짝 고개를 숙이고 멀리서 인사를 해 왔다. 그도 살짝 고개 숙여 답례했다. 그 사람은 김 선교사 있는 쪽으로 다가가더니 좀 떨어진 곳에 가 앉았다. 김 선교사가 기도할 때마다 아멘 아멘 화답하며 김 선교사 기도에 호응하기 시작했다.

얼마 후 김 선교사도 누군가 옆에서 기도에 호응하는 걸 눈치챘는지 눈 뜨고 옆을 바라보았다. 두 사람 눈이 마주쳤다. 가볍게 고개 숙여 서로 인사했다. 통성명하더니 서로 명함을 건넨다. 그 사람은 그 교회 담임목사였다. 평일이라 교회 사무실에서 설교 준비를 하고 있는데 교회 안에서 큰 소리로 기도하는 소리가 들려 나와 보았다고 했다. 그도 명함을 꺼내 그 사람에게 건네주었다. 명함을 들여다보던 그 사람은 "아, 윤효근 화백이십니까? 윤 화백님과 '한생명운동연대'에 대해서는 이미 잘 알고 있습니다. 한국에 들어가게 되면 꼭 한 번 만나 뵙고 싶었습니다"면서 정말 반가워한다.

그 사람 이름은 임○○ 목사였다. 임 목사는 이미 단체 이름과 그에 대해 잘 알고 있었다. 한국에 가게 되면 꼭 한번 만나고 싶었는데 이렇게 중국 땅에서 만나게 되니 너무 반갑다는 말을 되풀이했다. 교회는 조선족 교회였다. 교회 사무실로 갔다. 만남에 대한 기도를 간단히 마친 후 여러 가지 대화를 나누었다.

'한생명운동연대' 지부 설립문제와 설립장소, 김 선교사가 묵을 집을 찾고 있다고 얘기해 주었다. 임 목사는 교회 옆에 빈 집이 하나 있는데 그곳을 수리해서 김 선교사 숙소로 쓰면 어떻겠냐는 제안을 했다. 연변지부 사무실은 교회 사무실을 같이 쓰면 일하기도 좋고 서로 도움도 될 거라는 말도 덧붙였다. 많은 이야기를 나누고 싶어 하는 표정이다. 많은 이야기를 하고 싶은 건 그도 마찬가지였다. 우선 김 선교사가 마음 놓고 거주할 수 있는 곳을 찾는 것이 급선무였기에 첫날 만남은 그 정도 하는 게 좋겠다는 생각이었다. 첫 번 우연히 만나서 김 선교사 거주할 곳과 연락사무실 정할 수 있게 된 것만 해도 아주 잘된 일이다.

김 선교사는 교회 옆에 거주지를 두게 되는 것을 정말 좋아했다. 김 선교사가 좋아하니 더 이상 거주할 곳을 찾는 일로 시간 낭비할 필요가 없게 되었다. 김 선교사는 모두 하나님 은혜라며, 하나님께 감사드린다는 말을 계속 되풀이했다. 그는 모든 걸 김 선교사가 원하는 대로 하기로 하고 사무실 문제와 숙소문제를 매듭짓기로 했다.

다음 날 아침 식사를 마치고 그는 김 선교사에게 연변지부 활용에 대한 얘기를 자세히 설명해 주었다.

- 현재 북한 주민들은 식량난으로 인해 많은 고통을 당하고 있다. 연

변지역에 일가친척이 있는 사람들은 식량을 구하러 자주 연변으로 온다는 것을 여러 경로를 통해 알고 있다. 연변지역 일가친척 역시 한두 번 정도 북한 주민을 도와줄 수는 있어도 지속적으로 돕기는 어려운 실정이다. 이런 때 연변에 오는 북한 주민들을 '한생명운동연대' 연변지부로 오게 해서 그들을 도와주는 건 매우 중요하다.

북한 주민을 도울 때는 식량만 줄 게 아니고 돈도 같이 주어야 한다. 돈을 주는 이유는 북한 주민들이 연변에 나올 때 북한 내에서 상급기관에 상납하지 않고는 연변으로 나올 수 없다는 걸 이미 알고 있기 때문이다. 상납할 돈도 주어야 한번 나왔던 사람들이 계속 또 나오게 된다.

최근 북한의 일반 주민들 생활은 더욱 어려워져 가고 있다. 이럴 때 그들에게 도움 주는 일은 꼭 필요하다. 연변에 일가친척이 없는 북한 주민이라도 연변에 나와 '한생명운동연대'로 찾아오게 하는 것이 우선 일차 목표가 되어야 한다.

어떻게 하든 '한생명운동연대'를 찾는 북한 주민들이 마음 놓고 머물도록 해 주어라. 우리 단체는 선교단체가 아니기 때문에 선교를 표면적으로 할 수 없다. 그러나 김 선교사가 개인적으로 이 기간을 통해 그들에게 선교하고 싶으면, 다행히 임 목사가 시무하는 교회가 있으니 그곳을 통해 방법을 찾아보도록 해도 좋다. 우리 단체의 목적은 기본 생활마저 보장받지 못하는 북한 주민들을 돕는 데 있다. 그들 돕는 일에 최선을 다하도록 해야 한다. 한 번 왔던 사람이 다른 사람을 데리고 와도 다시 그들을 전부 받아들여라. 몇 번 오더라도 거절하지 말고 계속 받아 주어라.

우선 임 목사와 상의해 이곳에 나왔다가 머무를 곳 없는 북한 주민

수용하는 방법을 찾아야 한다. 불편하지 않도록 해주어야 한다. 김 선교사 목적이 북한 선교와 중국 선교라 했으니 찾아온 사람들을 상대로 드러나지 않도록 은밀하게 선교활동 하는 것은 김 선교사 재량에 맡기겠다. 이번이 아주 좋은 기회이니 이 기회에 마음껏 하고 싶은 일을 해라. 북한 주민들이 탈북하지 않고 자체적으로 변화할 수 있다면 그것이 바로 통일을 향한 최고의 지름길이 되기 때문이다. 돈은 필요한 만큼 지원해 주겠다. 필요할 때마다 지체하지 말고 꼭 연락해 주어야 한다.

내가 한국에 가 있는 동안 북한에 들어갈 방법을 자세히 조사해 주기 바란다. 어쩌면 임 목사님이 그런 일을 잘 알고 있을 것으로 생각되니 임 목사와 상의해 보도록 해라. 북한 쪽에서는 돈을 요구할 거다. 그들이 얼마를 요구하든 거절하지 말고 일단 수용해라. 며칠 있으면 김 선교사 혼자 있게 될 테니 열심히 일해 주기 바란다. ―

그가 열심히 얘기하는 동안 김 선교사는 눈시울이 그렁그렁해져 있었다. 그의 말이 끝나자 흘러내리는 눈물을 닦지도 않고 고개 숙인 채 감사기도를 드리고 있었다.

그는 얼마 안 되었지만 연변에서 며칠 생활하다 보니 몇 가지 가슴속으로 와 닿는 것들이 있었다. 조선족들의 우수함이 느껴졌다. 조선족들은 무엇이든 하려는 의지가 강했다. 근면하고 진취적이었으며 개척적인 정신이 있었다. 자부심이 강해서 어려운 상황에 처해 있더라도 어떻게 하든 이겨내려는 의지가 뚜렷했다.

같은 민족인 이들이 왜 이곳에 살게 되었을까? 조선족들 이민사를 살펴보니 19세기 중엽부터 생각해 볼 수 있었다. 일본 제국주의자들의 가혹한 수탈과 학정은 정상적인 삶을 살기 어려웠다. 사람답게 살아간 다는 것은 생각조차 할 수 없었다. 나라 빼앗긴 설움까지 더해져서 억 누르고 참는 것 자체가 어려웠다. 너무도 견디기 힘들었다. 어디 호소 할 길마저 없었다. 아픔과 탄식, 고통 속에서 살아야 했다. 그 절망에서 벗어날 방법을 찾기 위해 길을 떠났다. 두만강, 압록강을 건넜다. 다른 한편으로는 멀리 하와이로, 멕시코로 떠났다. 살길 찾아 떠났던 사람 들이 부지기수였다. 20세기 초엽에 나라를 되찾으려 결심했던 많은 사 람들이 앞날 기약하기 어려운 길을 떠났다. 혈혈단신이든지 아니면 가 족과 함께 북간도 땅으로 들어와 독립운동에 몸을 바쳤다. 일부는 새 로운 삶 찾아 이곳저곳을 헤맸다.

20세기, 30년대부터 또다시 일제는 허울 좋은 선민정책을 앞세워 대 량의 한민족을 만주로 이주시키는 참극을 만들어 냈다. 세 단계에 걸 친 백여 년 동안의 이민과정에서 3천만 겨레 중 3백여만 명이 만주로 들어갔다. 피눈물 속에 이민과정이 지속되면서 10명당 한 사람이 정든 고향을 떠났다. 전 세계 어디에서도 찾아보기 힘든 일을 당한 우리 민 족의 슬프고 아픈 상처의 흔적이며 역사였다. 그 흔적이 지금 여기에 남아 있다.

이 글을 쓰면서 최근의 일본 지도자들을 생각해 보게 된다. 일본 국민들이 다시 우파지도자들을 뽑아 우경화로 돌아서고 군국주의화 될 우려가 있다 는 기사가 아시아와 주변 국가를 긴장시키고 있다. 자기들의 과거 침략성을 정당화하려는 움직임을 보이는 건 아무리 생각해도 용납하기 어렵다.

그들이 자신의 잘못된 과거를 인정하고 자신들로 인해 피해 입게 된 나라에게 진정한 사과를 하지 않고는 절대 선진국이나 문명국이라 할 수 없다고 본다. 피해를 본 사람들은 절대 그 일을 잊을 수 없다는 걸 그들은 모르고 있는 것 같다.

누가 보더라도 충분히 사과했다고 인정될 때까지 계속 잘못을 인정하는 자세가 필요하다. 그들의 사과가 피해국들에게 진정으로 받아들여졌을 때 진정한 화합은 이루어질 것이다.

*

북한 주민들의 어려운 실정을 생각하면 마음이 아프다. 인사동 사무실에 가서 직원들과 산 할아버지에게 인사하고 화실로 돌아왔다. 화실은 깨끗하게 정리되어 있었다. 그가 없는 동안 그녀가 정리해 놓은 것 같았다. 그녀 손길이 느껴지며 그리움이 온몸을 휘감았다. 가장 행복한 시간은 그녀가 옆에 있을 때라는 게 새삼스럽다. 나올 때 눈짓해서 알고 있겠지만 빨리 왔으면 좋겠다.

화실은 가장 평안한 공간이다. 연변 가기 전에 작업했던 그림 앞에 앉아 물감 정리하고 붓을 다시 푼 후 그림을 그리기 시작했다. 작업하는 동안에는 망각의 늪 속에 빠진 듯 모든 걸 잊었다. 언제 무슨 일이 있었냐는 듯 어느새 작업에 몰입되었다.

그녀는 그가 돌아온 것을 보니 가슴이 콩닥콩닥 방망이질 쳤다. 직원들이 눈치채지 않도록 조심스럽게 사무실에서 있었던 일들을 대략 설명하고 자세한 건 나중에 하기로 했다. 살짝, 저녁에 화실로 가겠다는 눈짓을 보냈다.

화실 문을 살짝 열고 들어와 문을 잠갔다. 무엇을 하고 있을까 궁금했다. 작업실을 살펴보니 그림에 흠뻑 빠져 작업에 몰두하고 있다. 그녀가 온 것도 모르고 있었다. 변함없는 모습. 그가 눈앞에 보이는데도 그리운 마음을 숨길 수 없다. 오늘은 작업을 방해하기로 했다.

"나 왔어요."

"응, 언제 왔지?"

붓 내려놓고 몸을 돌려 그녀 쪽으로 향했다. 입술을 포개고 서로의 몸을 더듬었다. 모델 서던 자리에 그의 팔을 베고 누워 연변에서 있었던 일을 들었다. 보름 정도 떨어져 있었지만 몇 년을 기다린 기분이다. 그가 옆에 있다는 것만으로 편안하고 좋았다.

*

김 선교사에게 말을 하고 왔지만 북한 주민들이 마음껏 쉬었다 갈 수 있는 장소를 마련하는 일이 간단하지 않을 것 같다. 임 목사에게 전화해서 교회 근처의 땅을 얼마나 활용할 수 있는지 물어보았다.

오래전에 지어 놓았던 집을 새로 건축하고 마당까지 늘려 지으면 200평(약 660㎡) 정도 신축허가만으로 지을 수 있을 거란 대답이 왔다. 그가 생각하기에 그 정도 땅으로는 제대로 된 휴식 공간을 만들기가 어렵다. 교회 근처에 중국 정부로부터 50년간 임대하여 건축허가 받을 수 있는 땅을 알아봐 달라고 부탁했다.

　최근 북한은 식량난이 더욱 극심해져 가고 있다. 북한 당국에서도 연변에 일가친척 있는 사람들에게 연변에 나갔다 오는 일을 묵인해 준다고 했다. 돌아올 때 꼭 식량을 구해와야 한다는 조건이 붙어 있다. 탈북을 막기 위해 식구 중 일부는 반드시 북한에 남아 있어야 한다는 조건도 있었다. 그러나 한번 나갔다 오는 게 그리 쉬운 일은 아니다. 연변에 한 번 다녀오려면 상급자에게 뇌물을 상납해야만 했기 때문이다. 뇌물은 현금이었다. 그런데 뇌물 주고 연변에 나온다 해도 식량을 꼭 구해 간다는 보장이 없다. 그것은 연변에 있는 일가친척 역시 지속적으로 도움을 주기 어렵기 때문이다. 그는 이걸 알고 있었다. 그래서 연변 '한생명운동연대'에 찾아오는 북한 주민들에게 쌀과 일정액의 돈을 함께 주려는 것이다. 어떻게 보면 이렇게 전달하는 것이 직접 북한 주민들에게 가장 정확하게 식량을 전달하는 방법이 된다. 정부간에는 대량으로 한꺼번에 많이 지원하는 경우가 있지만 지원된 식량이 직접 주민들에게 전달되는 것을 확인할 수 없는 게 문제다. 그렇게 지원된 식량은 거의 군용으로 사용되기 때문에 북한의 선군 정책에 도움을 주는 결과만 가져온다. 남북 관계는 더욱더 경색될 수밖에 없다. 실제로 남한에 거주하는 탈북인에게 들어서 알고 있다.

*

여러 일을 처리하려면 자금이 더 필요하다. 고심하다 GLOBAL-1234 김 회장에게 얘기하기로 했다. 연변에 갔다 온 얘기도 할 겸 한 달에 한 번 만나기로 한 약속도 있어 김 회장을 찾아 갔다. GLOBAL-1234는 올 때마다 조금씩 변해가는 느낌이다. 변함없이 반가이 맞아준다. 자금 사용내역을 보여주며 연변에 갔다 온 얘기를 해 주었다. "형님, 장부는 보여주지 않으셔도 됩니다. 오히려 이렇게 장부를 가지고 오시면 제가 더 불편하니까 그러지 마십시오. 북한 동포를 돕고 북한 어린이를 도우려면 자금이 부족하겠네요. 이번 회기부터 10억 원씩을 더 보내 드리겠습니다. 그리고 필요하실 때는 아무 때든 상관하지 마시고 더 말씀해 주세요."

"먼저 얘기를 해 버리니 할 말이 없군. 그건 그렇고 우리는 장부 정리하는 게 습관이 되어 있어서 항상 영수증을 첨부해 기록을 해 두지. 또 후원해 주는 사람들에게 지원해 주는 돈이 제대로 쓰여 지고 있다는 걸 알려주는 것은 의무사항이기도 하고…. 장부 보는 일은 당연한 일로 받아들여 주었으면 좋다고 생각하는데."

"형님 안 그래도 되니까 걱정하지 마시고 마음 놓고 사용하세요. 형님 하시는 일은 이미 다 알고 있어서 굳이 장부까지 볼 필요는 없고요. 그저 한 달에 한 번 같이 식사하는 것만은 잊지 말아 주십시오. 제가 무슨 일이 있어도 그것만은 꼭 지킬 겁니다."

결국 매 분기마다 30억 원씩 자금을 보조받게 되어 자금 걱정을 덜게 되었다.

*

그는 중국에 있는 한국 영사관 측과 상의해 보았다. 현재 정상적인 루트를 통해 북한과 왕래하는 길은 극히 제한적이다. 정상루트로는 북한에 가기 어렵지만 양쪽에서 서로 양해하면 비공식적으로 왕래하는 것은 묵인할 수 있다. 북한 체류 기간을 해외 공관이나 통일부에 알려주고 그 기간을 확실히 지켰을 때 왕래하는 일을 굳이 막지 않는다는 걸 알았다. 다만 북한에 들어갔을 때 나중에 문제가 될 수 있으니 항상 신중히 행동하라는 말을 들었다.

연길 대우호텔 커피숍, 그와 임 목사, 북한 측 관계자가 함께 자리했다.

"만나서 증말 반갑습네다, 윤 선생에 대해서는 이미 많이 알고 있습네다."

몸집은 약간 마른 듯 보였다. 머리는 기름을 발라 올백으로 넘겨 단정했다. 말은 조심조심하면서 순간순간 매서운 눈초리의 사나이가 인사해 왔다.

"안녕하십니까? 반갑습니다. 북한 어린이들이 어렵다는 소식이 들려 제가 직접 가보고 싶은 생각이 들었습니다. 보고 도울 방법이 있으면 한번 돕도록 해 보겠습니다."

"고맙습네다. 언제 가실 건지 말해 주시라요. 미리 연락해 두갔습네다."

어렵지 않게 얘기가 진행되면서 매듭이 지어졌다. 영사관 측에 북한 방문 기간과 목적을 자세히 알려주고 한국의 그녀에게 연락했다.

"어머, 그래요? 정말 조심하세요. 건강 조심하시고 잘 다녀오세요."

평양의 거리

사람들은 부자연스러웠고 무엇에 쫓기는 듯하다. 모든 사람이 약속에 늦어 서두르는 것처럼 보였다. 옷차림새는 거의 어슷비슷하고 단조로웠다. 옷 색깔은 어두웠고 무거웠다. 모두가 보이지 않는 커다란 틀속에서 각본에 의해 움직인다는 생각이 들었다. 조금 특이했던 점은 지나치는 사람들이 한결같이 의도적으로 눈을 마주치려 하지 않았다. 마치 투명인간을 대하듯 했다. 여자들은 거의 비슷하게 보였지만 젊은 여자들 옷 색깔이 비교적 밝은 편이었고 구두가 높았다. 나이 많은 여자들과 구별돼 보였다.

도로가 좀 특이했다. 횡단보도가 없었다. 길을 건널 때는 모두 지하도로 건너게 되어있다. 간혹 길을 가로질러 건너는 사람이 있기는 했다. 사방 눈치를 보며 건너는 폼이 우리나라에서 교통법규 위반할 때 하는 행동과 비슷했다.

식당, 지하철, 거리, 사람이 많이 모이는 곳이라면 어디를 가든지 사회주의체제 선전 방송이 나왔다. 의식적이든 무의식적이든 언제나 들을 수밖에 없었다. 저절로 세뇌될 것 같았다.

평양에서는 대중교통이 매우 중요한 역할을 한다고 할 수 있다. 평양 지하철은 수도인 평양의 주요 교통시설 중 하나다. 정식 명칭은 '평양지하철도'. 평양지하철도관리국에서 운영하고 있으며 2012년에 운행한 지 39주년을 맞이했다.

지하철역 내부 구조는 세상에서 유례를 찾아보기 힘들 정도로 호화롭게 지어졌지만, 외부인에게 내부 구조를 공개하는 일을 꺼리고 있다. 많은 부분이 아직도 베일에 싸여 있다. 이러한 비공개 방침은 지하철 주요 건설 목적이 비밀리에 설치된 지하 군사시설과 각각 연결하기 위한 것이라 생각하면 수긍이 가는 일이다.

한편 북한 경제 사정이 지속적으로 극심한 침체를 면치 못함에 지하철 운행 횟수가 눈에 띄게 줄어든 것으로 알려지고 있다. 이러한 사실을 조금이라도 은폐하려 갖은 애를 쓰고 있다. 그러면서도 노선 확장 계획이 잡혀 있다는 점은 흥미로운 일이다. 확장 계획으로 잡힌 지점이 다른 군사시설과 연계되기 때문에 공사를 진행하고 있다고 말할 수밖에 없다.

- 북한연구소에서 발표한 내용을 참고로 적어본다.
『지하 갱도의 형식과 능력』/자료 출처: 북한연구소 김필재 제공
- 한국국민들이 모르고 있는 북한의 전시 지하 갱도
북한 전쟁대비 지하 갱도 최소한 3년 지탱할 전략물자와 주거실태 -

〈전쟁을 대비한 북한의 지하 갱도는 전시 작전지휘용, 전략물자 보관, 전시 군수물자 생산 시설 등 다양한 형태가 있다. 이 가운데 지휘소 갱도는 유사시 ○○시의 12만 인구 전체를 조직동원· 지휘하는 전시 참모부로 모든 시, 군마다 한 개소가 있다.

1호 갱도는 김일성, 김정일, 김정숙 동상과 1호 물자(김일성, 김정일

초상화와 같이 우상화 관련 물품)를 보관하는 갱도이며 지휘소 갱도와 비상 터널로 연결이 되어있다.

지휘소 갱도와 1호 갱도에는 시당 조직 비서나 선전부장 등은 물론 외곽경비를 맡고 있는 경비소대원들도 들어갈 수 없을 만큼 철저하게 보안이 유지되며 행정기관(인민위원회)이나 국가보위부나 보안서도 관여하지 못하게 되어있다.

러시아 정찰위성을 동원해 출입문 노출 감시시설 점검 및 지하 갱도 공사는 70년대 전 당, 전국, 전민 무장화, 전국 요새화 방침이 나오면서 본격적으로 시작됐다. 당시부터 갱도공사 과제를 완수하지 못한 책임자들은 처벌을 받고 자리를 내놓아야 했으며 과제를 수행한 사람은 노력훈장을 받았다.

91년 이전까지는 베트남 전쟁의 교훈을 살려 갱도를 만들었으나 91년 이후에는 걸프전의 교훈을 살려 갱도 공사를 진행했다. 현재 북한의 갱도 공사는 인민무력부 총참모부 산하 공병국에서 배포한 표준화된 도면을 갖고 공사를 진행한다. 전시 시민대피용 갱도는 66호 갱도라고 부르며 60년대부터 시작되어 지금도 계속 건설 중이다.

66호 갱도는 암반을 뚫고 들어가기 때문에 반영구화 갱도라고 하며 ○○시내의 66호 갱도는 여러 개의 출입구에 수많은 곁가지 갱도로 구성되어 있다. 유사시를 대비한 갱도는 아무리 전기사정이 어려워도 반드시 전기를 보장한다. 전기공급이 중단되면 물과 습기가 차기 때문인데 만약 갱도에 물이 차면 군사재판에 회부된다.〉

북한에서 정확한 통계자료를 공개하지 않기 때문에 파악하기 힘들지만,

평양 인구는 대략 200만 ~ 300만 사이로 예상하고 있다. 어쩌하든 이것은 평양 지하철이 개통될 당시 1973년 인구인 65만 명에 비해 최소한 몇 배 되는 수치이다.

이렇게 인구가 증가한 동안에도, 개인 소유 자동차가 많지 않은 데다 최근까지 이동의 자유를 제한하기 위해 자전거 통행을 금지시켰다. 대부분 사람들은 걷지 않으면 대중교통에 전적으로 의지해야 한다는 결론이 나온다. 실제로 버스, 전차, 무궤도 전차, 전철 같은 모든 대중교통수단은 항상 붐비는 편이다. 일반 트럭이 때때로 사람을 실어 나르기도 한다. 나도 간혹 트럭 뒤 짐칸에 사람들을 태우고 어디로 가고 있는 걸 몇 번 보았다.

북한에 대해 얘기를 하다 보면 왜 그런지 항상 마음 한쪽이 꽉 막히는 느낌이 든다. 이제 내가 곧 이승 떠나야 할 시간이 가까이 다가오는데 떠나기 전에 우리 민족이 하나 되는 모습을 보지 못하고 가는 것이 못내 아쉽다.
- 이 글을 편집하는 동안 최근 북한에 대한 영상이 나오길래 유심히 보았다. 평양 시내에서 자전거가 다니는 것이 보였다. 아마 내가 갔을 때와 지금은 어느 정도 달라진 것이 있는 모양이다. -

당이 결심하면 우리는 한다! 위대한 수령 김일성 동지 만세! 미제를 몰아내고 조국을 통일하자! 인민생활 향상과 강성대국 건설! 위대한 선군정치 만세! 일심단결을 더욱 강화하자! 속도전, 섬멸전, 기동전, 혁명수도 평양을 가꾸자! 혁명도 건설도 항일유격대식으로! 우리식대로 살아나가자! 등 곳곳에 선전구호가 있었다. 남한으로 생각한다면 곳곳에 기업상품 광고 있을 만한 곳에 어김없이 선전 문구가 걸려 있다. 남한에선 보기 어려운 문구들로 장식되었다.

거리에는 가게들이 줄이어 있었지만 열렸는지 닫혔는지 모를 정도로 한가하게 느껴졌다. 양복점, 옷 집, 리발소, 국밥집, 책방, 전자기구수리점, 농산물상점, 남새상점, 얼음 보숭이, 청량음료점, 미장원, 국숫집, 목욕탕, 떡집, 물고기상점, 공산품상점, 육고기집, 단고기집, 과자점 등의 간판이었다. 그런데 사람들 들고 나는 것이 거의 보이지 않았다. 특이한 것은 남한이라면 안에 물건이 잘 차려 있으니 들어와 구경하라는 듯 불이 환하게 켜있을 텐데 어느 집이든지 안이 잘 보이지 않았다. 전기공급이 원활치 않아서 최소한의 불만 켜고 장사한다는 것을 나중에 알았다.

하루 24시간을 거의 안내인이 따라다녀서 민간인 생활을 자세히 보기 어려웠다. 일반 주민들 생활을 자세히 살펴보고 싶었다. 숙소를 호텔로 정해 주겠다는 걸 사양하고 아파트로 구해 달라고 했다. 식사시간 전후로 30분 내지 40분 정도 안내인이 보이지 않을 때를 이용해 혼자 나가 보기로 했다. 얼른 식사를 마치고 혼자 거리를 걸어 보았다. 몇몇 사람들이 경직된 눈초리로 유심히 바라보고 지나갔다. 행동이 자신들과 구별되게 보이는지 눈초리들이 조심스러웠다. 그러나 대부분의 사람들은 정말 투명인간을 보듯 전혀 개의치 않고 지나쳤다.

숙소인 아파트 주변을 서성거리고 왔다 갔다 했다. 평양 사람들과 사귈 방법이 없을까 생각해 보았다. 한 손을 주머니에 넣고 여유 있는 모습으로 발걸음을 옮겼다. 웬 할머니 한 분이 계속 뒤를 따라오면서 눈치를 살피고 있다. 이상하다는 생각이 들어 건물 뒤쪽 사람들 보이지 않는 곳으로 발길을 돌려 보았다. 할머니가 걸음을 빨리하는 것 같아 천천히 걸으며 기다려 보기로 했다. 아니나 다를까 다급한 목소리로,

"나 좀 보시라요, 남쪽에서 오셨수까? 성경책 가진 것 있으면 좀 줄 수 없갔습네까?"

순간, 귀를 의심했다. 할머니를 쳐다보았다. 할머니는 주위를 두리번 거리며 쫓기듯이 애원하는 모습을 보였다.

"나 성경책 있으면 좀 주시구래."

다시 한 번 사정했다.

"아, 네, 할머니. 지금은 가지고 있는 게 없는데, 죄송합니다."

너무 놀랐다. 성경책을 애타게 달라고 하는 사람이 있다는 게 믿겨지지 않았다. 마음 한쪽에서는 어떤 희망 같은 게 슬쩍 고개를 내밀었다. 할머니는 섭섭한 마음을 감추고 얼른 자리를 피해 다른 곳으로 급히 종종걸음을 쳤다. 그들 눈엔 남한에서 온 게 확연히 구별되는 모양이다.

왜 성경책을 가지고 있다고 할머니는 생각했을까? 성경책 주지 못한 게 내내 가슴 아팠다.

이곳에도 몰래 성경책을 갖고 싶어하는 사람이 있구나!

묵직한 감격이 몰려왔다. 춥고 황량했던 겨울 지나고 봄이 되면 새싹이 돋아나듯 아무리 짓밟아도 신앙에 갈급한 목마름을 막을 수는 없나 보다. 자유로운 신앙생활을 하기 어려운 이곳이지만 몰래 숨어서 신앙생활을 하는 사람들이 있다는 걸 알게 되었다. 목숨을 건 일이겠지만 끝까지 그 신앙을 놓지 않기를 마음속으로 빌었다.

평양에는 려명 거리라는 곳이 있다. 선택된 자들만 자유롭게 즐기는 곳이

다. 외국의 관광객들을 데리고 와서 보여주기도 한다. 북한이 이렇게 자유롭고 잘 사는 곳이라는 것을 선전하기 위해서다. 서울의 강남과 같은 곳으로 보면 된다. 서울의 강남은 가보고 싶은 사람이라면 아무나 자유롭게 가볼 수 있다. 즐길 수도 있다. 그러나 려명 거리는 서울과 같이 아무나 쉽게 가볼 수가 없다. 평양에 사는 것도 아무나 살고 싶으면 살 수 있는 곳이 아니다. 평양에 사는 사람들은 성분이 좋다고 인정을 받은 사람들이다. 성분이 좋지 못하면 거주할 수가 없다. 평양에 살면서도 지도층의 요구를 잘 받아들이지 않으면 언제 어떻게 될지 알 수가 없다. 북한 사람들이 특별한 일이 있을 때 기계적으로 많이 동원될 수 있는 것도 바로 이러한 구조 때문이다. 평양에서 계속 살려면 김일성 사상을 언제나 잘 따라야 한다. 반대가 절대 있을 수 없는 곳이 북한이다. 투표하기는 하지만 언제나 100% 찬성만 있는 곳이 북한이다. 반대하면 그 즉시 반동으로 몰려 정치범수용소 같은 곳으로 끌려가게 된다.

태양 궁전이라는 곳에 김일성의 시신을 안치해 놓고 성역화하고 있다. 그곳을 참배하는 것도 아무나 할 수 없다. 특별히 선택되어야 한다. 김씨 왕조를 튼튼히 굳히기 위한 수단으로 태양 궁전은 이용되고 있다. 어린 학생과 주민들에게 충성을 고취시키는 방법으로 이용되고 있다.

- 최근 TV에서 본 평양은 이전과 다른 모습을 볼 수 있었다. 의상이 전보다 다양해졌다. 택시가 전보다 많아졌으며, 사람들 행동도 활발하게 보였다. 주로 외국인들이 택시를 이용한다고 하긴 했으나 평양도 자유롭게 변해 주었으면 좋겠다. 자전거 통행도 가능해진 것 같았다.-
2017년 1월 31일 중앙일보에 났던 기사 중 일부를 요약해서 참고로 이곳에 적어본다.

- 최근의 북한은 그 전에 비해 많이 변해가고 있다. 옛날에는 개인 소유 차량은 기관에 소속시켜 왔지만 작년 말부터 개인 명의 등록이 허용되었다. 평양역엔 자유주의식인 승용차 '휘파람' 광고판도 등장했다. 장마당 경제가 거침없는 기세로 확장 중이어서 신흥자본가인 돈주(錢主) 그룹 중심으로 개인 차량 구입에 대한 관심이 부쩍 높아졌다고 한다. -

이러한 기사를 보면 그가 북한에 들어갔을 때와 지금은 많이 달라진 듯하다.

어린이 수용시설

언젠가 탈북인이 써 놓은 글을 인터넷에서 읽은 적이 있다. 우연히 읽게 되었지만 오랫동안 머릿속에서 떠나지 않았던 것이 북한 어린이 돕기 운동을 하게 된 계기가 되었다. 참고로 그 글을 이곳에 적어본다.

- 북한에서는 어린아이들을 집단으로 수용하는 수용시설이 전국적으로 계속 늘어나고 있습니다. 이러한 현상은 그만큼 북한의 가정들이 파괴되어 아이들을 돌볼 수 없는 형편으로 전락하고 있기 때문입니다. 수용시설에 갇히는 아이들의 생활실태는 그야말로 우리들의 상상을 초월합니다. 하루에 한 끼 먹는 것이 다반사이고 그것마저도 옥수수 숫자를 세어 20, 30알 정도로 줍니다.

특히 고아로 분류되어 수용된 아이들의 상태는 더 참혹하여 건강 상태에 따라서 전염성이 있거나 기력이 약해진 아이들은 그냥 죽을 날만 기다리며 쓰레기통에 버려지고, 특히 장애 어린아이들은 이보다 더 참혹한 현실 속에서 죽음으로 치닫고 있습니다.

미래가 전혀 없는 아이들이 북한의 전국 어린이수용소에 널려 있다고 봐야 합니다. -

북한에 탁아소나 유치원제도 정책은 존재한다. 탁아소나 유치원 정책은 오히려 완벽에 가까울 정도로 잘 짜여 있다. 그러나 일반 주민들에게는 볼 수 있어도 먹지 못하는 그림으로 그려져 있는 밥상과 같다. 혜택을 받는 사람은 특수층 일부 자녀들이다. 분명히 탁아소나 유치원이 존재한다. 그리고 일부에서는 잘 운영된다. 교육도 철저하게 이루어진다. 아무것도 모르는 어린 시절부터 철저하게 김일성 사상교육을 시키고 있다. 일부 지도층 어린이들만 받는다. 성분이 좋아야 받을 수 있다. 일반 서민층들은 꿈도 꿀 수 없다. 그곳은 먹을 것, 입는 것 등 어느 무엇 하나 부족한 것이 없으며 모든 것은 무료로 제공된다. 북한식 사회주의 정책이 실현되는 곳이다. 같은 탁아소라 해도 그러한 곳 제외한 다른 곳은 모든 것이 부족하다. 국가 지원받기가 어렵다. 주민들이 직접 돈을 내고 아이들을 보내야 한다. 그것도 아무나 할 수 없다. 일정금의 돈을 낼 수 없는 사람들은 이마저 할 수 없다. 대다수 사람들의 자녀들은 굶주리고 병들고 힘든 생활을 해야 한다. 이러한 아이들 모아두는 곳이 어린이수용소다.

사진에서 보았던 소말리아나 콩고 어린이들보다 더하면 더했지 결코 덜하지 않다. 어린아이들 대부분은 쇄골과 갈비뼈가 앙상하게 드러나 있다. 몇몇 아이들은 그를 바라보며 무슨 일인가 일어나기를 까막까막 기다리는 눈망울이다. 날카로운 대못이 가슴에 박힌 듯 아팠다.

누구의 잘못인가! 이 어린아이들이 무슨 잘못을 했기에….

옆에서 지켜보고 있던 안내원에게 아이들을 위해 무얼 먼저 지원해주면 좋겠는지 물어보았다. 약품, 식량 및 여러 가지를 얘기한다. 모두 지원해 주는 대신 마음 놓고 다닐 수 있도록 편의를 제공해 달라고 부탁했더니 안내원은 그가 하는 얘기를 자세히 메모하고 있었다.

그가 보았던 북한 사람들은 몇 가지 부류로 구별돼 보였다. 비교적 지도층으로 보이는 부류를 살펴보면 외관상 나타나는 모습은 남한 일반 시민들과 거의 구별이 안 될 정도로 비슷하다. 북한 측 시각으로 보면 성공한 부류다. 쉽게 말하면 기득권층이다. 기득권층이나 지도층에게는 지금도 배급이 원활하게 이루어진다. 어느 탈북 동포에게 듣기로 일반 인민층은 전혀 생각조차 할 수 없다고 했다. 어떻게 해서라도 스스로 먹을 걸 해결하지 못하면 굶어 죽을 수밖에 없다.

두 번째는 아주 잘 세뇌된 부류다. 얼른 보면 광대뼈가 툭 튀어나와 보이는데 그 이유는 그들이 많이 말라 있고 거칠기 때문이다. 그들은 어떻게 해서라도 기득권층에게 잘 보여 그나마 가지고 있는 생활보장을 지속적으로 받으려 애를 쓴다. 그들이 조금이라도 덜 세뇌되었던지 잘못된 일이 생기면 가차 없이 최하위 계급이나 반동으로 몰린다. 보장된 생활마저 어렵게 된다. 싫든 좋든 애면글면 충성할 수밖에 없다.

'위대한 아버지 수령동지', '위대한 장군 동무'라는 말을 붙이지 않고 얘기하는 게 지도층에 들키게 되면 하루아침에 최하위급으로 떨어진다. 이미 습관화되었고 생활화되었다. 실제로 그들은 자유가 완전히 보장되어 있지 않은 감시 상태다. 참다운 자유가 무엇인지 모르고 있는 듯했다. 태어날 때부터 이러한 환경 속에 있었기에 그들이 누리는 행동과 생활 자체가 정상인 것으로 알고, 참다운 자유를 보게 될 기회가 없었기 때문이 아닌가 싶었다.

남북 이산가족 상봉 순간에도 '위대한 장군님의 은혜'라는 말을 습관적으로 한다. 감시의 눈초리를 의식해서가 아니면 완전히 세뇌되어 있던지 둘 중 하나로 보였다. 이미 모든 것이 의식화되어 있다. 남북 이산가족 상봉을 추진하는 일도 쉽지 않다. 북한에는 연좌제라는 것이 존재하기에 남한에 이산가족이 있는 사람들은 항상 어렵게 지낸다. 감시를 받으며 지내기 때문이다. 생활이 궁핍하다. 그러한 모습의 사람들을 그냥 이산가족 상봉장소에 나가게 하면 피폐하게 보일 수밖에 없다. 그것을 감추기 위해 그들을 한 달 정도 평양의 시설이 잘되어 있는 곳에 데리고 간다. 잘 먹이고 잘 쉬게 한 후 이산가족 상봉장소에 데리고 가는 것이다. 비참한 모습을 보이지 않게 하려고 온갖 방법을 다 동원하여 감추려 한다. 이산가족 상봉이 쉽게 잘 이루어지지 않는 이유의 하나이기도 하다. 그들보다 못한 층은 우리가 신문에서 간혹 보게 되는 소말리아 사람들이나 아프리카 난민과 같은 굶주리고 헐벗어 너무 강파르게 보이는 층이다.

그들의 주체사상 속에 투쟁하여 가장 먼저 해방 시켜야 한다는 층이 바로 이런 층인 거다. 그들 세상을 만들어야 한다고, 그들이 주인이 되어야 한다고 떠들고 있다. 바로 그 인민 대중 계급이 지금 소말리아 난민 같은 생활을 하고 있다. 주체사상이 옳다고 떠들어대는 그들의 큰 모순이 바로 여기에 있다는 걸 어느 누구도 지적하지 못한다. 그걸 지적하면 어느새 쥐도 새도 모르게 잡혀가 정치범수용소 아니면 아무도 모르는 곳으로 잡혀가게 된다. 어느 누가 이런 말을 할 수 있겠는가!

가장 큰 모순을 정당화하려 세상에 없는 갖은 방법을 다 동원하고 있는 북한 지도층이야말로 이 지구 상에 남아 있는 가장 잘못된 집단세력이 아닌가 싶다. 지도층에 있는 그들 역시 현재 자리를 계속 유지하려면 더 많은 사람들을 억눌러야 하고 더 많은 사람들을 감시해야만 하는 게 북한 실정이다.

2013년 1월 22일 중앙일보 18면에 실린 북한에 대한 내용이다.
- 에릭 슈밋 구글 회장이 북한을 방문했을 때 그와 동행했던 그의 딸 소피(19세)가 북한에 대해 '북한은 〈트루먼쇼〉 같았다. 북한은 매우 춥고, 이상한 나라였다. 북한 주민들은 자신들이 북한에서 태어난 것이 행운이라고 믿도록 교육받는 것처럼 느껴졌다'며 그들은 의식하지도 못한 채 국가에 잡혀 있는 인질이라고 했다. -

19세가 본 그대로 꾸밈없이 순수한 표현을 했다고 느껴졌다.

연변지역으로 되돌아오기 전에 대우호텔에서 처음 만났던 연락원 겸 안내인에게 다음 일정에 대해서는 임 목사를 통해 연락하기로 했다. 며칠간 보낸 북한에서 안내원은 처음보다 훨씬 부드러운 표정이 되어 있었다.

남양역을 지나 도문대교가 가까워오자 건너편에 있던 김 선교사가 두 손 번쩍 들고 "할렐루야"를 외쳤다. 정말 반가웠다. 며칠이었지만 강 건너 세계는 전혀 다른 곳처럼 느껴졌다. 무거운 발걸음으로 도문대교 중간지점을 지나 김 선교사가 타고 온 사륜구동 지프차로 향했다.

임 목사와 김 선교사에게 북한 실정을 얘기해 주면서 성경 달라던 할머니 얘기를 해 주었다. 다음 북한에 들어갈 때 성경책을 몇 권 가지고 가겠다는 말을 하고, 김 선교사가 동행하는 방법도 찾아보기로 했다.

준비(2)

서울로 돌아온 그는 다른 때와 달리 여유를 갖기 어려웠다. 쉬지 않고 북한 어린이 수용시설에서 필요하다고 생각되는 품목들을 하나하나 훑어가며 챙겼다. 다른 곳에 신경 쓸 시간이 생기지 않았다. 분유, 기저귀, 의약품, 과자 등등…. 빠진 것이 생기지 않도록 세심하게 체크하며 관리했다. 그가 말도 하지 않고 서두르는 것을 보고 그녀는 방해되지 않도록 조심스레 돕기만 했다. 어느 정도 준비가 된 듯했다. 어떻게 전달하는 게 좋을까? 임 목사에게 전달하는 방법을 알아봐 달라고 부탁했다.

소식이 올 때까지 기다리면서 앞으로의 일정에 대해 다시 한 번 차분히 생각하는 시간을 가졌다. 아이들 얼굴이 줄줄이 떠올랐다. 화판 위에 「절규」라는 제목으로 그림을 그리기 시작했다. 어린이들의 커다란 눈망울이 무언가 바라는 듯, 아니면 세상을 조롱하는 듯한 눈초리로 사면에서 어딘가 응시한다. 깡마른 얼굴과 눈망울로 화면이 채워졌다. 몸체에는 앙상한 갈비뼈가 다 드러났다. 완전 구상화도 아니고 비구상화도 아니다. 구상과 비구상을 혼합했다. 곳곳에 눈망울과 몸의 형태가 뒤엉켜 무언가 얘기하고 싶어 절규하는 표정들이다. 세상을 향해 그들은 무슨 말을 하고 싶은 것인가! 뭉크의 「절규」와는 전혀 다른 분위기와 구도였다. 새로운 형태의 절규가 화면 전체에서 몸부림친다. 한쪽 공간에 앤디 워홀이 그렸던 마릴린 먼로의 초상화 그림과 비슷한 형태로 세상을 향해 부르짖는 아이의 눈동자를 대신 그려 넣었다.

형태를 완전히 잡아 놓았다. 뒷마무리를 끝내고 나니 비로소 배도 고파지고 무언가 빠진 걸 알았다. 그녀에게 연락하는 걸 깜빡 잊었다. 어린이들 눈망울 이미지가 없어지기 전 작품의 틀을 잡아 놓다 보니 전화할 시간을 놓쳐 버렸다. 급히 사무실로 전화했으나 아무 반응이 없다. 전부 퇴근했나 보다. 다시 그녀 휴대폰으로 전화했다.

"네, 여보세요."

"영아, 지금 어디?"

"치킨 나오기를 기다리고 있어요. 맥주 몇 병 사 가지고 갈까요?"

그가 평소 치킨과 맥주만 있으면 정신없이 잘 먹는다는 걸 그녀는 알고 있었다. 역시! 옆에 있어야 할 사람. 보고 싶었던 마음이 한꺼번에 밀려왔다.

*

연변에서 연락이 왔다. 도문에서 북한으로 넘어가면 평양까지 거리가 멀다. 시간을 절약하기 위해 단동에서 신의주 거쳐 북한으로 들어가기로 약속이 되었다고 했다. 김 선교사도 같이 가게 되었다는 말을 덧붙였다. 북한 안내인도 그곳에 미리 와 있을 거라는 말도 전했다.

단동 조선족 교회 앞, 북한에서 보내준 트럭 여러 대가 나란히 주차되어 있다. 아침부터 짐 싣느라 모두들 부산하게 움직였다. 안내인은 단동대교 앞에서 기다리고 있다. 이번에는 그가 타고 갈 차량 한 대와 운전사 한 사람을 같이 가도록 허락했다. 파격적인 대우였다. 개인차량까지 들어갈 수 있다는 것은 쉬운 일이 아니다. 처음 그가 맨몸으로 들어갔을 때보다 조건이 많이 좋아졌다.

김 선교사가 운전하는 사륜구동 지프차도 대열에 합류했다. 짐을 잔뜩 실은 트럭들이 움직였다. 임 목사와 교인들이 잘 다녀오라고 손을 흔든다. 단동대교 가까이 이르니 안내인이 웃으며 나타났다.

"윤 선생, 반갑습네다. 이번에 가시면 만경대 창작사를 안내 하갔습네다. 윤 선생은 그림으로 유명하시니끼니 만경대 창작사를 안내하라는 지시가 있었습네다."

"감사합니다. 북한 사람들 그림 실력이 뛰어나다고 들었습니다. 한번 보고 싶군요."

"숙소는 어디로 정해 드렸으면 좋갔습네까? 될 수 있으면 좋은 곳으로 모시라는 말이 있었습네다. 사양하지 마시고 말씀 하시라요."

"아니, 저는 전에 묵었던 아파트가 좋습니다. 그냥 그곳으로 해 주시지요."

"알갔습네다. 그렇게 하갔습네다."

이번에는 성경 몇 권과 북한 주민들에게 필요할 걸로 예상되는 물품을 추가로 가지고 왔다. 그가 무엇을 들고 가는지 조사도 하지 않았다. 먼저 북한에 왔을 때보다 통제도 많이 완화시켜 주고 자유도 조금 허락해 주는 듯 보였다. 차량만은 아무데나 다니지 못하게 제약했다. 공식적인 일로 안내를 하거나 동행할 때 외에는 안내인이 열쇠는 가지고 있기로 했다.

북한에서

아이들이 한자리에 모여 기다리고 있다. 눈만 커다랗게 뜨고 아무 말 없이 쳐다본다. 깡마른 얼굴이어서 눈동자가 더 크게 보였다. 무표정이 이런 것이라는 생각을 갖게 하는 힘없는 모습들이다. 과자봉지를 하나 씩 아이들 손에 쥐여 주었다.

인민일보라는 완장을 두른 사진사 한 사람이 열심히 사진을 찍고 있 었다. 초코파이 봉지를 아이들에게 나누어 주었을 때 아이들은 받아 놓기만 하고 그냥 가만히 앉아 있다. 포장을 벗겨주고 살갑게 아이들 입에 넣어주자 정신없이 먹기 시작한다. 아직 이런 과자를 먹어보지 못 했던 것 같다. 일일이 돌아다니며 아이들 입에 과자를 넣어주고 등을 두드려 주었다.

이때 안내인이 열심히 사진 찍고 있는 사진사에게 말했다.

"동무 사진 잘 찍으라요. 윤 선생 나오는 사진이 잘 나와야 한단 말입 네다."

그의 사진을 찍어 높은 사람에게 보여줄 거라는 말에 깜짝 놀랐다. 전혀 예상 못 했던 일이다.

"아니, 사진을 누구에게 보여준다고 하셨습니까?"

"예, 아무 상관하지 마시라요. 윤 선생 사진 보고 싶어 하는 동무가 있어 그럽네다."

그들이 정해 준 아파트로 돌아왔다. 돌아오는 길에 시장 다녀오고 싶다는 말을 하자 안내인은 필요한 건 자기에게 말하면 전부 갖다 줄 테니 자기에게 얘기하라고 한다. 안내인 말을 따를 수밖에 없었다. 그는 시장이 서고 있는 것을 알고 있었다.

북한에는 농민 시장이라는 것이 있다. 농민 시장이란 국영농장이나 협동농장 이외에 개인 텃밭에서 생산하는 농산물이나 부업으로 만든 것들을 매매 교환하는 농촌 시장이다.

원래는 협동농장이 쉬는 날에 주민들이 모여 물품을 거래하는 소규모 시장이었지만 1980년대부터 농민 시장이 장마당이라고 불리며 중소도시 지역까지 확산되고 거래 품목도 다양해졌다. 주민들은 낮에 서는 장마당을 햇빛 시장, 밤에 서는 장마당을 달빛 시장이라고 부른다. 1990년대 들어와서 농산물 및 생필품 공급이 부족하여 장마당 거래가 거의 매일 이루어지고 있다. 북한에서도 제한적이지만 어느 정도 개인 소유가 인정되고 있다는 것을 알 수 있다. 개인 소유물은 그 소유자가 자유롭게 처분할 수 있으며, 그에 대한 상속권도 인정된다. 장마당은 바로 개인 소유물을 처분할 수 있는 제도적인 장치로 이용되고 있다.

현재 이러한 장마당에서 거래되는 가격은 북한 당국이 일방적으로 정한 가격이 아니다. 시장 수요와 공급에 따라 형성된 시장 가격인 까닭에 북한 당국이 정한 국영상점 가격보다 몇십 배에서 몇백 배까지 비싸다.

실제로 1998년 이후 북한 농민 시장 주요 물가는 지역마다 차이를 보이고 있었다. 장마당에서의 거래는 소비자와 공급자가 직접적으로 연결되는 장점이 있다. 많은 사람들이 국영상점보다 장마당을 자주 이용했다.

장마당에서 거래가 허용된 상품은 옥수수와 같은 잡곡류, 채소류와 수공예품 정도다. 그러나 국영상점에서 소비품 공급이 수요에 비해 절대적으로 부족하게 되면서 장마당은 점차 암시장 형태를 띠게 되었다. 거래가 허가된 상품들 말고도 곡물류와 외제 공산품 등 매매 금지 품목까지 암거래가 이루어지고 있다. 탈북인들 말에 의하면 과거에는 생활필수품이나 식량을 장마당에 내다 팔고 구입하면 처벌을 받았다. 최근에는 생필품은 물론 개인이 만든 떡, 술, 엿, 사탕 등 돈 되는 것이라면 무엇이든 거래되고 단속도 되지 않는다고 했다. 국영상점보다 비싼 가격으로 쌀, 닭알(달걀)을 구입하는 장마당과 생계를 위하여 보따리 장사하는 북한 주민들 생활상을 통해 북한 경제 현실을 읽을 수 있다.

북한과 같은 사회주의에서 왜 이렇게 자본주의 형태의 시장이 서게 되었는가 한 번 짚고 넘어갈 필요가 있다. 한마디로 북한에서는 배급이 일반 인민들까지 원활하게 이루어지고 있지 않기 때문에 일반 인민들은 자체적으로 살길을 찾을 수밖에 없다. 배급이 원활하게 이루어져 그 혜택을 입고 있는 층은 지도급이나 그 측근들밖에 없다. 상위 계급에 속한 사람만이 사회주의의 혜택을 누리고 있다. 이러한 걸 보면 북한은 김일성이 선전했던 완전한 사회주의라 보기 어렵다. 온전한 사회주의는 존립하기가 어렵다는 걸 알 수 있다.

저녁이 되자 안내인이 아주머니 한 사람을 데리고 왔다. 아주머니는 서글서글한 인상에 약간 뚱뚱하고 넙데데한 것이 북한의 일반 인민들과 조금 다르게 보였다. 막상 인사하고 나서도 별로 말이 없다. 그가 인사하자 가볍게 인사하는데 여자로서는 무겁게 느껴지는 발밑으로 착깔리는 목소리가 났다. 인사하고 나자 더 이상 다른 말없이 얼른 할 일을 찾아 움직였다.

"윤 선생, 오늘부터 이 아주마니가 식사준비 해 줄 끼니 잡숫고 싶은 거이 있으면 이 아주마니한테 말씀하시라우요. 무엇이든지 말씀하시라우요. 집 안 청소부터 필요한 일을 시키시라우요."

말하며 음식 재료들을 한 보따리 내려놓는다. 그날부터 대우가 많이 달라졌다. 그 전에 왔을 때 보이지 않던 천리마표 냉장고가 한쪽에 놓여 있다. 열어보니 대동강맥주, 봉학맥주, 금강맥주, 평양소주, 신덕샘물, 광천수 같은 마실 것들이 채워져 있었다. 아주머니는 아침 일찍 와서 집 안 청소와 빨래 같은 게 없나 휘둘러보고 저녁 식사까지 준비해 놓은 후 부랴부랴 나가 버리곤 했다. 마주 보며 얘기해 볼 시간이 거의 생기지 않았다.

평양 시내는 전차가 다녔다. 평양은 서울같이 복잡한 건 별로 없었다. 김일성 주석의 70번째 생일에 맞춰 1982년에 파리 개선문을 본 따 건립한 평양개선문이 있다. 시내 교통수단은 거의 지하철과 전차가 맡았다. 평화자동차에서 생산하는 1,300cc짜리 경승용차가 있기는 해도 서울하고 비교가 안 될 정도로 차량이 적게 다녔다.

사람들은 일정한 시간만 되면 거의 한꺼번에 쏟아져 나왔다가 부랴부랴 빠른 걸음으로 어디론가 부리나케 걸어갔다. 정말 쏟아져 나온다는 말이 꼭 들어 맞았다. 일과가 끝났기 때문인 듯했다. 어런더런한 분위기는 한순간이었다. 사람들이 평상시에 많이 보이지 않다가 아침 출근 시간과 저녁 퇴근 시간이 되면 쏟아지듯 나오기 때문에 순간적으로 많아 보일 뿐이다. 저녁 일정한 시간이 되면 어김없이 전기가 나가 버렸다. 전력이 많이 부족해 보였다. 조금이라도 아끼기 위해 이렇게 하는 것을 알 수 있었다. 전기가 끊어지기 전에 일을 처리하기 위해 사람들은 빠르게 움직였다. 아파트 높은 곳에 사는 사람들은 전기가 나가면 엘리베이터가 움직이지 않으니 급하게 움직이지 않으면 안 된다. 그의 숙소를 2층으로 정해 준 이유도 알았다. 며칠 지내보니 어느 정도 이곳 생활에 적응되었다.

안내인은 그를 만경대 창작사로 안내했다. 만경대 창작사는 북한 사회에서 그림을 가장 잘 그리는 사람들의 작품을 전시해 놓은 곳이다. 또한 북한 최고 예술인들이 모여 작품을 만드는 곳이기도 했다. 그들 작품 중에 '금니화'라는 것이 있다. 전체 화폭에 금박 입힌 후 그림 그리면서 조금씩 털어내는 화법을 말한다. 공훈 예술가인 황병호 씨가 개발해낸 기법이다. 금니화 외에 몰골화, 보석화라는 기법의 그림들도 전시되어 있었다. 몰골화는 인민 예술가 정창모 씨 기법으로 그는 전주 출신이고 남한 제주도에서 작품전을 열기도 했다.

그들의 사실 묘사는 가히 수준을 넘어섰다. 웅장하고 웅대하고 멋있다. 규모가 아무리 큰 그림이라 해도 그들 그림은 정확히 형태를 묘사했다. 사실성이 아주 뛰어났다. 정말 감탄할 만했다. 기술적인 면에서는 가히 경지에 도달했다. 똑같이 그리는 것만이 예술이라 할 수 있을까? 예술은 기술의 경지를 넘어서야 한다. 기술과 예술은 엄연히 구별되어야 한다. 그들 기술은 정말 말로 표현하기 어려울 정도로 정교하고 감히 흉내 내기 어려울 정도였다. 안타까운 생각이 드는 건 예술 세계와 기술 세계가 구분된다는 걸 그들이 모르고 있는 것처럼 보인다는 점이다.

예술은 사실 묘사를 뛰어넘어야 한다. 때로는 전혀 사실과 다른 형태로 표현할 수 있다. 사실 묘사로 작가의 생각과 사상이 표현될 수 있기는 하다. 작가의 사상과 생각 없이 똑같이 그리기만 한다는 것은 예술이기보다 기술이라 말하는 게 맞다. 작가의 생각과 사상이 표현되어야 한다는 걸 그들이 모르고 있지는 않을 텐데! 그들은 오직 체재 중심적이고 체재를 지키기 위한 수단으로 그림을 이용하고 있다는 생각이 들었다. 그들의 작품은 웅장하고 뛰어난 사실 묘사는 있었지만 특별한 예술혼이 담겨 있다는 느낌은 받을 수 없었다. 작품 중에 추상화, 추상조각 등이 전혀 없는 걸 보고도 알 수 있었다. 그들 생활은 껍데기처럼 보이고 알맹이는 어디에 빠져 스스로 그것을 찾지 못하고 있다는 생각이 들었다.

주체사상이라는 게 떠올려졌다. 이론적으로 맞지 않는 걸 옳다고 주장하다 보면 나타나는 부조화 현상. 주체사상이라는 게 알고 보면 모순이 많이 있다는 걸 누구도 지적하지 않고 있다. 아니 지적하지 않고 있는 게 아니라 못하고 있다. 지적하는 것은 곧 체재를 부정하는 일이 된다. 너무 모순된 사회 속에서 그것이 올바른 줄 알고 생활해온 그들에게 정상적인 걸 바로 알게 하는 것은 커다란 숙제였다.

그들은 그가 세계 최고 미술대회에서 최고상 수상자라는 것과 전 세계가 주목하고 있는 작가라는 걸 알고 있었다. 예우가 특별하게 달라진 것에서부터 만경대 창작사 최고 책임자가 직접 안내하는 것까지 처음 이곳 평양에 왔을 때와는 처우가 완전히 달라져 있었다. 누군가 유력한 권력자에게 사진을 찍어 보여준다고 하는 것까지 그들이 하는 행동을 보면 이미 조사를 마쳤다는 걸 느낄 수 있었다. 만경대 창작사를 전부 관람하고 나오는 길이다. 안내인이 그에게 아주 중요한 얘기라며 조심스러이 들려준다.

"윤 선생을 만나고 싶어 하는 사람이 있습네다. 이쪽으로 같이 가 보십시다래."

이승의 공기를 들이마실 수 있는 시간이 얼마 남아 있지 않았다는 것이 느껴지기 시작한다.

지난 일들이 떠오를 때마다 느끼게 되는 거지만 부끄럽고 미안하고 후회스럽고 안타까울 때가 많다. 다시 그때로 돌아갈 수 있다면 내가 조금 손해를 보더라도 상대가 원하는 걸 모두 해 주고 싶다. 다시 되돌릴 수 없는 일이기에 마음만 아프다.

이해인 수녀가 어느 책에 썼던 말이 기억난다. 그대가 보낸 오늘 이 시간은 어제 죽어간 어떤 사람이 그토록 살고 싶어 하던 내일이라는 말. 나는 어땠을까? 언제나 느끼는 거지만 그때 몰랐다가 시간이 지나고 나면 알게 되는 모든 것들. 후회 속에 살게 되는 게 인간의 삶인 것 같다.

떠나야 할 때를 알면서 이승에서 하루하루 살고 있다는 건 정말 고통스럽다. 눈으로 보고 있는 모든 것과 헤어져야 한다는 것이 이렇게 가슴 아플 줄 몰랐다. 어떤 누구라도 나쁜 일로 결론짓지 말아야 했다. 다 양보하는 것이 정말 좋았다. 주는 것이 받는 것보다 훨씬 더 좋다는 것을 이제야 알 것 같다. 죽음을 눈앞에 두고 후회해봐야 소용없다는 것이 더욱더 가슴 아프다. 어거스틴의 『참회록』에 수록되어 있는 내용과 같이 죽을 때가 가까워 오니 살아생전 잘못했던 일들이 하나 둘 떠오르며 마음을 괴롭혔다.

장성택과의 약속

2002년 10월 북한경제시찰단의 단원으로 서울을 방문했을 때 만나 잠깐 같이 시간을 보낸 적이 있었다. 이렇게 북한에서 다시 만나게 되리라는 건 꿈에도 생각하지 못 했다.

자본주의적 일상에 잘 어울리는 기질을 가지고 있다고 느꼈던 장성택이 자신을 기다리고 있을 줄 몰랐다. 남한에 왔을 때 술도 잘 마시고 노래방에 가서 노래를 부르며 거리낌 없는 행동을 했다. 자본주의에 물들었다고 김정일에게 단단히 훈계를 들었다는 보도도 있었다.

- 2012년 12월 17일 김정일 급사(急死) 후 1년간 북한의 명목상 권력자는 김정일 3남 김정은이었다. 그러나 정보 당국과 북한 전문가들 사이에선 사실상 김정은 고모 부부인 장성택·김경희와 공동정권에 가깝다는 관측을 내놓고 있었다.

북한 내부 사정에 정통한 대북 소식통은 16일 김정은 노동당 제1비서가 2012년 초 주요 간부들에게 장성택을 누구보다 가까운 혁명 동지라 소개했다고 말했다. 중국 유력한 대북 소식통도 장성택은 김정은에게 보고되는 주요 문건을 공유하며 체제 운영 전반에 걸쳐 김정은에게 조언하고 정책 결정에 관여하는 것으로 보인다고 했다.

장성택은 2012년 김정은의 공개 활동 143회 가운데 100회를 수행하며 수행 빈도 1위를 기록했다. 김정은을 수행하려면 김정은이 시찰하는 대상과 관련이 있어야 한다. 장성택의 경우 영역을 가리지 않고 김정은을 수행했다. 이런 점을 감안해도 장성택의 영향력을 알 수 있었다. 장성택은 2012년 8월 국빈급 대우를 받으며 5박 6일 일정으로 중국을 방문해서 큰 성과를 얻고 돌아오기도 했다. -

내가 북한에 들어갔을 때 장성택의 입김은 막강했던 것으로 느꼈다. 장성택의 영향력은 북한에서 최고 존엄에 비견될 만큼 함부로 대하기 어려운 위치에 있던 것은 확실했다. 김정은 일가(一家) 호위 업무를 총괄하는 호위총국도 장성택이 장악하고 있었다.

"윤효근 선생 반갑습네다. 어찌 지내시기 괜찮습네까? 정말 오랜만입니다."

"예, 잘 지내고 있습니다. 지금 있는 곳이 편합니다."

"오늘 귀한 손님 만나니 기분이 아주 좋습네다."

"감사합니다."

목소리는 조금 허스키하게 들렸지만 자신에 찬 듯 거침이 없었다.

"윤 선생, 우리 공화국에서 그냥 살면 안 되갔습네까?"

얼른 자세를 바로 했다. 장성택은 그를 나가지 못하게 붙들어 놓고 싶다며 웃는다. 다른 북한 사람들과 다르게 경직된 행동은 하지 않았다. 웃으며 부드럽게 말했지만 강한 힘이 느껴졌다.

"감사합니다. 말씀은 감사합니다만 저는 태어날 때부터 습관이 남쪽 생활에 익숙해서 이곳에 오더라도 생활하기가 어려울 것 같습니다."

"어떻습네까? 이쪽에서 며칠 지내보니 무어 느낀 건 없습네까?"

"하루 속히 통일되어야 할 거라는 생각이 듭니다."

"혹시 통일될 수 있는 좋은 방법이 없갔습네까?"

계속 질문이 이어지자 그는 잠깐 뜸을 들인 후 대답했다.

"…제일 첫째 남북이 경제적으로 남부럽지 않은 생활을 유지해야 할 것 같습니다."

"어디 좋은 방법이 있으면 말해 보라요."

순간 아찔한 생각이 들었지만 그는 침착하게 설명했다.

우선 본인과 같은 사람을 자유롭게 왕래할 수 있도록 해서 북한 어린 이들을 마음 놓고 도울 수 있게 조치해주면 좋다고 생각한다.

개인적인 생각으로 남과 북은 각각 장단점을 가지고 있다. 서로 상대에 대한 장단점을 잘 파악해서 고쳐야 될 부분은 고치고 이해해 주어야 할 점은 서로 이해해 주며 하나둘 고쳐 나가지 않고는 진정한 통일이 이루어지기 어렵다고 본다. 상대 단점만 부각시켜 선전하다 보면 계속 대립 상태만 지속되고 절대 통일은 이루어지기 어렵게 된다. 본인과 같은 사람은 절대 정치적이지 않고 이념적이지 않으며 오직 인도적이며 예술적인 차원에서 남북 간 교류를 원하고 있다. 같은 민족으로 서로 잘 살 수 있게 되기 바라는 순수한 마음이다. 자신과 같은 사람들이 북한 사람들과 자유로이 어울릴 수 있도록 해 주고 더 나아가 남북교류가 자유롭게 이루어져 누구든지 남과 북을 마음대로 오갈 수 있게 되었으면 좋겠다.

그가 열심히 설명하는 것을 묵묵히 듣고 있던 장성택은 북조선에 대해 더 알고 싶은 게 없는가 물었다. 순간 당황했으나 할 수 있다면 북한에 대해 가능한 모든 것들을 속속들이 다 알고 싶다고 했다. 장성택은 잠깐 생각하는 듯하더니 자유자재로 돌아다닐 수 있도록 특별자유여행증명서를 발급해 줄 테니 가보고 싶은 곳이 있으면 마음대로 돌아다녀 보라며 제일 먼저 가고 싶은 곳이 어딘가 물었다. 얼른 생각나는 곳이 백두산이었다. 중국에서는 올라 보았지만 북한에서는 가보지 못했기에 선뜻 백두산이 떠올랐다.

장성택은 모든 편의를 다 제공하겠다는 약속을 하고 다시 한 번 만나자는 말을 했다.

그는 김 선교사와 함께 숙소인 아파트로 돌아왔다. 충격이었다. 북한에서 2인자라 할 수 있는 사람과 마주 앉아 대화를 나누었다는 사실이 실감 나지 않았다. 서울에서 잠깐 만났을 때는 이런 일이 일어나리란 걸 전혀 상상조차 하지 못했었다.

안내인에게 북한 쪽에서 백두산을 한번 가보고 싶다는 얘기를 하자 내일 아파트로 모시러 오겠다고 했다. 다음날 그는 김 선교사와 함께 등산에 필요한 장비들을 간단히 준비한 후 배낭을 멨다. 장성택을 만나고 오니 그들의 대우가 더욱 공손해지고 그야말로 일급 귀빈 모시듯 예우가 깍듯했다. 안내인이 보관하고 있던 차 열쇠도 돌려받았다.

안내인이 들어오면서, 신분증 하나를 내민다.

"윤 선생님, 여기 특별 신분증이 있습네다."

내용을 보니 특별자유여행증명서라는 설명과 함께 이 신분증을 소지한 분은 최고의 예우를 다해 모시라는 것과 특별한 사유가 없는 한 모든 요구를 다 들어주라 쓰여 있다. 아랫줄에 커다란 글씨로 선명하게 조선인민공화국 호위총국장 장성택이라는 직인이 찍혀 있었다. 증명서에는 어린이 수용시설에서 찍은 사진 중 잘 나왔다 생각되는 얼굴 사진이 상단 왼쪽에 자리했다. 얼떨떨했지만 기분은 나쁘지 않았다. 안내인은 이런 신분증은 북한에서 소지하고 있는 사람이 없다는 말도 했다. 안내인은 특별자유여행증명서 전해주고 나서는 호칭에도 님 자를 꼭 붙였다.

순안공항으로 가서 안내인과 함께 고려항공을 탔다. 비행기가 이륙한 지 10분쯤 지나 산악지형이 시작되었다. 남쪽보다 산세가 험하다는 걸 한눈에 알 수 있었다. 삼지연 공항이 다가오면서 멀리 백두산이 보였다. 처음에 산이 완만하게 보여 백두산이 아닌 걸로 생각했다. 삼지연이 해발 1,400m 고원이므로 높은 고원지대에서 바라보니 백두산이 높게 보이지 않았음을 나중에 알았다. 이곳에서는 개마고원이라 부르지 않고 백두고원이라 불렀다. 비행기에서 개마고원을 내려다보니 이깔나무로 인해 황금빛을 이루었다. 이깔나무는 전나무 종류의 침엽수다. 상록수가 아니므로 가을이 되면 단풍 들고 난 후에 떨어져 버리는 특성이 있다. 잎갈이 한다고 잎갈이나무 하다가 이깔나무로 변했다는 거다. 안내인이 설명하는 동안 비행기는 어느새 삼지연 공항에 도착했다. 한 시간 정도 걸렸다.

하늘은 전형적인 가을 하늘같이 보였다. 바람이 심상치 않게 불어왔다. 영상 3도라 하는데 무척 추웠다. 버스를 타고 백두산으로 향했다. 정상까지 42km라는 표지판이 보였다. 길은 포장되어 있었으나 차가 쿵쾅거려 엉덩이가 아팠다. 한참 후 백두역에 도착했다. 버스에서 내리자 다시 케이블카를 타고 가야 한다고 했다. 케이블카는 매달린 게 아니라 바닥에서 레일로 끌어당기는 형식이었다. 한 번에 70명이 탈 수 있었다. 평일이라 그런지 사람이 많지 않았다. 외국인도 여럿 있었다. 인원이 꽉 차지 않았지만 케이블카는 출발했다.

천지까지 고도는 350m에 길이는 1,200m다. 향도봉까지 궤도삭도를 타고 갔다. 궤도삭도를 내려 천지까지 100m 정도 걸었다. 9월인데 정말 춥다. 언제나 산에 다니던 습관대로 두꺼운 옷을 가지고 온 게 톡톡히 효과를 보았다. 방한복을 입었어도 온몸이 오싹오싹했다. 같이 삭도 타고 왔던 사람들과 천지에 도착했다.

웅장하다는 말로는 표현이 부족했다. 중국 쪽에서 보았던 광경과는 또 다른 감회가 어렸다. 백두산은 한민족의 기상이 담겨 있는 듯 보였다. 가슴속에서 끓어오르는 통일의 염원이 숨을 가쁘게 했다. 마음이 뭉클해지며 눈시울까지 붉어졌다. 바람이 세차게 불었지만 그 순간은 추위도 잊어버렸다. 높은 산꼭대기 위에 이렇게 커다란 호수가 있다니 놀라울 뿐이다. 감탄, 감탄, 감탄이라는 말 밖에 다른 말이 필요치 않았다.

*

우리는 단동에서 타고 온 사륜구동 지프차로 평양 시내를 돌아다녀 보기로 했다. 사륜구동 지프차를 가지고 올 수 있었고, 다른 많은 특혜를 누리게 된 것이 장성택 때문이었다는 걸 알았다. 특별자유여행증명서가 나온 후로 시간마다 따라붙던 안내인도 어느 곳을 가든지 전혀 관심조차 갖지 않았다. 그와 김 선교사가 어떻게 지내는가 살펴보고 얼른 자리를 피해주곤 했다. 어느 정도 자유로운 시간을 갖게 되었다.

사진에서 보았던 평양의 예전 모습은 보통문과 모란봉, 을밀대 정도였다. 평양은 대규모 빌딩과 아파트로 둘러싸여 있다. 그러나 아파트 안쪽으로 들어가 보면 옛날에 있었던 듯한 초래한 모습의 집들이 그대로 보였다. 외관상 보이는 것만 번드르르했다. 실제 속사정은 정말 딴판이었다. 평양 시내 어느 곳을 가든지 류경빌딩이 보였다. 류경은 옛날 평양을 다르게 불렀던 이름이라 했다. 1백 층이 넘는 피라미드형 류경빌딩은 엄청난 규모를 자랑했다. 한때 평양의 자랑거리로 삼으려던 이 건물은 공사를 중단한 상태다. 꼭대기까지 골조를 다 올렸는데 한마디로 돈이 없어서 현재 이러지도 저러지도 못하고 있다. 더구나 지어놓고 보니 상층부가 설계 때와 달리 바람에 흔들리기까지 한다고 했다. 류경빌딩 바로 옆에 류경 정주영 체육관이 있었다. 우리나라 현대그룹이 자금을 지원해서 지은 체육관이다. (류경호텔은 1987년 당시론 세계 최고 층인 105층으로 짓겠다며 프랑스 자본을 들여와 공사를 시작했다. 4억 달러 이상의 외화를 투입했지만 경제난으로 차질을 빚다 1992년 62% 진행상태에서 공사를 중단했다. 2008년 이집트 통신 재벌 오라스콤이 투자를 결정해 공사가 재개됐다. 27년째 공사를 마무리하지 못했던 류경호텔이 2013년 여름 개장하고 메이저 국제 호텔 체인인 캠핀스키 그룹이 운영을 맡는다는 말이 흘러나오고 있지만 이 글을 쓸 때까지는 아직 확실한 결정을 하지 못하고 있다.)

김 선교사는 성경책을 옆구리에 끼고 돌아다녀 보기로 했다. 올 때 성경책을 몇 권 가지고 왔기에 달라는 사람만 있으면 전부라도 주고 싶다고 했다. 여러 곳 돌아다니던 김 선교사가 성경책을 전달하고 조용히 기도하면서 눈물을 흘리기도 했다.

만경봉, 서해갑문 등 몇 군데를 더 돌아다녀 보았다. 만경봉은 작은 언덕이다. 그렇지만 평양이 평평한 지대여서 올라가 보니 평양 전경이 보였다. 외형만 바라볼 때 어디에 내어놓아도 빠질 게 없어 보였다. 아파트 숲도 제대로 형성되었고 도시로서 모양은 다 갖추었다. 그러한 것들 모두가 살아 움직이는 생명이 빠져 있는 것처럼 보이는 것은 웬일일까? 김일성이 6·25사변을 일으킨 전쟁범죄자라는 걸 그들은 숨긴다. 북한에서는 끝까지 남한에서 북침 한 거라며 거짓말을 한다. 만수대에 세워진 세계에서 제일 크다는 김일성 동상을 자랑스럽게 여긴다. 김일성을 완전히 우상화하고 있다. 김일성 시신을 태양 궁전이라는 곳에 안치해 놓고 성역화했다. 누구나 가서 쉽게 볼 수 없다. 외국인들에게는 관광코스로 정해져 있다. 북한내에서는 사람들을 선별하여 참배하도록 철저히 관리한다. 태양 궁전은 김일성, 김정일 종교를 공고히 하기 위한 수단으로 활용한다. 모든 것을 체재 유지하는 일에 집중하고 있다. 가는 곳마다 장군의 은혜 아니면 위대한 수령이라 외쳐가며 우상화 작업을 전개한다. 따라 하지 않을 경우 기본적인 생활 자체를 유지하기 어렵게 만든다. 일반인들은 싫든 좋든 따라 할 수밖에 없다. 습관이 되었고 생활화되었다. 북한 사람들은 판단능력 자체가 마비되어 버렸는지 모른다는 생각까지 들었다. 위대하지 않아도 위대하게 보이도록 교육받는다. 사실을 사실 그대로 이해하고 알도록 개방되지 않고는 다른 방법을 찾기 어려워 보였다. 거짓말을 한번 하게 되면 그것을 숨기기 위해 더 큰 거짓말을 해야 한다. 그는 북한의 실상이 참담하다는 걸 눈으로 직접 보고 확인했다. 너무 오랫동안 교류없이 생활해 왔던 남과 북 양쪽 사람들이 하나가 되기는 간단하지 않다는 걸 알았다. 작은 것에서부터 차근차근 교류하며 이질감을 줄여갈 필요가 있었다.

저녁에 아파트로 찾아온 안내인에게 연변으로 돌아가겠다는 말을 했더니 장성택이 다시 한 번 만나보고 싶어 한다는 말을 전했다. 내일 모시러 오겠다며 기다려 달라고 했다.

장성택과 대화는 무려 두 시간이 넘도록 계속되었다. 솔직히 북한 경제사정이 좋지 않다는 것을 시인하므로 대화가 쉽게 이어졌다.

그는 현재 남북한이 잘 살 수 있는 길은 조건 없이 통일되든지 아니면 남북이 긴밀한 협조를 하여 양쪽의 장점을 최대한 살리고 서로 보완하여 국제적으로 대처해 나가야 될 필요가 있다고 말했다. 현재 북한의 기술로는 절대 세계에서 바로 서기 어렵기 때문에 남한 기술과 북한의 노동력, 지하자원을 이용하여 함께 이겨내는 방법을 찾아야 한다. 또한 지금 중국의 기술과 경제력은 무섭게 성장해 가므로 빠른 시일에 세계 경제시장에서 미국을 추월하는 상황이 발생할 가능성이 있다.

지금 남북한이 서로 손잡고 국제적으로 대처하면 우리도 절대 뒤지지 않게 될 거다. 우리나라는 지금 이 시점이 가장 중요하다. 우리나라가 현재 경계해야 할 나라는 일본이다. 남북이 욕심을 버리고 서로 협조하기만 하면 충분히 일본과 경쟁할 수 있을 것이다. 일본이 지금은 비록 우리나라에서 발생한 6·25사변으로 인해 많은 부를 누리게 되었지만 일본은 한계가 있다. 그들이 과거의 잘못을 시인하고 자신들로 인해 수 없이 고통당한 많은 나라들에게 진심으로 잘못을 용서받지 않고는 그들의 미래는 절대 밝아질 수 없다고 생각한다. 잘못을 감추고 역사를 왜곡한다 해서 역사가 지워지는 게 아니라는 걸 그들은 깨닫지 못한다. 그것을 인정하지 않는 한 반드시 일본은 자멸할 때가 올 거다. 북한도 마찬가지다. 북한이 체재를 유지하기 위해 많은 진실을 숨기려 애쓰고 있는데 모든 건 항상 드러나기 마련이다.

남북한은 같은 동포. 지금 미국은 북한을 악의 축, 폭정의 전초기지, 악의 땅이라는 말로 폄하하고 북한을 인정하려 들지 않는다. 핵을 이유로 어느 순간 북한을 공격하게 될지 모르는 상황이다. 미국이 북한을 공격하기로 마음만 먹으면 짧은 시간 내에 북한 중요시설 90% 이상을 파괴할 수 있는 공격력을 보유하고 있다는 건 전 세계가 다 알고 있다. 만약에 미국의 공격력 중에서 10% 내지 20% 정도만으로 북한을 공격한다면 북한은 어디를 상대로 싸움하겠는가?

미국 본토를 공격할 건가, 어떻게 할 건가! 십중팔구 남한으로 쳐 내려갈 수밖에 없지 않은가? 그렇게 되었을 때 또다시 동족상잔의 비극이 시작될 것이다. 같은 동포인 남북한이 서로 총을 겨누며 싸워야 하겠는가? 바로 그렇게 되기를 가장 바라고 있는 나라가 일본이다. 일본은 지금 갖은 방법을 다 동원하고 있다. 일본 지도자들은 A급 전쟁범죄자들 유해가 안치되어 있는 야스쿠니신사를 참배하므로 한국과 중국을 계속 자극하고 있다. 한국과 중국을 자극하는 한편 미국과는 끈끈한 관계를 유지하려 애쓴다. 그렇게 하는 이유도 알고 보면 미국으로 하여금 남북한을 동일선상으로 보게 만들어 한반도에서 다시 전쟁이 일어나게 하려는 흉계가 숨겨져 있다. 그 자체가 고도의 전략이다. 지금 미국은 그러한 걸 깊이 있게 생각하지 않고 계속 일본의 전략에 말려들고 있다. 남북한은 지금 이런 것을 모두 알고 있으면서 그대로 당해야 하겠는가? 반만년 역사를 가지고 있는 우리 민족이 또다시 서로의 가슴에 총을 겨누어야 하겠는가? 그렇게 된다면 우리 민족은 최악의 상황이 된다고 보아야 할 것이다. 일본은 갖은 수단 방법을 다 동원하여 미국을 움직이려 한다. 결국, 우리 민족끼리 싸움을 붙여 놓고 뒤에서 재미를 보려는 전략이다. 자기들의 가장 강력한 라이벌 국가인 남북한을 일시에 무너뜨리기 위해 온갖 방법을 동원하고 있다. 그런 면에서 일본은 집요하다고 할 만큼 끈질기며 교활한 행동을 하는 나라다.

역사적인 결단을 과감히 단행하는 건 오로지 북한에 있다. 지금 남북이 손잡고 한 나라 한 민족으로 서로 돕고 서로 의지하여 함께 일을 해 나간다면 우리 민족의 우수한 재능과 품성이 반드시 세계 제일의 우수한 민족으로 전 세계를 선도하는 자리에 서게 될 것이다. 사회주의체제와 이념을 가지고 얘기하는 시대는 이미 지나갔다. 북한만이 유일하게 사회주의체제를 유지하기 위해 인민들에게 희생을 강요하고 있다. 이러한 상태가 얼마나 유지될 것으로 생각하는가? 절대 오래가지 않을 거다. 북한은 지금 많은 장점을 지니고 있다. 장점을 최대한 살려서 활용해야 한다. 지금 북한이 마음 놓고 이용할 수 있는 나라가 이 지구 상에 어느 나라일까 생각해 보라. 중국을 북한 협력자로 볼 수 있다고 여기는가? 절대 아니다. 중국은 동북공정을 통해 북한을 자기 나라로 흡수하기 위해 작업하고 있다. 어떻게 중국을 믿을 수 있겠는가? 북한이 가장 믿을 수 있는 나라는 이 지구 상에 대한민국 밖에 없다. 바로 내 민족 내 형제인 대한민국보다 더 가슴 터놓고 대화 나눌 수 있는 곳은 어디에도 없다. 피는 물보다 진하다는 말이 있지 않은가. 모든 열쇠는 바로 북한에 있다. 남북이 하나가 되기만 하면 일본도 다른 생각을 할 수 없을 것이다.

그는 열정을 다해 생각하고 있던 것을 얘기했다. 생을 마감한다 해도 좋다는 듯이 진심으로 꼭꼭 채워진 말을 막힘없이 쏟아냈다. 한동안 입을 다물고만 있던 장성택은 잠깐 생각하는 듯하더니 입을 열기 시작했다. 조용히 말을 했지만 아주 심각한 표정을 지었다.

"우리는 남쪽에서 일어나고 있는 일들을 거의 실시간 자세히 알고 있오. 이미 윤 선생에 대해서는 모든 것을 다 조사해 보았오. 내래 윤 선생의 한생명운동에 대해 많은 감명을 받았드랬오. 바로 그러한 정신이야말로 우리 모두가 함께해야 할 방향이라 믿었오. 서로 탁 터놓고 속마음을 나눠보고 싶은 마음도 들었오. 2002년도에 내가 서울에 가서 윤 선생을 만난 얘기를 누구에게도 말하지 말아 달라는 부탁을 끝까지 지켜 주신 걸 알고 윤 선생은 정말 믿어도 되겠다는 생각을 하게 되었오. 나는 윤 선생 같은 사람이 꼭 필요합네다. 여기서 나하고 같이 일 좀 하면 안되갔습네까?"

장성택은 또다시 그에게 같이 일을 하자는 말을 했다. 그는 먼젓번에 대답했던 것처럼 지금 같아서는 자기 같은 사람은 북한에서 살기가 어렵다는 말을 되풀이했다. 다만 자유롭게 남북한을 왔다 갔다 할 수 있도록 조치해주면 서서히 적응해가며 본인의 역할을 해 볼 수 있겠다는 말로 대신했다. 오히려 나 같은 사람은 북한에 사는 것보다 양쪽을 오가며 서로를 이해시키는 것이 더 좋을 것이라는 말을 강조했다.

장성택은 한동안 아무 말도 하지 않고 책상만 내려다보고 있었다. 서서히 손을 움직이더니 옆에 놓여 있던 종이 위에 무언가를 쓰기 시작했다. 장성택은 종이 위에 쓰여진 것을 그에게 내밀었다.

나는 한반도의 통일을 위해 모든 힘을 다 쏟을 예정이니 이해 관계없는 순수한 협조를 부탁드리겠음. 한반도는 조건 없는 통일이 이루어져야 함. 그러려면 김씨 왕조가 무너져야 됨. 김씨 왕조는 자신들의 권력을 유지하기 위해 너무나 많은 사람들의 인권과 삶을 가혹하게 짓밟고 있음. 이런 전 근대적인 왕조는 지금 지구 상에 존재하는 곳이 없음. 이것은 반드시 고쳐야 될 과제. 이 글은 윤 선생과 나만 아는 걸로 해야 됨. 절대 가까운 사람에게도 말을 하면 안됨. 끝까지 비밀로 해 주시기 바람.

- 장성택

장성택은 본인이 쓴 글을 그에게 보여주었다. 다 읽은 듯하니까 다시 회수해 갔다. 뒤통수를 강하게 한 대 얻어맞은 기분이었다. 심장이 가슴 밖으로 튀어나올 것 같은 충격이 몰려왔다. 진심인지 아닌지 정말 알 수 없었다. 글로 써서 보여준 내용을 어떻게 해석해야 좋을지 방향을 잡기 어려웠다. 머리가 무거웠다. 깊게 생각한다는 것 자체가 쉽지 않았다. 오히려 빨리 잊는 방법을 찾는 게 좋다는 생각을 했다.

*

그는 북한 어린이 수용시설을 몇 군데 더 방문해 보았다. 어렵더라도 이 일만은 남북이 통일될 때까지 계속하겠다는 마음이 굳어졌다. 더 북한에 머물러 있을 필요가 없었다. 서울로 가기 전에 장성택에게 인사하기 위해 다시 한 번 방문했다.

"윤 선생 반갑습네다. 요전번에는 내래 한 대 맞은 거 같았수다래. 내래 쉽게 들을 수 없었던 얘기라 설라므니 좀 놀랬수다. 이쪽에서는 이렇게 속을 터놓고 말할 수 있는 사람이 없단 말입네다."

"네, 죄송합니다. 그러나 저는 저 개인 욕심과 명예 같은 것은 전혀 생각조차 하지 않는 사람입니다. 바르다고 생각하는 것은 누구에게나 소신껏 얘기하는 게 습관이 되어 있습니다. 저 개인의 이득을 위한 일은 절대 아닙니다."

"내래 알고 있수다래. 윤 선생이 어떤 사람인지 다 알고 있수다래. 내래 그러니끼니 이렇게 맘 놓고 얘기하지 않갔습네까? 그건 그렇고 오늘은 무슨 말을 하려구 합네까?"

그는 지금 북한의 최대 장점을 조용히 설명했다.

남한이 지금의 경제발전을 이룩하게 된 기반을 마련한 것은 박정희 대통령 시절, 강력한 중앙 통제구조가 잡혀 있었기 때문이다. 좋다고 생각되는 정책은 중앙에서 지시하면 최하 말단까지 속속들이 잘 전달되고 일사불란하게 실행에 옮기는 지휘체계가 확립되었기에 빠른 시일 안에 많은 경제 효과를 올렸던 거다. 최고 지도자가 일선을 직접 쫓아다니며 독려하고 확고한 철학으로 밀어붙였기에 거의 불가능하다고 생각되었던 일들이 하나하나 완성될 수 있었다. 그때 이룩한 기반이 결국 지금 대한민국의 초석이 되었다. 그로 인해 현재 같은 한강의 기적이 이루어지게 된 거다.

중국이 빠른 속도로 경제 효과를 올리고 있는 이유도 바로 중앙통제 구조가 갖추어 있기 때문이다. 지금 북한은 완전한 통제구조가 형성되어 있다. 이런 시점에 남한의 선진기술과 자금을 받아들여 강력한 통제 구조로 일사불란하게 시설을 갖추어 나간다면 빠른 시일 안에 경제가 살아나게 될 것이다. 경제 자립은 물론 세계에서 손꼽는 선진대열에 합류하게 될 것이다. 중요한 건 어느 나라도 북한을 완전히 믿지 못한다는 거다. 언제 어떻게 변할지 도무지 모르기 때문이다. 솔직히 말씀드리면 나도 역시 마찬가지다.

북한 정치범수용소에 수감 되었다가 탈출한 사람들의 생생한 증언이 전 세계를 향해 부르짖고 있는 소리를 들어 보았는가? 차마 사람으로서 해서는 안될 짐승보다 못한 처우를 하고 있다는 게 이미 전 세계에 널리 알려져 있다. 그 모든 게 중앙통제구조를 역으로 활용한다고 전 세계는 인식한다. 인권에 있어 북한은 가장 악랄한 국가로 지목되고 있다. 조금이라도 충성하지 않으면 언제 어떻게 어느 곳으로 사라질지 모르기 때문에 싫든 좋든 살기 위해 좋은 척할 수밖에 없는 곳이 북한으로 알려졌다.

마지못해 거짓으로 하는 일들은 어느 순간 돌변할지 모른다. 배부르고 잘 살 수 있을 때는 잘못된 것이 겉으로 나타나지 않지만 지금과 같이 어렵고 힘든 상황이 계속 된다면 언제 어떻게 폭발하게 될지 모르는 일이다. 억지로 잡아 누른다고 다 해결되는 건 아니다. 하루속히 머뭇거리지 말고 남북한 교류를 활성화해 북한 경제를 살려내야 한다. 경제가 살고 생활이 좋아지게 되면 모든 어려웠던 것은 잊어버리게 될 거다.

이미 남한 모든 국민들은 북한의 실상에 대해 거의 다 알고 있는 상태이다. 교류하더라도 실질적으로 해야 한다. 손바닥으로 태양을 가릴 수는 없다. 눈 가리고 아웅 한다 해서 그것을 무서워할 사람은 아무도 없다.

솔직한 교류를 통해 남북한 간 이질감을 하루속히 없애는 게 급선무다.

북한이 1983년 10월 9일 저지른 미얀마 아웅산 폭탄테러사건, 1987년 11월 29일 KAL기 폭파사건, 1996년 9월 18일 저지른 강릉 무장공비 침투사건, 1999년 6월 15일과 2002년 6월 29일 있었던 1, 2차 연평해전, 2008년 7월 11일 금강산 관광객인 박왕자(여) 피격사건, 2010년 3월 26일 천안함 폭침 사건, 2010년 11월 23일 연평도 포격사건과 같은 도발로는 절대 남북 관계가 개선될 수 없다는 걸 알아야 한다.

이러한 사건들을 아무리 많이 저질러 보아야 남북 관계는 좋아지지 않는다. 오히려 북한에 대한 적개심만 더 생기게 되고 북한에 대한 감정이 더 나빠지기만 한다는 걸 알아야 한다. 서로 가까워지려면 이러한 일이 다시 생겨서는 안 된다. 남북이 서로 적대적인 행위를 중단하고 서로 돕는 협조상태로 전환되어야 진정한 통일이 이루어질 수 있다.

계속 남북이 적대관계로 유지되기를 바라며 군사적으로 충돌하기를 원하는 나라는 바로 일본이다. 일본은 계속 그렇게 되기를 획책하고 있다. 우리는 반드시 평화적인 방법으로 통일을 이루어야 한다. 진심으로 통일을 원한다면 적대행위는 반드시 중단되어야 한다. 두 번 다시 남북 관계의 미래가 일본이 원하는 상태로 진전되어서는 안 된다.

그는 있는 힘을 다해 열심히 설명했다. 장성택은 아무 말도 하지 않고 의자에 깊숙이 앉아 얘기가 다 끝났는데도 말이 없었다. 잠시 후 종이 위에 무언가를 끄적거리더니 그것을 그에게 내밀었다.

조금만 더 참고 기다리시구래. 내래 반드시 하고 말갔수다.

윤 선생만 알고 있기오.

- 장성택

그가 읽은 듯하자 종이를 다시 회수해 갔다. 순간 그는 행동을 어떻게 하는 게 좋을지 몰라 당황했다. 두 번이나 이런 일을 겪게 되니 어떻게 행동해야 할지 방법을 찾기 어려웠다. 장성택이 반드시 하고 말겠다는 것은 김씨 왕조를 무너뜨리겠다는 내용 아닌가?! 과연 북한에서 그러한 일이 가능할 수 있을지 머릿속이 혼란스러웠다. 갈마드는 감정으로 그는 아무 말도 할 수 없었다.

숨이 멎는 듯한 침묵이 흘렀다. 무거운 정적과 함께 심상치 않은 분위기가 공간을 채워갔다. 시간이 흐르면서 공기가 온몸을 압박해 오며 내리누르기 시작했다. 숨이 막힐 듯 답답했다. 그때 가슴속 보이지 않는 밑바닥에서 조그맣게 사락사락 올라오던 그리움이 서서히 아지랑이 가물거리듯 떠올랐다. 그 그리움에는 그녀의 숨결이 묻어 있었다.

그리운 여인. 그리움이 온몸을 감쌌다. 그를 감싸고 있는 그리움이 마음을 편안하게 해 주었다. 별안간, 무거운 적요를 허물어뜨리고 장성택의 목소리가 울렸다.

"윤 선생, 고맙수다래. 내사 몰랐던 일들 많이 알았수다. 끝까지 좀 도와주시구래. 하루속히 좋은 일들이 생기도록 노력 하갔수다."

그리운 님이여!

  계속 연락이 없다. 어떻게 지내는지 무엇을 하는지 알 수가 없어서 답답했다. 연변에 전화해도 지금 북한에 들어가서 돌아오지 않고 있다고 한다. 북한에 들어갔다는 말을 들으면 불안하다. 언제쯤 남·북이 서로 완전한 일체감을 갖게 될까? 순식간에 손바닥 뒤집듯 약속을 뒤집어 버리는 북한 지도자들이 언제쯤 신뢰할 수 있는 행동을 하게 될지 모르니 더욱 마음이 타들어 갔다. 걱정된다. 하루하루가 온통 걱정과 그리움으로 물들어 갔다.

  그대를 생각합니다.

  결실을 위한 계절 9월에는
  그대 가슴에 커다란 사랑을 하나 더 만들어 놓고 싶습니다

  그대가 보고 싶습니다.
  그대 소식을 알 길 없으니 더욱 안위가 걱정됩니다

  항상 나를 채워주는 그대여

그대 건강을 위해 기도합니다

보고 싶습니다
그대 가슴에 숨겨둔 내 생명을 조금 보내주소서

그대 향한 그리움에 온몸은 불꽃이 되어 있습니다
그대 가슴 속에 숨겨둔 내 생명을 가지고 오소서

보고 싶은 심정을 적어 보았지만 마음속에 쌓여 있는 그리움을 달래기는 어려웠다. 화실로 간다. 그 안에는 그의 숨결이 있다. 구석구석 그의 열정이 배여 있다. 그를 위해 모델이 되는 시간이 그립다. 모든 걸 그에게 보여주다 보면 서서히 불꽃이 타올랐다. 온몸을 휘덮어 버린다. 열기에 몸을 가누지 못하고 정신이 혼미해지는 순간 그가 자신의 몸 안으로 찾아와 목마른 갈증을 시원하게 채워주고 편안한 안식의 시간으로 안내했다.

그가 없는 화실에 앉아 있으니 처음 만났을 때의 일들이 떠올랐다. 그로 인해 평범치 않은 삶을 살고 있는 모든 게 나 혼자만의 것이 아니라는 생각이 들었다. 모든 건 그와 연결되어 있다. 그의 존재가 더욱 크게 느껴졌다. 그리움이 온몸으로 쏟아져 내렸다. 보고 싶다.

그리운 님이여!

이미 내 모두를 붙들었고 가장 소중한 사람이 되어 있는 그대여.

난 알고 있답니다
우리 깊이 사랑하고 있음을

마음속에 자리 잡고 있는 세계가
하나로 연결되어
함께
먼 곳 향해
가고 있음을

지금도
난,
그대가 그립고
그리움을 감출 수 없답니다
잠시만 떨어져 있어도 그리운 그대여

*

연변으로 돌아온 그는 장성택 만났던 내용을 임 목사에게 얘기했다. (장성택이 쪽지로 보여준 내용은 말하지 않았다.) 임 목사는 역시 윤 화백은 하나님이 크게 쓰시려는 것 같다며 반드시 모든 일이 계획한 대로 이루어지도록 이곳에서도 열심히 기도하겠다고 했다.

그와 김 선교사는 북한 다녀온 이후로 연변교회 근처에 세워지는 북한 동포를 위한 교육시설이 더욱 중요하다는 걸 새삼 느꼈다. 연변 일은 모두 김 선교사에게 맡기고 서울로 돌아가기로 했다.

장성택이 그에게 보여준 쪽지 내용에 정신을 빼앗기다 보니 미쳐 돌아간다는 말을 서울에 통보하지 못했다. 돌아오자마자 그는 인사동 사무실을 들르지 않고 조용히 정리도 하고, 마음도 다스릴 시간이 필요했기에 화실로 향했다. 우선 GLOBAL-1234 김 회장에게 전화해 그동안 북한에서 있었던 일을 얘기해 주었다.

장성택 만난 얘기를 했더니(쪽지 얘기는 하지 않았다.) 건강 먼저 생각하라는 진심 어린 말을 했다.

"형님 큰일 하셨습니다. 혹시 자금이 필요하시면 언제든지 얘기해 주십시오. 자금은 얼마든지 지원해 드릴 테니 자금 문제는 걱정하지 마시고 마음 놓고 일하세요. 건강은 항상 잘 챙기셔야 합니다."

*

밀렸던 그림을 그리기 위해 물감을 새로 보충했다. 차분해지며 생각이 잘 정리되는 시간이다. 전체 구도를 잡고 밑그림부터 시작해서 색을 입히고 작업에 몰두하기 시작했다. 붓을 잡는 순간 망각 속으로 빠져든다. 진행해 왔던 모든 일에서 잠시 떠날 수 있는 시간이다. 작업이 어느 정도 진행되어 전체 윤곽이 드러나기 시작하자 그동안의 진행사항이 하나둘 생각나기 시작한다. 평소 잘 풀리지 않던 것도 차분히 정리되면서 좋은 아이디어가 떠오른다. 앞으로의 계획을 머릿속으로 그려보았다.

그리운 넘이여!

국내에서 일어나는 일들은 그가 깊이 관여하지 않아도 그녀와 산 할아버지, 정 박사, 이 교수 등이 잘 처리하고 있다. 어느 정도 생각이 정리되자 그녀가 보고 싶었다. 사무실 전화가 아닌 그녀 휴대폰으로 전화를 했다. 연락하지 않고 왔으니 굉장히 놀랄 것 같았다. 신호음이 울리더니 조금 있다 그녀 목소리가 들려왔다.

"네, 여보세요. 아, 어디세요?"

휴대폰에 그의 번호가 찍혀 선지 흥분된 목소리가 들려왔다.

"영아, 조용히 말해. 오늘 저녁 업무 끝나는 대로 화실로 와. 아무에게도 말하지 말고…. 다른 사람들에게는 내일 말을 해. 알았지."

갑자기 가슴이 콩닥콩닥 걷잡을 수 없게 뛰었다. 아무도 눈치채지 않게 행동하기가 힘들었다. 연락도 하지 않고 오다니! 목소리 들으니 일이 잘못된 것 같지는 않았다. 다행이다. 무사히 왔다는 걸 알게 되니 안심이 됐다. 화장실로 달려가 숨을 고른 후 다시 돌아와 일을 시작했다. 그녀는 별안간 퇴근 시간 바라기가 되었다. 시간이 어떻게 지나는지 가늠되지 않았다. 사무실 일을 어느 정도 정리해 놓고 퇴근 시간이 되자 얼른 화실로 향했다.

문 열고 살며시 들어선 순간, 작업에 열중하고 있는 그의 모습이 보였다. 그를 본 순간 가슴속에서 끓어오르던 그리움이 한꺼번에 폭발했다.

"나 왔어요."

그는 용수철에 튕긴 듯 벌떡 일어나 몸을 돌렸다. 둘은 하나가 되었다.

'정말 보고 싶었어요. 사랑해요.' 라는 말이 목구멍에서 맴돌았다.

그녀와 같이 있을 때는 전혀 다른 사람으로 변했다. 아무리 긴장되고, 어렵고, 복잡한 일들이 쌓여 있다 해도 함께 있게 되면 둘만의 새로운 세계 속에서 모든 걸 잊어버린다. 오로지 서로를 위해 존재해 왔던 사람들 마냥 다른 일들은 한순간 모두 잊어버린다.

처음 만나 대화 나누던 호숫가 매운탕 집에 갔다. 호수가 발부리 밑에서 찰랑거렸다. 마음이 포근했다. 적당한 바람이 살랑살랑 불어왔다. 그동안 북한에서 일어났던 일들을 차분히 들려주었다. 장성택 만난 얘기도 했지만 쪽지로 보았던 내용만은 그녀에게도 말할 수 없었다. 앞으로 해야 할 일들이 정말 중요하다는 것만 말했다.

식사 마치고 예전에 맛있게 뽀뽀했던 곳, 자라가 알 낳은 후 힘겹게 걸어가던 곳, 맹꽁이와 개구리가 요란하게 울어 대던 곳을 가보기로 했다. 시간이 생길 때마다 찾아가서 시골의 평화로움을 즐기던 곳. 복잡한 일들로 혼란스러울 때 머리를 정리하고 가던 곳.

많은 시간이 지나도
그곳은 우리의 추억이 그대로 담겨 있어

사랑을 쌓아가던 곳
그때 물어보았지
영아, 나 사랑해?
대답은 달콤한 입술이었어
서로 입술을 맛있게 맛보던 곳
떨어지고 싶지 않았던 곳이었어
영아, 나 사랑해?

그리운 님이여!

*

내 마음속에 이렇게 깊숙이 그대가 자리하고 있을 줄

난, 정말 몰랐습니다

내 마음속에 이렇게 꺼지지 않는 불꽃이 지피어 있을 줄
난, 정말 몰랐습니다

그대 보이지 않는 곳에 있을 때
내 심장 울림은 온통 그대 향한 그리움의 소리인걸
난, 정말 몰랐습니다

그대 내 옆에서 나를 붙들어 주어도
나는 좀더 가까이 그대 곁으로 가고 싶은걸
난, 정말 몰랐습니다

그대 나와 하나 되어 있을지라도
다시 떨어져 그리움에 몸부림치게 될 줄
난, 정말 몰랐습니다

그대 향한 내 말이
사랑해요 라는 말로는 표현이 너무 부족하다는 걸
난, 정말 몰랐습니다

*

   그의 활동은 어느 정도 매스컴에 보도되었다. 단체에 대한 국민의 관심은 더욱더 높아져 갔다. 각 정당에서는 그에게 전국구 의원직과 정당 공천을 해 주겠다는 제안을 수시로 해 왔지만 오로지 NGO 활동가로 충실하겠다는 그의 생각은 추호도 흔들림이 없었다.

   환경단체 '자연과함께'가 NGO 본래의 길을 가고 있다는 걸 아는 사람들은 계속 변함없는 호응을 해 주었다. 지원을 아끼지 않았다.

   어떤 상태일지라도 이 지구 위에 존재하고 있다는 자체가 이미 감사한 일이란 걸 정말 몰랐다.

   한참 때는 왜 그렇게 하고 싶고 갖고 싶은 것들이 많은지… 만지기도 하고, 꼬집기도 하고, 냄새도 맡아보고, 놀려도 보고, 싸움도 해 보고, 소리도 질러보고 했던 지난 일들을 생각하면 모두 다 그립고 왠지 안타깝기만 하다. 이런 생각 하면 또 잠들기가 어려울텐데!

   지금 저쪽 구석에서 쉬지 않고 때각 때각 소리 내고 있는 시계 초침이 내 생명을 재촉하고 있는 것 같다. 시간은 더없이 무심하고 냉정하게 느껴진다.

   이렇게 생각하고 느끼고 하는 것도 얼마만큼이나 할 수 있을지!

그리운 님이여!

'한생명운동연대'

어느 사업가의 집이다. 회사는 부도를 맞았다. 가정도 파탄 직전에 몰렸다. 죽느냐 사느냐 둘 중 하나를 선택해야만 할 단계이다. 집안 분위기는 커다란 돌덩이가 들어와 앉은 것처럼 무거웠다.

우체부의 '등기우편입니다' 라는 말이 들려왔다. 빚 독촉이겠지 생각했다. 받아야 하나 말아야 하나 망설였다. 안 받을 수도 없다. 발송인은 '한생명운동연대'다. 어렴풋이 매스컴을 통해 들어 보았던 이름이다. 빚 독촉은 아닌 것 같다. 싸인해 주고 우편물을 받았다. 봉투를 뜯었다.

간단한 서신과 함께 고액 수표 몇 장이 나왔다.

"다시 힘을 내십시오. 다시 일어나십시오. 선생님은 반드시 할 수 있습니다. 이 돈은 갚지 않아도 됩니다. 일어나시면 선생님과 같이 실의에 빠진 사람들을 아무 조건 없이 도와주면 됩니다. 반드시 재기하시길 기다리겠습니다."

이제는 근심할 일도 없어지고 마음이 편안하다. 죽음이 가까워서인가 보다. 한없는 무력감이 홀연히 눈앞에서 가물가물해지며 구름 속을 떠다니는 느낌이다.

이승 하직할 시간을 대략 알고 있는 것도 감사한 일이다.

눈으로 보고 있는 모든 것과 헤어져야 한다는 것이 이렇게 가슴 아플 줄 몰랐다.

어떤 누구와도 나쁜 결론을 짓지 말아야 했다.

다 양보하는 것이 정말 마음 편한 거라는 걸 몰랐다.

주는 것이 받는 것보다 훨씬 더 좋다는 것도.

죽음을 눈앞에 두고 후회해봐야 되돌릴 수 없는 모든 것.

더욱더 가슴만 아프다.

죽음은 인생의 완성이라는 말이 있다.

나는 살아있는 동안 무엇을 완성해 놓았던가!

그녀를 만난 것.

그녀로 인해 새로운 삶을 살게 된 것.

그것이… 정말 감사한 일이다.

볼수록 아름다운 여자가 진짜 예쁜 여자라는 걸 다시 한 번 느낀다. 언뜻 봤을 때 한 눈에 뛰어난 미모를 자랑하는 여인들이 있다. 물론 예쁘고 아름답다. 그림이고 아름다운 경치를 보는 듯하다. 그런 아름다움도 계속 보면 싫증 나기 마련이다. 꽃이 지듯 보기만 아름다운 것은 언젠가 시들기 마련 아닐까?

보면 볼수록 아름답고 예쁜 여자가 있다. 얼른 보면 그다지 예쁘거나 아름답지 않은 것 같다. 한 번 두 번 볼 때마다 예뻐지는 사람이 있다.

겉으로 보이는 아름다움은 그저 육체적인 면만을 강하게 사로잡지만 내면에서 은은하게 풍겨오는 향기는 영혼의 세계를 강하게 사로잡는다.

아름답고 향기로운 영혼은 숲 속에서 풍겨오는 깨끔하고 고즈넉한 공기와 같아서 아무리 맡아도 싫증이 나지 않는다.

*

요즘은 이승과 저승의 문턱을 자주 헤맨다
어머니가 나타나 미안하다, 내가 너무 몰랐었다며 용서를 빈다
누나가 나타나 그때는 정말 나만 생각해서 미안하다며 잘못을 빈다

한없는 무력감이 바로 죽음이라는 너울이다
홀연히 눈앞이 가물가물해지면서 구름 밭을 걷는다

내 손과 몸은 이제 조금도 움직일 수 없게 마비되어 간다
이게 마지막인가!
이제 여기까지 인가보다

속삭이던 그녀의 소리가 들리는 듯하다
우리 사랑은 영원해요. 우리는 불멸의 연인이에요

*

이 사랑 간직하고 간다

불멸의 사랑 마음에 간직하고
떠난다
눈 쌓인 산길에서 갈길 몰라 방황하던 때도
우린 손 잡고 함께 길을 찾았지
떠오르던 밝은 태양 보며 희망을 생각했고
방방곡곡 헤매면서 즐거웠던 시간

그 모두 가슴에 담고 나는 가련다

이제 떠난다
잠시라도 떨어지기 싫어했던 추억 간직하고

내 마음속에 꼭꼭 챙겨 놓은
불멸의 사랑 안고

이제
떠난다

뜨겁게 타오르던 우리의 입술
지금 내 속에 그대로 녹아 있다

*

나를 죽음에서 끄집어낸 것은 그대의 사랑이었다.

그대가 내 옆으로 오지 않았다면 나의 이 시간은 존재할 수 없었다.

내 삶의 마지막 절반은 그대의 사랑을 먹고 살아왔다.

영원히 사라지지 않을 우리의 사랑이 있었기에….

정말 고마웠오.

여보

사랑하오.

에필로그

전 세계인들이 알다시피 2013년 12월 12일 김씨 왕조를 쓰러뜨릴 수 있었던 유일한 사람 장성택은 남모르게 계획해 왔던 일을 실행에 옮기지 못하고 김정은에 의해 무참히 총살당했다.

*

사무실에서 서류를 정리하고 있을 때였다.
그가 입원한 병원에서 빨리 와 달라는 담당 간호사의 전화가 왔다.
그는 컴퓨터가 있는 책상에 엎드린 채로 숨을 거두었다고 했다.
임종을 지켜본 사람은 아무도 없었다.
나는 컴퓨터에 있는 글을 그대로 복사해서 가지고 왔다.
그가 내게 넘겨준 것과 컴퓨터에 남겨진 내용들을 정리해서 이 글을 마무리했다.

자료 출처: 인터넷
이 글은 faction (fact+fiction)임

작가의 말

이 책은 개인의 일상을 소개하고 변명하기 위해 쓰인 게 아니다. 그러한 것들은 본말을 이끌기 위해 쓰인 동기부여일 뿐이다. 사랑 이야기 역시 그렇다. 가슴을 파고드는 절절함이 있지만, 그것 역시 소설의 본말은 아니다.

우리나라와 일본과의 관계, 남과 북의 관계가 가장 중요한 본말일 수 있다. 일본과는 가까운 곳에 위치하면서 슬프고 아픈 역사가 있었다. 이러한 과거를 슬기롭게 정리하지 않으면 또다시 어려운 역사가 반복될지도 모른다. 현 시대를 살아가고 있는 사람들이 미래세대를 위해 해야 할 일들이 있다고 본다. 미흡하지만 이 책에 그 방법을 쓰려고 노력했다. 이 민족이 가슴에 안고 있는 가장 괴로운 현실 - 분단된 국토 - 우수한 민족이면서도 이러한 현실로 인해 많은 난관을 안고 있는 것은 풀어야 할 가장 큰 숙제임에는 두말할 필요가 없다고 본다.

며칠 전 어느 일간지에 실린 104세이면서도 건강하게 살고 계신 김형석 교수의 글을 읽은 적이 있다. 가슴 깊이 와 닿기에 여기 옮겨 쓰면서 미흡한 이 글을 끝맺으려 한다.

- 민주주의는 미래를 위하는 정치이고 자유의 가치는 평화와 인간의

가치 창출을 위한 소중한 의무이다. 과거를 지키기 위해 미래를 포기하며 결실을 위해 작은 것을 버리지 못하는 민족과 국가에는 희망이 없다. 지금 우리 정당과 정치인들의 자세를 보면 국내 문제까지 과거의 원한에 붙잡혀 새로운 희망을 찾지 못하고 있다. 구태를 벗어나지 못하고 있다. 젊은 세대에게 무엇을 보여주고 있는가? 오늘의 분열과 싸움이 그대로 계승 연장되는 대한민국을 만들어서는 안 된다. (생략) 집안싸움도 해결하지 못하는 정치계가 국제문제를 이끌어 갈 수 있을까 걱정이다. -

나는 정치인들이 이런 일들을 현명하게 잘 해결해 줄 것으로 믿고 싶다.

2023년 봄
김동원

작가의 말

펴낸날 2023년 3월 30일
2쇄 펴낸날 2023년 12월 11일

지은이 김동원
펴낸이 주계수 | **편집책임** 이슬기 | **꾸민이** 이나현

펴낸곳 밥북 | **출판등록** 제 2014-000085 호
주소 서울시 마포구 양화로 7길 47 상훈빌딩 2층
전화 02-6925-0370 | **팩스** 02-6925-0380
홈페이지 www.bobbook.co.kr | **이메일** bobbook@hanmail.net

© 김동원, 2023.
ISBN 979-11-5858-926-4 (03810)